나무가 아름다워지는 시간

나무가 아름다워지는 시간

양순석 장편소설

문학동네

차 례

프롤로그

이름?

…….

이름, 이름을 말해봐요.

소리가 들려왔다. 무언지 모를 웅성거림. 나를 둘러싸고 있는 겹겹의 저 소리들. 그것은 암전의 세계에 전류가 흐르듯 일시에 솟아올랐다. 나는 청각을 열어 저 숱한 소리들을 받아들이는 것으로 아직 이 세상에 존재하고 있는 나 자신의 존재를 함께 받아들인다.

들립니까?

이름을 말해봐요.

소리를 질러봐요.

세상은 소리로 가득 차 있다. 내 몸에서 제일 먼저 깨어난 감각은 그 뒤엉킨 소리들을 뚫고서 내게로 날아와 앉으려 허공을 선회하는 새의 날갯짓과도 같은 그것, 말소리를 안타까이 향한다. 너무도 익숙한 그 소리와의 소통을 위해 깨어난 의식이 마구 허둥댄다.

자, 소리내봐요. 이름?
서…….
더 크게. 소리를 질러요. 이름?
정령.
다시.
서정령.
됐어요. 나이는?
서른아홉.
서정령씨.
네.
서른아홉 살. 맞습니까?
네.

아, 나는 살아 있다 아직.
내 눈은 감긴 채 암흑 속을 헤매고 있지만 나는 내 귀에 날아와 앉는 말소리를 들었고 내 입을 열어 말을 했다. 나는 아직 죽지 않았다. 하지만 이건 무슨 의미일까. 고통은 느껴지지 않는다. 의식이 깨어 있는 상태에서 이처럼 완벽한 무통의 순간을 맞이하기는 처음이다. 내 몸을 채우고 있던 고통은 다 어디로 갔을까. 내 몸에 달라붙어 나 자신이 되어버린 고통, 그것이 나가주기를 바라며 내 숨이 멎길 기다리던 시간. 목숨을 내놓지 않고서는 결코 물러나주길 바랄 수조차 없었던 그것.

이제야 내 몸은 오랜 그것으로부터 해방된 것일까. 내 몸은 통증을 벗어던지고 한없이 자유로워진 것일까. 믿을 수 없다. 나는 지금 어디에 있고 진공의 수조 속과도 같은 이곳은 생인가 죽음인가. 도무지 알 수 없다. 고통조차 느낄 수 없는 이 시간은 무엇을 의미하는 걸까. 평화를 가장한 이 암흑과 혼돈 뒤에 오는 것은 무엇일까.

나는 고통을 불러본다. 세상의 모든 고통이 집을 찾아 내게로 왔듯이 너, 어서 오렴. 여기 네 집으로 너, 고통아 들어오렴. 나는 간절히 고통을 불러들인다. 생명을 확인하듯 나, 고통을 부른다. 고통은 내게 생명이었으므로.

아, 아, 나 또다시 살고 싶어서.

서정령씨, 대답해보세요, 서정령씨.

네.

의식을 잃었던 것 기억합니까?

…….

쓰러져서 병원으로 실려온 것 기억 못 합니까?

…….

여긴 중환자실입니다. 의식이 돌아왔으니 기억을 더듬어보세요.

까마득하다. 언제 어디에서 어떻게 의식을 놓아버리고서 이리로 실려와 꼼짝할 수 없게 포박당해버린 것인지. 청각을 제외한 모든 감각이 이렇듯 문을 닫고 있는데 기억의 숲을 어찌 헤쳐나갈까. 놓쳐버린 시간은 내가 헤아릴 수 없는 저만치 문 밖에 있을 뿐 내게로 다가오지 않는다. 그리고 나는 문을 열고 나갈 수가 없다. 아무것도 기억할 수 없고 아무것도 알 수 없다. 단지 내가 살아 있다는 것만은 서른아홉 내 전 생애 그 어느 때보다도 극명하게 인식된다. 나는 살아 있다. 그것만이 전부이다. 그 모든 기억의 시간을 딛고 나 여기 지금 살아 있을 뿐이다.

살아 있는 나, 이제 보이지 않는 누군가의 명령으로 기억을 더듬어간다. 서른아홉의 여자인 내가 지금 여기에서 깨어나기까지의 시간들, 내가 통과해온 시간들, 내 몸짓과 내 눈길과 내 숨결이 지나쳐온 저 아득한 시간들 속으로 다시 들어간다. 나를 두고 떠나간 시간들이여 잠시 되돌아와 문을 열어다오. 그리고 네 뒤에 숨어 있는 내 얼굴을 내게 드러내다오.

캄캄한 암흑에 노오란 점 하나가 찍힌다. 암흑에 던져진 노오란 점은 점점 커지면서 동그란 형태를 만들더니 한순간 걷잡을 수 없는 속도로 분열하기 시작한다. 아, 어디에서 보았더라. 저게 뭐지? 샛노란 방울들은 깜깜한 방을 가득 채우며 날아오른다. 감긴 내 눈앞에 마구 날아다니는 것들의 형체가 다가왔다 다시 멀어져간다. 아, 본 적 있다. 저것은 꽃, 봄에 피어나는 꽃, 산수유 꽃봉오리들이다.
노오란 꽃봉오리가 분분히 날아오르는가 싶더니 이번엔 희디흰 꽃송이가 터져오르며 암흑을 환히 밝힌다. 저것도 본 적 있어. 벚꽃일 거야. 흰 꽃송이들은 암흑의 허공에서 활짝 만개해 날아오른다. 뒤이어 분홍의 꽃봉오리 하나가 내게로 온다. 저건 뭘까. 꽃의 이름을 더듬는 사이 꽃은 수천 수만 송이로 불어나 컴컴한 터널을 뒤덮는다. 봄에 피어나는 세상의 꽃들은 전부 내 눈을 향해 쏟아져 들어

10

오고 있다.

　마침내 기억의 파편들이 튀기 시작한다. 그것들은 걷잡을 수 없는 힘과 속도로 되살아나 내 몸을 짓밟고 저 스스로 길을 만들어 달려 나간다. 외계를 향해 캄캄히 닫힌 내 눈앞에 셀 수 없는 영상들이 섬광처럼 빛을 던지고 스러져가고 있다. 가뭇없이 스러져가는 그것들을 붙잡으려 안간힘 쓰며 나는 내가 의식으로 돌아와 암흑 속에 머물고 있는 이유를 비로소 깨달아간다.

1

"네가 태어나던 날, 그 밤엔 비바람이 몰아쳤었지. 바람이 얼마나 무섭게 불어대던지 들창이 다 떨어져나갈 것처럼 덜컹거려서 집이 날아가는 줄만 알았다. 초저녁부터 틀던 배가 밤이 되면서 미쳐나가게 아픈데도 너는 나오질 않고 에미를 그 지경으로 죽여놓더구나. 바깥엔 폭풍이 휘몰아치지, 비는 쏟아붓지 내 생전 그런 날씨는 처음이었다. 전화도 끊기고 차도 다니지 못했다니까. 애 잘 받는 동네 아주머니가 너를 받으려고 꼬박 밤을 새다시피 했는데도 애는 나오지 않고 에미 배만 틀어대니 이러다 둘 다 죽이겠다고 용하다는 산파를 이웃에 부르러 보냈다. 새벽이 다 되어서야 늙은 남자 하나가 문지방을 타넘고 들어서는데 머리칼이 하늘로 다 치솟아 있더구나. 죽을 지경으로 누워서 발악을 해대면서도 그 노인을 보니까 어찌나 미안한 마음이 들던지. 차도 다니지 않는 비바람 속을 어떻게 달려왔나 싶은 게. 그 늙은이가 너를 받아냈단다."

12

나는 그렇게 태어났다. 내가 보지 못했던, 볼 수 없었던 정경이건만 신기하게도 고스란히 내 앞에 떠오른다. 인간은 모태에서도 소리를 듣는다고 했던가. 히이힝, 온 동네를 휘저어대는 바람 소리. 창을 후려치는 빗소리. 피를 쏟으며 누운 젊은 어머니의 울부짖음. 채 빚어지지도 않은 작디작은 몸을 떨며 세상으로 나오려 안간힘 쓰는 내 귀에 들려오던 그 소리들.

그 죽음과 삶이 넘나드는 방에 산발한 늙은 남자가 들어선다. 남자는 워낙 키가 큰 탓에 허리를 구부정하게 숙였는데도 문지방을 넘을 때 문틀의 윗부분에 머리를 부딪히고 만다. 그러나 그는 고통을 느끼지 못한다. 폭풍우를 뚫고 달리며 이미 무엇엔가에 넋을 빼앗겨버린 탓이다. 그는 너무 노쇠해졌고 이제 더이상 그의 손은 여자의 자궁에서 생명을 끌어내는 일의 엄숙한 긴장을 감당할 수 없게 된 지 오래이다. 그러나 그는 그의 생업을 폐업해 더이상 생명을 받아낼 수 없게 된 이후에야 비로소 자신의 손이 날렵하게 받아내었던 수많은 생명에 대해 생각하기 시작했으며 그토록 오래 그 일을 하는 동안 단 한 번도 그의 손에 실리지 않았던 신성한 그 무엇에 대해서 뒤늦은 깨달음에 이르게 된 터이다.

세상이 끝날 것 같던 이상기후의 한밤중에 늙어 쓸모없어진 자신을 누군가가 다급히 부르러 왔을 때 그는 피할 수 없는 운명을 맞이하는 자가 그러하듯 해묵은 왕진 가방을 주섬주섬 챙겨들고 말없이 휘몰아치는 폭풍우 속으로 몸을 던졌다. 그날의 광포한 비바람은 마치 그를 길 안내하듯 죽음의 문턱에 닿아 있는 한 여자에게로 데려다주었다. 그리고 그는 여자의 자궁 속에서 역시 그 여자처럼 죽음에 던져져 있는 한 생명을 느꼈다. 수십 년을 오차 없는 기계처럼 능숙했건만 이번만은 달랐다. 삶과 죽음의 한가운데에서 선택을 재촉받는 저울의 추처럼 그의 전신이 떨려오고 있었다. 그는 순간 어느 쪽이 완전한가 알지 못한 채 자신의 늙고 메마른 손을 여자의 자궁을 향해 처음으로 기도하듯 펼쳐서 내밀었다. 삶이 완전한 것인가 알지 못하나 내가 겪은 것은 삶뿐이지 않은가. 삶은 내게 그다지 호의를 베풀지 않았지만 행복도 불행도 영원히 지속되어주지 않아 살 만했지. 그리고 무엇보다 난 죽음에 대해선 아는 게 없어. 내가 알 수 있는 건 삶뿐이야. 그러니 애야, 너를 위해 내가 해줄 수 있는 게 이뿐이구나. 그는 늙고 메마른 손에 자신의 남아 있는 생명력을 다 쏟아놓으며 새 생명을 기다렸다. 드디어 그의 손바닥에 떨구어진 피투성이의 가녀린 생명 하나. 계집아이였다. 어이없게도 아이는 제 엄지손가락을 맹렬히 빨아대고 있었다.

그의 얼굴이 온통 땀과 눈물로 번들거리고 있었다.

"인생이 참 허무하지 뭐겠냐. 너를 받아준 그 늙은이 있잖니. 네 삼칠일도 되기 전에 죽었단다. 얼마나 고마웠던지 삼칠일만 넘기면 일어나서 너를 안고 인사를 가려고 했는데 그새 그만 죽어버렸다지 뭐냐. 어찌나 마음이 안됐던지."

늙은 의사는 그의 생애에서 마지막으로 나를 받아 세상에 내어놓고 죽었다. 이른 봄이었다.

서른여덟 해를 보내고 나서 다시 맞이하는 이른 봄날,

나는 내가 태어나 자란 내 나라 땅으로 돌아왔다. 십이 년 만이었다. 시야가 뿌옇도록 온통 먼지바람에 뒤덮인 도시가 나를 맞아주었다. 먼지바람은 아스라한 노을빛으로 흡사 거대한 핵폭발 직후의 낙진처럼 내 눈앞에 놓인 낯익은 도시를 가로막고 있었다.

십이 년 전 떠날 때처럼 나는 짐가방 두어 개뿐인 맨몸으로 돌아

왔다. 아니 몸의 일부를 잘라내었으니 그때보다 가벼워진 몸이라고
해야겠다. 내 슈트케이스에는 내 몸의 변화에 따른 모든 진료기록
사본이 들어 있다. 나를 담당했던 백인 의사는 내 젖가슴을 차례로
절개해 들여다보는 동안 더이상 메스를 댈 수 없는 내 가슴속까지
도 투시했을지 모른다. 그가 예리한 메스를 들어 한 동양 여자의 조
그만 봉분과도 같은 젖가슴에 금을 그어가기 시작할 때, 이윽고 흰
복숭아 속살 같은 피부를 뚫고 가느다란 선혈이 배어나오기 시작할
때 마취상태에 의식을 빼앗기고 수술대에 누워 있는 여자의 생이
그에게 말을 걸어오는 것을 그는 느꼈을지도 모를 일이다. 여자가
태어나서 스물일곱 해를 살았다는 알지 못할 저 먼 나라에 대해서
그는 특별한 느낌을 갖게 되었을지도 모를 일이다.

　그는 진료시간에 의료행위를 벗어난 이야기 하기를 즐겼다. 그는
내가 떠나온 내 나라에 대해 알고 싶어했다. 내 나라의 기후와 풍
토, 사람들의 심성, 꽃과 나무, 음식에 대해 궁금한 것이 많았다.

　"거기도 눈 내리는 겨울이 가면 봄이 온다구? 새싹이 돋고 꽃이
핀단 말이지. 오, 놀라워."

　어쩌면 그것도 그에겐 의료행위였는지 모른다. 암세포를 찾아내
기 위한 검사로부터 시작되어 숨가쁘게 이어지는 치료와 투약을 거
쳐 수술에 이르기까지, 그리고 나서 이제 더이상 자신이 가진 약품
과 기술마저 거부당하는 맨 마지막 단계에 이르러 그 모든 의학적
지식과 도구를 던져버려야 했을 때 그가 택한 최후의 의료행위 바
로 그것이었는지도 모른다. 그는 내게 죽기 위해 돌아가라고 말하
는 대신 끊임없이 나로 하여금 내 나라에 대한 기억을 되살려내게
했고 그런 식으로 돌아가 죽을 곳이 그곳이란 처방을 내려주었다.
그는 내 진료기록을 남김없이 복사해 건네주었다. 모르핀과 함께.

택시를 타고 시내로 들어오며 바로 어제 본 듯 낯설지 않은 거리의 풍경을 지나쳤다. 더 높아지고 더 빽빽이 들어찬 건물들에 덕지덕지 붙어 있는 간판들, 무표정한 행인들, 봄이 왔건만 아직 겨울의 모습 그대로 메마른 채 서 있는 나무들, 너무 익숙해서 아무런 느낌도 일지 않는 내 나라 땅이었다. 택시기사가 물었다.

"어디 다녀오십니까?"

"네? 아, 미국에 좀……."

택시기사의 의례적인 질문에 답하며 아주 가벼운 여행에서 돌아온 듯한 착각에 빠져들었다. 시간의 흐름에 대한 감각에 혼란이 일었다. 나는 이 땅에서 십이 년이란 시간을 잃어버린 대가로 저 이국 땅에 내 가슴을 전부 잘라내주고 나서도 이제 더는 도려낼 수 없을 정도로 몸 속에 샅샅이 퍼져버린 암세포를 품고 돌아왔다. 내 나라를 떠나 있었던 십이 년이란 시간 동안 나는 무얼 했던가. 시간은 한번도 내게 머무르지 않았다. 그것은 이미 지나갔거나 다가오는 것일 뿐. 현재의 시간은 언제나 실재하지 않았다. 나는 과거와 미래 사이의 허방에 빠져 내가 살아 있는 현재의 시간을 부정하고 받아들이지 않으려 했다. 허나 이제 나는 그 시간의 맨얼굴을 마주 보아야 할 때를 맞이하고 말았다.

택시는 짐가방과 나를 호텔 앞에 부려놓고 떠났다.

미국 시민권자인 나는 서울의 도심 한복판에서도 후미진 골목에 위치한 호텔의 장기 투숙자 리스트에 내 이름을 올렸다. 주로 비즈니스를 위해 한국을 방문하는 외국인들이 머무는 호텔은 오래된 건물이라 낡고 침침했지만 장식을 절제한 실용적인 분위기라서 편안함을 느끼게 했다. 고국으로 돌아오기로 마음을 정했을 때 서울이 아닌 내가 자란 도시와 가까운 작은 시골에 여장을 풀고 싶었다. 내가 돌아오기 전에 살던 뉴욕의 용커스보다 더 작은 곳, 허드슨 강보다 얕은 개울이 흐르는 곳, 내가 그리던 아주 맑고 조용한 아름다움을 간직한 그런 곳에서 차분한 시간을 보내며 다가올 시간을 견딜 힘을 얻고 싶었다.

아니, 죽음이 나를 찾아오면 그대로 따라나설 수 있는 죽기에 딱 좋은 그런 곳에 머물고 싶었다. 지나친 욕심이었을까. 내게 찾아올 죽음이 그리 품위 있는 것은 아닐 거라고 의사는 말했다. 무례하게 찾아와 격심하게 몸을 뒤엎을 통증을 생각한다면 병원이 멀지 않은 곳에 있어야 한다고 충고하기를 잊지 않았다.

"내가 준 진통제는 병원에 가는 동안까지만 널 도와줄 수 있을 뿐이야. 다시 병원을 찾게 될 때 그때는 병원이 네 집이라고 생각해야 해."

언제까지가 될지 알 수 없는 내 임시 거처인 호텔 방에 짐을 풀고 나서 곧바로 실내복 차림에 스웨터를 걸치고 밖으로 나서보았다.

얼마 만인가. 스물일곱의 청춘에 떠나 마흔을 바라보는 병든 몸의 여자가 되어 다시 찾아온 내 나라 땅. 어딘가 내 발자국이 찍혀 있을 길.

저물기 시작한 거리에 하나 둘 밝혀지는 불빛을 따라 그저 방향 없이 발걸음을 떼어놓기 시작했다. 걸음은 느렸지만 시선은 가까이에서 멀리, 낮은 곳에서 높은 곳으로 정처없이 허둥거리고 있었다. 처음 공항에서 나와 황사에 가려진 하늘과 산, 잿빛 건물들을 대했을 때는 어제 본 듯 무덤덤하였었는데 골목골목 빽빽이 들어찬 가게의 간판에 불이 켜지고 상점들마다 내장을 드러내듯 환히 내부를 공개하며 행인을 유인하는 번잡한 거리에 나서자 나는 길을 잃은 자처럼 낯설고 막막한 심정이 되어 어찌해야 할지 몰랐다. 밝고 산뜻해 보이는 빵가게, 카페, 구두가게, 음식점 들은 이곳이 내가 살던 내 나라 땅도 그리고 방금 떠나온 미국 땅도 아닌 어떤 다른 나라의 이름 모를 도시에 와 있는 듯한 낯선 기분에 나를 휩싸이게 했다. 나를 밀어내고 있는 것만 같은 골목을 서둘러 빠져나와 다른 골목으로, 그러다 다시 막다른 골목에서 되돌아나오며 고약한 그 느낌을 떨쳐버리려 쫓기듯 바삐 옮겨다니는 동안 어둠은 점점 짙어져갔다. 골목에서 거리로 나온 나는 질주하는 차들과 어디론가 돌진하고 있는 듯한 행인들 사이로 형편없이 위축되어버린 나 자신을 끼워넣은 채 쉬지 않고 걸었다. 누구 하나 눈길 주는 이 없는 길에서 나는 마치 내 곁을 지나치는 그들 모두가 하다못해 달리는 차 안의 눈동자들까지 내게, 십이 년 만에 죽음을 감추고 슬쩍 그들 속으로 돌아온 내게로 시선을 보내고 있는 듯한 거북한 느낌에 시달리며 그 어디에도 눈을 맞추지 못하고 걷고 또 걸었다. 상가의 눈부신 불빛들과 신호에 걸려 끝도 없이 밀려 서 있는 자동차의 전조등 빛마저도 나를 향한 타는 듯한 시선이 되어 날아와 꽂히고 있었다. 피하고 싶었다. 도망치고 싶었다. 되돌아가고 싶었다.

달아나듯 걷고 또 걸으며 버스정류장을 몇 번인가 지나쳤다. 밤의 냉기가 얇은 스웨터 속으로 파고들기 시작했고 추위와 함께 허기마저 느껴진 탓인지 따뜻한 불빛과 연기가 새어나오는 주황빛 천막 앞에서 발걸음이 저절로 멈춰졌다. 휘장을 들치고 그곳으로 들어갔다.

귀국 후 첫번째 식사, 달착지근함과 매운 맛이 뒤섞인 새빨간 떡볶이 한 접시였다. 세 끼의 기내식을 거의 건너뛴 채 허기져 있던 나는 얼굴에 땀과 눈물이 비어져나오도록 오래된 그 맛에 탐닉했

18

다. 십대를 보내는 동안 가장 많이 먹었을 그 맵고도 달콤한 떡볶이의 맛과 향은 오래 닫혀 있던 내 미각에 충격적인 자극을 가해왔고 그렇게 미각이 열리면서 잇달아 후각과 청각을 비롯한 오관이 일제히 터지며 나는 그토록 오래 굶주려왔던 내 나라 땅의 냄새와 소리와 맛을 탐하기 시작했다. 나는 떡볶이 접시를 비우고 뒤이어 국수한 그릇을 국물까지 남기지 않고 다 먹어치웠다. 허기진 배를 채우고 나니 비로소 살 것 같아졌다. 추위도 가시고 낯설음도 지워졌다. 포장마차 안의 협소한 탁자에 잇대어 앉아 소주잔을 기울이며 웃고 떠드는 사람들과 일행이라도 된 듯 편안해지기까지 했다. 나는 내친 김에 소주까지 시켜 잔에 따랐다. 그토록 투명한 진액이 또 있을까. 작은 잔에 담긴 그것을 입 안에 털어넣자 목젖이 불에 데인 듯 화끈거렸다.

　나는 비로소 돌아온 것이다. 열다섯 시간 남짓 비행기를 타고 날아온 그곳과 이곳 사이의 머나먼 거리의 이동이 아닌, 십이 년이란 시간을 건너뛴 이동이었다. 맑고 순결한 액체는 빠른 속도로 내 몸에 퍼져나가기 시작했고 내 몸은 묘약을 받아마신 듯 봉인되었던 기억 속의 시간들을 따라 열리기 시작했다.

　소주는 어머니가 즐기던 술이었다. 그래서 내가 가장 싫어하는 술이기도 했다. 이북에 고향을 둔 어머니는 냉면을 좋아했고 만두를 즐겨 빚었으며 순대도 잘 만들었다. 나를 위해 그중 한 가지를 만들던 날의 어머니. 이것저것이 아닌 딱 한 가지의 요리였다. 엄선된 재료들이 충만하게 투입되고 어머니의 심혈이 모아지고 어머니의 추억이 덧씌워지는 그런 요리가 완성되면 나는 세상의 단 하나뿐인 요리의 당당한 주인이 되어 시식을 하곤 했다. 딱 한 그릇의 요리였으므로 그것을 시식하는 나의 미감 역시 집중력을 다할 수 있었던 그때, 나는 어머니의 요리가 내 위장을 채워주듯이 잃어버렸던 시간들마저 복구해주었던 것을 왜 몰랐을까. 어머니는 나와 소통하기 위한 간절함으로 요리를 했고 요리는 그런 어머니의 절절하고도 뜨거운 원초적 표현이었음을 그때는 왜 몰랐을까. 어머니는 마치 어린 딸에게 양껏 젖을 물리지 못했던 오래고 오랜 죄를 탕감받으려는 듯 내 입에 넣어줄 먹을 것을 만들었던 게 아니었을까. 그렇게 음식을 완성해 내 앞에 차려놓고서 어머니는 어김없이 소주를 들이켰다. 나를 위한 그 요리는 어머니 자신을 위한 푸짐한 안주이기도 했다. 그것은 어머니가 손수 만들었으나 자신을 위한 것이 아니었으므로 아무리 탐해도 죄스럽지 않은 유일한 어머니의 성찬이었다. 마치 제사 후의 음복처럼 떳떳하고 뿌듯하기까지 한 어머니의 맛난 안주였다. 그럴 때마다 어머니는 술과 안주를 탐식하고 양껏 취했다.

소주잔을 기울여 세상에 없는 어머니에게 권하듯 그 뜨거운 액체를 내 입 안에 들이부었다. 내가 건너뛰어온 십이 년이란 시간 속에 매설된 지뢰처럼 숨어 있던 비밀 하나를 나는 엿보았다. 죽은 시간이란 없는 것이다. 어머니가 놓쳐버렸던 시간이 나를 만나는 시간의 무서운 동력이 되어 그 잃어버린 시간의 형상을 닮은 요리가 빚어졌듯이 내가 저 먼 곳에 남겨두고 온 십이 년이란 시간은 내게 생의 다른 시선을 열어준 것이다. 그것은 생의 반대쪽, 죽음을 향한 시선이기도 했다.

포장마차에서 나온 나는 이번엔 산책하듯 밤거리를 천천히 걸어 호텔로 돌아왔다. 밤은 꽤 깊었고 차들은 여전히 짐승의 눈 같은 전조등을 밝힌 채 무리지어 질주하고 있었으며 내 곁을 스치는 행인들 누구 하나 실내복 차림의 여자 따위엔 눈길도 주지 않고 황황히

지나치는데 나 역시 술기운 탓인지 더이상 낯가림하는 사람처럼 숨고 싶지는 않았다.

십이 년 만에 돌아와서 첫번째로 할 일을 찾은 나는 마음이 분주해지기 시작했다. 날이 밝는 대로 어머니의 무덤을 찾아 어머니가 좋아하는 소주를 어머니의 흙집인 봉분에 흠뻑 뿌릴 것이다. 그 집 속에 누운 어머니의 몸은 이미 썩어 흩어져서 땅속으로 물 속으로 흔적 없이 사라졌을 테지만, 그래서 이제 남은 것은 기호 같은 유골 몇 점뿐일 테지만 그래도 어머니는 나를 알아볼 것이다. 죽은 자의 눈에 더욱 가까이 다가선 나를 어머니는 어떻게 맞이할까.

그러나 불행히도 내 첫번째 계획은 실행에 옮겨지지 못하고 말았다. 나는 밤새 통증에 시달려야 했고 독약이나 다름없는 모르핀을 초과 복용하면서 그 악마와도 같은 통증을 떨쳐내려 몸부림치느라 온 밤을 지새고서야 새벽을 맞았다. 버티는 데까지 버티어내려던 내 죽음의 자립의지는 간데없이 사라지고 나는 온 밤을 두려움에 떨며 죽음이 보내오는 더욱 잦아진 신호에 시달려야 했다. 통증이 내 몸을 덮쳐오는 순간부터 내 의지, 내 꿈, 내 자존심은 맥없이 무릎이 꺾이고 마는 것이다. 차라리 죽음이 더 크게 입 벌려 나와 함께 내 안의 고통마저 삼켜주길 바랄 뿐이다.

새벽녘에 겨우 잠이 든 나는 하루가 다시 저물도록 험한 꿈에 갇혀서 빠져나오지 못했다. 지금의 나보다 훨씬 젊은, 사진 속에서도 보지 못했던 어머니가 꿈에 나타나 내 곁을 지키고 있었다. 예전에 어머니에게 하듯 패악을 부리며 나는 어머니를 떼밀었다. 하지만 어머니는 내가 아무리 모질게 뿌리쳐도 그 자리에 그대로 무표정으로 있었다. 무서웠다.

저물녘 침대 위에서 눈을 뜬 나는 죽음이 퍽 가까이 와 있는 걸 느껐다. 마치 내가 누운 침대가 일상의 모든 것들로부터 분리되어 하나의 섬처럼 둥실 떠오르는 것만 같았다. 간밤에 통증에 시달릴 때처럼 두렵지는 않았다. 일몰의 빛이 낯선 방에 꼬리를 드리운 그 시간만큼은 자신의 운명을 피할 수 없는 시간이었다. 나는 어둑신한 방에 그대로 누운 채 죽음의 기척을 피하지 않았다.

"서정령씨."

내 이름이 막 불리고 있을 때, 나는 새삼 내 나이가 서른아홉이란 사실을 떠올리는 중이었다. 봄날이었다. 서른아홉의 봄날. 세상에 태어나 서른여덟 번의 봄을 보냈건만 봄이란 말, 그 말이 불러들이는 이미지는 이제야 처음인 듯 나를 설레게 하고 있었다. 여리디여린 연녹의 새싹, 바위틈을 뚫고 피어나는 그토록 작은 제비꽃 한 포기, 갈아엎어놓은 흙의 붉은 속살, 흙의 살결에 파묻혀 있다가 기어나오는 자디잔 생명체들, 아지랑이의 냄새.

세상은 이제 막 다시금 봄과 함께 새로이 시작되고 창조될 터였다. 봄은 씨앗을 품어주고, 그것에 비를 뿌려주고, 그리고 꽃을 피워낼 것이다. 아름다워라. 수십 번 반복되어온 봄의 조화가 서른아홉에 이르러서야 몸서리치게 사무쳐올 줄이야.

"서정령씨 안 계세요? 서정령씨."

나는 자리에서 일어섰다. 봄이 난만하려는 창 밖에서 시선을 거둬들이고 진찰실로 들어섰다. 제일 먼저 의사의 흰 가운 속에 받쳐입은 스카이 블루의 셔츠 깃이 내 눈을 잡아당겼다. 시리도록 눈이 부셨다. 그의 셔츠 깃 푸른빛에서 진찰실을 압도하는 생명의 기운이 느껴졌다.

"보호자는 함께 안 오셨습니까?"

"네?"

"가족과 함께하려고 귀국한 걸로 아는데……."

그는 뉴저지에서 맨 먼저 내 몸의 암세포를 감지해낸 한인 의사, 닥터 지의 친구였다. 귀국인사를 위해 닥터 지를 찾아갔을 때 소개받은 암 전문의였다. 아마 닥터 지는 한국의 친구에게 나 모르는 정보를 주었을 것이다. 그들은 지극히 의료적인 정확한 예측도 주고받았으리라. 귀국 후 곧 제 발로 찾아오고야 말 한 여자의 어쩌지 못할 병에 대해서.

"가족이 없습니다."

뉴저지의 닥터 지는 뒤늦게 내게 인간적인 친밀감을 드러냈었다. 그러나 그것은 어쩌면 치유가 불가능한 환자에 대한 의사로서의 전형적인 태도가 아니었을까.

"그러면 친지나 친구 한 사람이라도 연락처를……."

의사는 자꾸 말끝을 흐렸다.

"그렇게 급박해졌나요?"

그는 미국에서 나를 치료했던 의사들에 비해 퍽 말을 아끼는 의사였다.

"일단 입원을 해서 살펴봅시다."

내가 가져간 진료기록 사본을 들여다보며 그가 한 말이었다.

"최악인가요? 어제밤에도 한숨 못 잤어요. 어떡하죠? 겨우 이틀 전에 귀국했어요. 저한테는 시간이 필요해요. 어쩌면 좋아요."

삶만큼 다양한 죽음의 모습들, 그중에서도 하필이면 가장 흔하고 황폐한 죽음의 길로 들어선 것이 참기 힘들었을 뿐 죽음 그 자체를 거부할 힘은 이제 내게 남아 있지 않았다. 그저 시간이 좀 필요할 뿐인 것을.

"노력해봅시다. 당장 입원하세요."

"더 치료할 게 남았나요? 그냥 이대로 버티면 안 될까요? 시간이 없거든요."

"그러니까 입원하자는 거지요. 당장."

그는 인터폰을 들어 누군가에게 응급 환자의 입원 수속을 의뢰했다.

귀국 사흘째 되는 날 나는 고국에 돌아와서도 벗어나지 못하고 다시 병실에 누워야 했다. 호텔에서 멀지 않은 종합병원의 암병동이었다. 언덕에 위치한 병실의 창가에 서면 고속촬영 렌즈에 눈을 들이대고 보는 듯한 봄의 풍경이 펼쳐졌다. 봄이 고속으로 미친 듯이 어디론가 달려가는 게 보였다. 마치 내 눈을 피해 달아나는 것 같아 보였다. 죽음의 곁눈질을 뿌리치려는 생명의 눈부신 날갯짓들.

2

왜 날 낳았어?

세상에 눈을 뜨면서 일관되게, 지속적으로 내가 어머니에게 퍼부었던 원초적인 이 질문. 결코 어머니 자의에 의해 나의 생명이 세상에 던져질 수 없음을 알고 있었음에도 나의 이 질문은 멈춰지지 않았다. 나는 이 질문의 답을 구하기 위해 세상에 나온 것처럼 어머니에게 묻고 또 물었다.

왜 나를 낳아놨어.

이 질문은 삶을 지속하기 위한 끝없는 존재에의 확인처럼, 또는 존재의 이유처럼 나와 나를 낳은 내 어머니 사이에 떠 있었다. 그러나 그것은 내가 내게 던진, 내 스스로 답을 구해야 하는 질문이었을 뿐이다.

왜 나를 낳았어? 왜? 왜?

어머니에게 던져졌다가 어김없이 내게로 되돌아와 박히는 이 질문의 답을 구하고 나면 그때 나는 어른이 되리라 믿었던 것일까.

그러나 이 질문 뒤에는 영원히 멈춰 있고 싶은 한순간이 있다. 그러므로 이 질문은 어쩌면 붙잡을 수 없었던 그 순간에 대한 아득한 그리움에의 절규, 그것이었을지도.

아주 오래된 기억 속에 완벽한 구도로 각인된 장면 하나.
젊은 부부와 어린 계집아이가 이뤄낸 삼각구도. 작은 방 안에 젊은 어머니와 젊은 아버지 그리고 어린 딸이 함께 있다. 그들 셋은 모두 웃고 있다. 웃는 어머니와 아버지의 시선은 내 목을 향하고 있다. 어린 나는 손을 들어 내 목을 더듬는다. 나는 목에 걸려 있는 목걸이를 확인하고 나서야 그들과 함께 안도의 웃음을 짓는다. 너무도 완벽한 삼각구도라 그 안에 넘치는 행복이 빠져나갈 틈은 절대 없다. 셋이 이뤄낸 그 구도는 굳건하고도 부드러운, 절대 변형될 수 없는 완전 그 자체이다.
삼각의 행복 정점에 진주목걸이가 있다. 처음 그것은 아버지의 손에 들려 있었다. 그리고 잠시 후 그것은 아버지의 손에서 어머니의 목으로 다시 내 목으로 옮겨왔다. 그것은 그렇게 우리의 일상에 스며든 색다른 빛으로, 설렘으로 서로의 손에서 목으로 번갈아 전해지고 있었던 것이다. 한밤중에 오줌을 누러 일어나 방 한구석의 요강을 타고 앉은 나는 잠결에 손을 허공중에 휘저으며 내 목에 걸려 있는 진주목걸이를 찾는다. 아버지와 어머니, 누운 채로 나를 보며 웃음을 터뜨린다. 목걸이를 찾아 허공을 헤매던 내 손은 그들의 웃음소리와 동시에 내 목에 걸려 있는 그것의 존재를 확인한다. 그리고 나서야 비실비실 그들과 함께 웃는다.

어린 내가 어둠 속에서 확인하려 했던 것은 어쩌면 조개가 머금고 있던 보석이 아니라 완벽한 삼각구도의 행복, 그것이 아니었을까.

알알이 실에 꿰여 눈부신 목걸이가 된 진주처럼 서로가 서로를 엮어 만들어낸 아름다운 일체감, 그것.

그러나 그토록 아름답고 완벽했던 삼각구도는 오래지 않아 허물어져버린다.

내 기억 속에 빛과 어둠처럼 양면의 얼굴로 버티고 있는 두 장면 사이에 무슨 일이 있었는지 알 수는 없다. 그때 나는 몇 살이었나. 서너 살? 다섯 살은 넘기지 않았던 것 같다. 다섯 살 전의 내 기억은 딱 그 두 장면만 담고 있다. 그리고 다섯 살을 넘기면서부터 기억은 다시 일상으로 연결된다. 그러니까 극적으로 대비되는 그 두 장면만이 실제로 극중 서막처럼 기억의 저 끝에 지워지지 않고 남아 있는 것이다.

두번째 기억 속의 장면.

셋이 웃던 방에 나는 없다. 나는 그들과 함께 있지 않고 방의 바깥에서 방 안을 들여다보는 관찰자가 되어 있다. 사각의 방에서는 어머니와 아버지가 대각을 이루며 마주 보고 앉아 있다. 무엇인가를 밟고 올라가 창문에 위태롭게 매달린 어린 계집아이에게 어머니의 얼굴은 보이지 않는다. 아이는 어머니의 등을 넘어 아버지의 얼굴을 본다. 머리칼은 헝클어진 채 다 곤두서 있고 얼굴과 목은 손톱에 난자당한 흔적으로 핏자국이 어른거린다. 어린 계집아이는 아버지의 상처투성이 얼굴에서 고통으로 일그러진 표정을 덮는 쓸쓸한 미소를 얼핏 본다. 한 번도 본 적 없는 섬찟하도록 허탈한 아버지의 그 얼굴이 너무 낯설다. 아이는 아버지의 얼굴에서 다시는 돌아갈 수 없게 된 셋만의 시간, 파괴되어버린 그것을 본다. 그러나 아이가 볼 수 있는 어머니의 표정은 없다. 온몸을 웅크린 채 상대를 향해 공격의 순간을 노리는 짐승의 그것처럼 들썩이는 두 어깨와 등만 보일 뿐이다. 그리고 어머니의 오른손에 쥐어져 양날을 쩍 벌린 가위의 번뜩이는 빛. 어머니는 양쪽으로 벌린 가위의 중심을 손으로 움켜쥐고 시퍼런 가위날을 아버지 앞에 빳빳이 치켜들고 있다. 가위를 움켜쥔 어머니의 손가락 사이로 핏물이 흐르는 것을 본 아이가 자지러질 듯 울음을 터뜨리는 순간, 어머니는 아버지를 향했던 가위의 날을 자신의 가슴으로 되돌린다. 아이의 비명과 가위를 빼앗으려는 둘 사이의 난투극. 그 순간 아이의 눈으로 반짝이는 빛이 쏟아진다. 아이의 시선은 피를 뿌리는 부모를 버려두고 흩어지는 빛을 황망히 좇는다. 부서진 물건들이 나뒹구는 방바닥에 알알이 흩뿌려진 진주 알갱이들.

아직 너무도 어려서 생각도 판단도 없었던 그때의 나, 창틀에 매달려 내 부모의 증오에 찬 싸움을 숨죽여 지켜보아야 했던 그때의 내게 왜 어머니는 얼굴을 보여주지 않았을까. 그때 어머니의 얼굴도 보았다면, 살기등등한 그 뒷모습을 돌려 자신의 얼굴에 감추어진 처연한 갈구의 빛을 내게 보여주었더라면 훗날 두고두고 어머니를 받아들이기까지의 내 고통이 좀 덜어지지 않았을까. 그러나 내가 본 것은 어머니에게 질린 아버지의 얼굴뿐이었으며 그날 이후 어머니의 얼굴은 쩍 벌어진 은빛 가위날에 지워져 다시 되살아나지 않았다.

나는 결국 아버지의 손에 의해 거두어졌다. 어머니가 나를 아버지에게 남겨두고 떠나간 후 어린 내가 느낀 안도감은 과연 평화였을까. 그것은 닿을 듯 말 듯 끈질기게 갈망하던 무엇인가를 손끝에서 탁 놓아버린 후의 상실감, 그것의 또다른 얼굴은 아니었을까. 그러나 그나마의 평화조차 놓치고 싶지 않을 만큼 나는 일찌감치 생각이 많은 아이가 되어 있었다.

이제 나는 영원히 상실감을 감춘 거짓 평화 속에서 살아가야 할 것이었다.

그 거짓 평화 속에서 나는 자랐다.

어린 딸과 남겨진 아버지는 가위날을 세워든 어머니 앞에서 삶을 포기한 자이던 모습 그대로였다. 증오는 끈질기고도 무성한 번식력으로 아버지의 생을 잠식해 들어갔다.

선원이었던 아버지는 더이상 바다로 나가지 않았다. 아니, 나갈 수 없었다.

청년이 되기까지 그의 꿈은 해군 장교가 되는 것이었다. 그는 바다가 무조건 좋았다. 바다에 이끌리는 그의 몸과 마음은 무엇으로도 설명이 되지 않는 생래적인 것이었다. 스무 살이 되기 전까지는 오직 해군 사관생도가 되기 위해 전부를 바치다시피 했다. 그 결과 그는 우수한 성적으로 학과시험에 합격할 수 있었다. 그러나 엄격하고도 까다로운 신체검사에서 그만 좌절하고 말아야 했다. 그로서는 노력하거나 개선해볼 수조차 없는 벽이었다. 타고난 신체구조의 미세한 결함이 자신의 꿈을 앗아갈 줄은 정말 몰랐다. 그는 자신이 그토록 오래 이룰 수 없는 꿈을 품고 살아왔다는 데 분노했다. 그는 처음으로 세상이란 결코 자신의 꿈이나 자신의 힘만으로 헤쳐나갈 수 없는 곳이란 걸 뼈저리게 느껴야 했다.

그러나 그는 끝내 바다가 아닌 곳에서의 자신의 삶을 받아들일 수 없었다. 그는 이듬해 자신의 꿈을 낮춰 해양학교에 입학하였고 마침내 선원이 될 수 있었다. 학교를 졸업하기 직전 배를 타고 처음으로 대양에 나가 세상을 돌게 되었을 때 그는 바다 한가운데서 생각했다. 내가 죽어도 좋은 곳은 여기뿐이다. 그 앞에 펼쳐진 깊이를 알 수 없는 짙푸른 바다는 한없이 부드럽고도 격렬한, 그의 전부를 받아줄 원시의 세계였다. 아득한 수심을 내려다보며 그곳으로 자신의 몸을 통째로 던져넣고 싶던 새파란 청년의 충동.

그는 육지에서의 인간의 삶에는 서서히 둔감해져갔다. 그에게서 땅 위의 세상은 점점 멀어져갔고 그렇게 그는 일상의 감각마저 서서히 잃어갔다. 어쩌다 땅에 내려섰을 때에는 다시 바다로 돌아가고 싶은 마음만을 안고 낯선 땅을 배회하는 몽환적인 사나이처럼 바다에서의 눈과 마음으로 세상을 낯설게 바라볼 뿐이었다. 그러나 뭍에서의 적응력을 잃어가면 갈수록 바다에서의 그의 본능은 기운차게 솟아올랐다. 한없이 부드럽기만 하던 바다가 무섭게 포효하며 돌변하는 모습조차도 그에겐 두려움을 넘어선 놀라운 아름다움으로 느껴졌다. 바다에 동화된 그는 바다를 닮은 깊고도 부드러운 얼굴이 되어갔다.

그러나 이제 아버지의 얼굴은 바다를 잃어가고 있었다.

아버지의 얼굴에서 바다의 부드러움과 바다의 깊이와 바다의 생명력을 빼앗은 건 바로 나였다. 나는 아버지의 꿈과 아버지의 자유와 아버지의 생을 빼앗은 것이다.

어린 딸을 데리고 바다에 나갈 수 없게 된 아버지는 다른 직업을

30

찾기도 쉽지 않았다. 아버지는 나를 데리고 떠돌며 수많은 일용직에 자신의 몸을 부렸다. 부두의 하역 작업이나 건설공사장의 인부, 트럭 운전 등의 거친 일을 찾아다녔다. 바다로 나갈 수 없게 된, 삶의 길이 막힌 자의 처절한 살아남기의 방법으로 아버지는 자신의 육신을 끊임없이 혹사시켜야 했다.

내가 학교에 들어간 이후에 아버지는 일용직을 버리고 한 곳에서 나를 키우기 위해 장사를 시작했다. 하지만 장사에 도무지 소질이 없던 아버지는 그나마 파는 물건의 종류를 자주 바꿔야 했다.

아버지가 마지막으로 했던 장사는 내가 다니던 학교 앞에 차렸던 작은 문방구였다. 아버지는 그 일을 꽤 오래 했다. 아침마다 등교길 아이들에게 정신없이 시달리는 데 비해 별로 벌이도 시원찮은 그 일을 지속할 수 있었던 이유가 아버지에게는 딱 하나 있었다. 학교의 강당에 놓여 있는 낡은 피아노가 그것이었다.

아버지는 아이들이 모두 집으로 돌아간 늦은 오후가 되면 학교의 별관으로 지어진 휑뎅그렁한 강당으로 가서 구석 한켠에 버려진 듯 놓여 있는 피아노 앞에 앉아 날이 저물도록 건반을 누르곤 했다. 어린 시절 배워두었던 피아노를 다시 치기 시작한 아버지의 얼굴에서는 사그라들었던 빛이 서서히 되살아나 마른 나무와 같았던 표정을 물들여가고 있었다.

저녁이면 아버지의 피아노 소리는 텅 빈 운동장을 타넘어 학교 앞의 가게에 딸린 우리의 어둑신한 방으로 건너왔다. 나는 해질녘의 드넓은 운동장을 가로질러 아득한 곳의 아버지에게로 한 발짝씩 다가갔다. 왠지 자꾸만 멀어지고 있는 아버지를 향해서. 지는 해의 꼬리가 텅 빈 운동장을 훑고 나서 학교 뒷산을 타고 넘어가버리면 소사 아저씨만 남아서 지키는 학교는 아이들이 말하던 귀신이라도 나올 듯 적막한 어스름에 휩싸이곤 했다.

학교 건물 본채와 뚝 떨어져 뒤편에 위치한 거친 바라크에서 새어나오는 피아노 선율을 따라 강당의 뒷문을 소리나지 않게 살며시 열고 내 몸을 그리로 들이민다. 창고처럼 버려둔 강당엔 희뿌연 먼지가 뒤덮여 있고 한구석엔 속이 비어져나온 매트리스, 뜀틀, 평행봉 따위가 널려 있다. 아버지는 강당의 앞쪽 단상 위 끄트머리에 놓인 피아노 앞에 앉아 있다. 천장은 궁륭 모양으로 아득히 공허하게 높다랗고 아버지와 나 사이엔 뿌연 먼지가 내려앉은 드넓은 마룻바닥이 놓여 있다. 텅 빈 사원처럼, 제단도 사제도 없는 사원처럼, 신마저 떠나버린 황폐한 사원처럼 아버지와 나 사이에 휑하게 트여 있는 공간에 아버지의 피아노 소리가 차오른다. 노동으로 투박해진 무딘 손을 피아노 위에 경배하듯이 얹고서 섬세하고도 격렬하게 건반을 두드리는 믿을 수 없는 아버지. 구부린 아버지의 등과 어깨는 신을 경배하는 사제처럼 피아노를 파고든다. 나는 더이상 사원을 가로넘어 아버지에게 다가가지 못한다. 내게서 떠나 있는 아버지를 그저 먼발치에서 눈물 지으며 바라볼 뿐이다.

아홉 살이던 내게 아버지는 말했다.

"애야, 아버지가 다녀올 곳이 있으니까 잠깐만 어디에 좀 가 있어다오. 그럴 수 있겠니?"

나는 아버지의 말이 채 끝나기도 전에 고개를 끄덕이고 있었다. 나는 이미 준비가 되어 있었던 것이다. 아니 내가 아버지에게 무언가를 해줄 수 있다는 데 스스로 안도하고 있었던 것 같다.

3

병원 뜨락에 꽃이란 꽃은 다 피어난 봄날.

복사꽃, 앵두꽃, 백목련과 자목련, 병원 뜨락은 마치 누군가 방금 조화를 부려놓은 화원 같았다. 흰빛과 보라, 분홍의 화사하고 은은한 빛깔들이 서로 어우러지고 뒤섞여서 거대한 한 그루의 꽃나무처럼 봄을 밝히고 있었다. 뜨락에서 시선을 들어 더 먼 곳으로 눈길을 주면 저 멀리 내 시선이 더이상 나아갈 수 없는 곳에는 그립던 산이 있었다. 점점이 산에 불그레 얼룩을 들여놓은 진달래 꽃무리들. 아니 산 속에 피어난 봄꽃들은 실제로 내 눈에는 보이지 않는다. 그러나 내 눈의 가시거리 바깥에서 흐드러지게 피어 있는 진달래의 여린 분홍 꽃잎은 그 어느 해보다 내 눈에 저리게 다가든다. 어디 진달래뿐이랴. 분분히 날아가버릴 듯한 노오란 산수유 꽃봉오리. 등불처럼 온 산을 밝히고 있을 산벚꽃의 희디흰 개화.

이 땅을 떠나 미국에 살고 있을 때, 해질 무렵 문득 시선을 들어

눈높이에 뚫려 있는 부엌 창을 내다보다가 마음을 둘 데 없어 부엌 바닥으로 무너져내리곤 하던 나. 산이 없었다. 그래도 내 눈은 매번 버릇처럼 산을 찾아 허공을 안타까이 휘도는 것이었다. 자동차를 타고 도로를 달릴 때에도 광활한 지평선 너머의 나타나지 않는 산을 찾느라 눈이 시렸다.

이 땅에 태어나 사는 동안 내 눈이 얼마나 산에 길들여졌었는지 산이 내 시야에서 사라진 후에야 알았다. 어린 날의 저물녘 어머니가 안 계신 집으로 돌아갈 때 빈집 뒤로 저 멀리 버티고 있던 검푸른 빛의 산 능선. 능선은 높고 거대하면서도 부드럽고 아늑하게 그 아름다운 곡선을 내 시선이 좇아가는 데까지 끊임없이 이어가주었었다. 나의 전부를 파묻어줄 듯한 어머니의 젖무덤처럼.

미국 땅에 살며 제일 적응하기 힘들었던 것은 내 시선의 끝에 언제나 걸려 있어야 할 그 산 능선이 사라져버린 것이었다. 절대 떠나지 않고 그 자리에 그대로 서 있어서 그만 잊혀졌던 거대한 존재.

병실에 누워 내 몸에 창궐하고 있는 암세포의 급박한 진행을 검진받는 며칠간 나는 창 밖에서 나 모르게 어디론가 달려가고 있는 봄의 속도만큼 나를 향해 오고 있는 죽음을 느꼈다. 내 생전 그렇게 빠르게 피어나는 봄은 처음 보았다. 그것은 차라리 봄의 질주였다. 덩실덩실 피어난 꽃이 그윽한 향기를 뿜어내는 동안 꽃가루들은 눈에 띄지 않게 분주히 날아다니며 다음 봄을 준비할 터였다. 보이지 않는 그 숨가쁜 움직임은 다음해 봄에도 또다시 눈부신 꽃송이를 만개시킬 것이다.

나는 병실 창에 붙박이듯 서서 다시 못 볼 봄을 보고 또 보았다. 보아도 보아도 이쁘기만 한 봄이었다. 참 예쁜 세상이구나. 세상이

이리도 아름다운 줄 진작 알았더라면 내 생이 달라졌을까. 아, 짧아
라.

종일이라도 병실 창에 눈을 대고 서 있을 수 있었다. 창 바로 앞에
흐드러지게 피어난 벚꽃. 흑갈색의 나뭇가지 위에 눈부신 화관처럼
덩실 얹힌 꽃무리는 지상에 피어난 꽃이 아닌 듯, 천상에서 잠시 내
려와 앉은 눈꽃인 듯 유리창 안에서도 눈이 시렸다. 시린 눈을 나의
내면으로 향할라치면 꽃은 슬쩍슬쩍 내게 말을 걸어왔다. 그렇게
사는 게 아니었어. 네가 네 삶을 망친 거야. 한 번뿐인 생이었잖아.
그런데 넌 지금 무얼 더 기다리고 있지?

간호사가 불을 꺼주고 나간 어두운 병실에서 서성이다가 다시 창
으로 다가서면 만개한 봄꽃은 간데없고 캄캄한 유리창에는 한 여자
의 고통으로 뭉개진 얼굴이 떠 있었다. 풀어헤친 머리칼, 퀭한 두
눈, 바싹 마른 입술, 볼이 움푹 패면서 더욱 뾰족해진 턱, 나는 머리
칼을 귀 뒤로 쓸어넘기고 여자의 얼굴을 내 앞으로 바짝 끌어당긴
다. 가엾어 보인다. 네가 생을 잘못 산 것이 아니야. 네가 생에 시달
린 거야. 그러니 이제 고달픈 생을 기꺼이 떠나주는 거야. 무얼 더
기다리지? 유리창에 이마를 대고 여자와 함께 운다. 눈물이 빗물처
럼 유리창을 타고 흘러내린다.

호텔에서의 첫 밤 이후 다시 겪는 무서운 밤이었다. 나는 육신의
고통과 정신의 두려움에 휩싸여 온몸을 덜덜 떨며 꼬박 밤을 새웠
다. 차라리 잠보다 더 깊은 곳의 죽음 속으로 빠져들기를, 그리하여
형벌과도 같은 고통에서 놓여나기만을 간절히 빌었지만 그럴수록
육신의 통증은 기승을 부렸고 정신의 악마성은 끝간데없이 뻗쳐나
갔다. 온 밤을 광증에 시달리며 생과 사를 혼절하듯 수없이 넘나들
어야 했다.

무엇을 기다린 걸까.

나는 기다리고 있었다. 어린 날 무섬증에 떨며 누군가를 기다리듯.
바닷가 보육원 침상에 누워 바위에 부서지는 파도 소리에 밤새 시
달리며 아홉 살의 내가 기다리고 기다리던 아버지. 아버지는 오지
않았다. 그때는 파도 소리가 세상에서 제일 무서웠다. 캄캄한 어둠
속 바닷가 절벽에 위치한 보육원 침상 위에 누워 있는 내게 살아 있
음을 일깨워주는 것은 오직 하나, 소름 돋는 어마어마한 파도 소리
뿐이었다. 기다란 방의 즐비한 나무 침상에 담요를 덮고 나란히 누
운 아이들은 모두 깊은 잠에 빠져 있었다. 온 세상을 집어삼킬 듯
덮쳐오는 파도 소리에도 코를 골며 곤히 자고 있는 아이들 틈에서
나만 홀로 깨어 그 공포스러운 파도를 떨리는 몸으로 견디고 있었
다. 나는 가슴에 손을 포개고 누워 절벽에 부딪힌 파도가 굉음을 내
고 부서진 뒤 다시 밀려오기까지 숫자를 세고 또 세었다. 전율스러
운 파괴력을 몰고 나를 향해 돌진해오는 파도가 여린 내 몸을 타고
넘는 순간을 정확히 세고 있다가 그 순간이 닥치기 직전에 반사적
으로 몸을 도르르 말고서 그것이 나를 밟고 어서 지나가주길 기다
렸다. 세상의 그 무엇보다 파도가 무서웠다. 아니, 그 한밤중 홀로
깨어 파도 소리를 견디어야 하는 세상이 무서웠다.

그러나 나는 기다렸다.

기다림이 나를 키웠다. 기다림이 있었기에 밤마다 어둠 속에서 홀
로 깨어 나를 집어삼킬 듯한 파도 소리와 맞설 수 있었을 것이다.

파도 소리와 맞섰을 뿐만 아니라 보육원에서의 나는 내가 견디어
야 할 새롭고 낯선 모든 것들과 맞서는 아이가 되어갔다. 수줍음을

많이 타고 심약하기만 했던 아이는 전혀 다른 아이로 변해가고 있었다. 때로 사나운 들짐승처럼 표독해진 아이는 누구도 건드릴 수 없을 지경이 되었다. 아이의 내면에 깊숙이 감추어져 있던 또다른 본성이 아이를 지배하기 시작한 것이다. 그것은 갑작스럽고도 낯설기 그지없는 환경을 살아내기 위해 아이가 저도 모르게 시도한 본능적인 탈바꿈이었으리라.

아이에게 기다림이 없었다면 달랐을까. 보육원의 다른 아이들처럼 파도 소리에도 귀를 열지 않고 쉽게 잠을 청하려 했거나 그곳에 동화되기 위하여 스스로 먼저 귀를 닫아버렸을까.

아버지는 꿈에도 그리던 바다에 다시 나가기 위해 얼굴이 온통 털투성이인 외국인 신부가 지키는 성당의 부속 보육원에 나를 맡겼다. 아버지는 내게 몇 번씩이나 금방 돌아오겠다고 말했다. 몇 번씩이나 곧, 빨리라는 말을 힘주어 되뇌었다. 그러나 나는 아버지가 그 말을 반복할 때마다 점점 더 내게서 멀어지는 것만 같아서 자꾸 눈물이 났다. 내 어깨에 얹힌 신부님의 크고 두터운 손이 들썩이는 내 어깨를 지그시 눌러주었지만 나는 눈물을 그칠 수 없었다. 하지만 울면서도 저항하지는 않았다. 그것이 내가 받아들여야 할 내 몫이라는 걸 이미 알고 있었다. 그 동안 아버지가 겪었던 아버지의 몫이 있었듯이 그건 내가 견디어야 할 내 몫이라는 것을.

아버지는 떠나갔고 나는 내가 버려지지 않았음을 스스로 잊지 않기 위해 기다림을 놓지 않았다.

마을은 동쪽 해안을 따라 기다란 형상을 하고 있었다. 마을과 해안 사이에는 큰길이 나 있었다. 마을과 다른 도시를 이어주는 도로였다. 그 마을에 사는 동안 나는 한 번도 큰길에 나가 차를 타고 마을을 벗어나본 적이 없다. 수업이 끝나면 학교에서 쏟아져나온 아이들은 기다란 지형의 중심에 위치한 학교를 기점으로 왼쪽과 오른쪽으로 흩어져 집을 찾아 돌아간다. 그러나 학교를 나와 왼쪽 길로도 오른쪽 길로도 가지 않고 큰길을 건너서 인가가 없는 외길을 따라 내려가는 한 무리의 아이들이 있다. 아이들은 학년이 제각각이지만 항상 붙어다닌다. 함께 떼지어 등교하고 하교시간이면 운동장 귀퉁이에서 서로를 기다리고 있다가 다 모이면 함께 돌아가곤 한다. 아이들은 학교에 제일 먼저 오고 또 제일 늦게 집으로 돌아간다. 늘 함께 다니는 아이들 무리는 그래서 개개인의 이름으로 존재하지 않는다. 그들은 학교에서도 마을에서도 성당 아이들이라고 불릴 뿐이다.

아이들이 꽤 오래 걸어서 돌아가는 인가가 없는 그 길은 마을에서 해안으로 바로 연결되는 길이다. 그러나 도로를 따라 펼쳐진 탁 트인 해안이 아니다. 본래 마을은 도로를 따라 펼쳐진 완만한 해안의 고운 모래 덕택에 여름이면 해수욕객으로 붐비지만 아이들이 걸어다니는 길의 끝에 바다와 맞닿아 있는 곳은 바위투성이의 거칠고 외진 곳이라 아무도 찾지 않는 버려진 해안이나 다름없다. 마을의 한쪽 끝에서 바다를 향해 기형적으로 돌출된 지형이 바로 그곳이다. 큰길에 잇대어져 마을에서 해안 끝으로 연결되는 길의 중간쯤 성당 아이들이 사는 보육원이 있다.

마을에 하나뿐인 성당은 바닷가 외딴 언덕에서 오래 전부터 소금기 묻은 바닷바람을 맞으며 서 있어온 탓에 새하얗던 그리스 풍의 외벽은 이제 누런 빛을 머금은 회색으로 변색되어버렸다. 바다를 내려다보고 서 있는 성당엔 종일 햇볕이 떠나지 않았고 그래서 한 겨울을 빼고는 거의 언제나 뜰에서 색색의 꽃을 볼 수 있었다. 몸집이 장대하고 털이 많은 신부님과 두 분의 수녀님이 살고 있는 성당은 마을과 뚝 떨어진 외딴 언덕에 있는데다 꽃 가꾸기가 취미인 신부님이 고향 프로방스 마을에서 가져와 뿌린 꽃씨들이 피워낸 색다른 꽃들로 마을 속의 다른 나라 같았다.

늘 조용한 두 분의 수녀님 중 나이든 수녀님을 아이들은 엄마라고 불렀다.

엄마.

한 번도 소리내어 불러본 적 없고 한번도 그 모습을 확인해본 적 없으나 내 안에 지워지지 않고 살아 숨쉬고 있는 엄마. 세상에 존재하는 그 누구의 엄마와도 다른, 실재하지도 않으면서 더욱 완벽한 존재감으로 나를 채우고 있는 나만의 엄마. 나의 엄마는 현실에 존재하지 않는 까닭에 소리내어 불릴 수 없었다. 내가 엄마를 부르는 방법은 소리를 통하지 않는, 소리를 빌리지 않는 나만의 것이었다. 엄마에 대한 기억도, 추억도, 기다림조차도 남들처럼 갖지 못했으면서 나는 보육원 아이들 중 유일하게 수녀님을 엄마라고 부르지 않았다. 엄마라는 대상에 대한 남과 다른 집착을 내게서 엿보았음일까. 수녀님은 내게 다른 아이들이 부르는 호칭을 강요하지 않았다.

보육원에서의 생활은 청빈하고 엄격했으며 조용했다. 누가 일일이 지시하지 않아도 아이들의 일상은 신앙의 내적 감시 아래 자율적으로 진행되었다. 버림받은 아이들의 내면은 굳게 닫혀 있었지만 그것은 생존에 자신을 순응시키기 위한 한결같은 태도에 지나지 않았다. 아이들은 자율적으로 정해놓은 규율에 따라 일사분란하게 움직였다. 누구나 혼란을 겪었고 누구나 깊은 상처를 간직한 탓에 서로가 그 기억의 살얼음판을 되도록 멀리하려 했다. 그것은 서로에 대한 세심한 배려인 듯했지만 실상은 서로에 대한 치열한 방어본 능이기도 했다. 아이들은 잘못을 저지르면 그 경중에 따라 저녁을 굶거나 빈방에서 묵상을 해야 했다. 바다에 면한 작고 어두운 방이었다. 끊임없이 밀려오는 파도 소리로 꽉찬 방은 무릎 꿇은 아이를 마치 바다 위 절벽 끝에 홀로 세운 듯하였으므로 빈방에 들어선 아이들은 묵상에 앞서 이미 자신의 죄를 눈물로 참회하지 않을 수 없었다.

보육원 건물은 성당 본채에서 떨어져 바다에 잇닿은 언덕 끝에 서 있었다. 그곳에서는 어느 방에서나 파도 소리가 아우성치고 있었다. 아이들은 함께 모여 있을 때에는 파도 소리를 이겨먹으려 떠들고 소리지르다가도 문득 혼자가 되는 순간에는 전율스러운 외로움으로 보복을 가해오는 그것과 맞닥뜨려야 했다.

간혹 아이들은 언덕 아래 바다로 내려가기도 했다. 고운 모래 대신 검고 거친 바위들뿐인 해변은 아이들이 놀기에 안전하지 못한 장소여서 그곳에 내려가는 것은 금지되어 있었지만 때로 누군가의 눈짓 하나로도 아이들은 쏜살같이 그곳으로 모였다. 그리고는 누구랄 것도 없이 한데 어울려 미친 듯이 놀았다. 그때만은 자신을 덮쳐오는 파도를 상대로 쉴새없이 장난을 걸고 쫓아다니며 모든 걸 다 잊을 수 있었다. 생을 버티어주는 기다림조차도. 그런 날의 밤엔 원생 모두에게 내려진 벌로 저녁을 굶고서도 곤하게 잠들 수 있었다.

바닷가 마을에서 성당 아이로 살아가던 나.
나는 내가 점점 다른 아이가 되어가는 것을 스스로도 느끼고 있었다. 때로 나 자신조차도 낯설 만큼 나는 변화하고 있었다. 자신이 바뀌어가고 있다는 사실은 문득 내게 두려움을 몰고 오기도 했지만 내게서 더 큰 두려움을 앗아가기도 했다. 나도 파도 소리를 베고 누워 잠들 수 있게 된 것이다.

아마 그때부터였을 것이다. 나는 오래도록 아버지와 나의 삶에서 금기시되었던 어머니의 존재를 비로소 내 기억 속에서 길어올리기 시작했다. 그리고 어머니가 그토록 어린 나를 버리고 간 것은 실은 내 탓이 아니었을까, 내 안에 짓눌려 있던 질문을 두려운 마음으로 꺼내보기 시작했다. 아버지가 떠난 것도 엄마가 떠난 것도 다 네 탓이야. 결코 인정하고 싶지 않았던, 그러나 내 안에 억눌려 끈질기게 숨쉬고 있던 것에 나를 내주고서 나는 진정 자유로워졌다. 나는 이제 성당 아이 누구나처럼 고아가 된 것이다. 아늑한 기다림의 집을 부수어버리고서.

정녕 열 살짜리 계집아이는 자유로워진 것일까.

아이가 목숨처럼 놓지 않으려던 기다림은 아이를 두고 점점 엷어져갔고 아이는 세상에 홀로 버려진 자신을 서서히 받아들이지 않을 수 없었다. 이제 아이는 스스로 생을 이어가기 위해 남보다 일찍 어른이 되는 길을 찾아가고 있었다.

아이는 곧잘 성당 밖으로 나가 아무도 가지 않는 길을 따라 혼자 걸어갔다. 매일 한 발짝씩 더 멀리까지 걸어나갔다. 길이라고 할 수 없는 길. 그곳은 폐쇄된 길이었다. 학교 앞에서 큰길을 건너 성당으로 가는 외딴길을 걷다보면 길은 성당을 조금 지나쳐 슬쩍 끊기고 만다. 길이 끊긴 곳에는 널찍한 공터가 형성되어 있어서 아이들이 놀기에 좋았지만 웬일인지 아이들은 그곳으로 모여들지 않았다. 아이들마저 찾지 않는 버려진 공터 주변엔 벌건 녹을 뒤집어쓴 드럼

통들이 나뒹굴고 아무렇게나 버려진 쓰레기 더미들은 군데군데 동산을 쌓아놓고 있었다. 그 뒤로는 무성하게 우거진 잡초숲이 시야를 가로막고 있었는데 거기서부터는 금단의 땅이었다. 바다를 향해 기다랗게 돌출되어 있는 땅의 끝으로 이어지는 길은 거기서 끊겨 있었다. 아무도 그곳에서 더 나아가지 않았다.

담력 큰 사내아이들 사이에서는 성당 앞에서 출발해 공터를 돌아 나오는 달리기 시합이 벌어지기도 했다. 전속력을 다해 달려가 공터의 반환점을 돌아나올 때에는 몸이 저도 모르게 마구 뒤로 끄달리는 듯한 기분이 들어 더 죽어라 달려도 발은 쇳덩이를 매달았는지 앞으로 나아가질 않고 자꾸 제자리에서만 맴돌더라고 새하얘진 얼굴로 무용담을 떠벌리는 아이도 있었다.

밀림처럼 우거진 잡풀숲 그 너머, 땅 끝 바닷가에는 숨어사는 사람들의 아주 작은 마을이 있었다. 마을 사람들은 그들을 문둥이라고 불렀다.

지형적으로 마을과 단절된 바닷가에서 그들이 어떻게 살아가는지 그들의 형상이 어떤지 한 번도 본 적 없건만 아이들은 떠도는 소문만으로도 두려움 속에서 그들의 세계를 끝없이 상상해내었다. 확인되지 않았으므로 더욱 흥미롭고 더욱 두려운 존재인 그들은 그래서 더욱 아이들의 상상력을 끝간데없이 부풀려주며 보이지 않는 그곳에 살고 있었다. 마을에서 나환자촌과 가장 가까운 곳에 살고 있는 성당 아이들에게 그들의 존재는 더욱 집요히 따라붙었다. 마을 아이들은 그들과 지척에 살고 있는 성당 아이들에게서 늘 그들의 소문을 듣고 싶어했고 성당 아이들은 근거 없는 소문을 마을 아이들에게 생생히 전달함으로써 혼자만의 소름끼치는 두려움에서 벗어나려 했다. 아이들에게 한번도 본 적 없는 그들 집단은 금지된 땅에 격리된 가상의 세계에 불과했지만 스스로 버림받았음을 깨닫는 어느 순간에 이를 때 아이들 자신과 그들 사이의 경계는 마치 소문으로만 듣던 그들의 얼굴처럼 문드러지고 마는 것이었다.

눈썹이 제일 먼저 없어지고 얼굴이 서서히 뭉개지며 차츰 손발까지 문드러진다는 소름끼치는 천형. 보름달이 뜨는 밤 잡초 우거진 수풀 속에서 아이들의 간을 파먹어야 낫는다는 문둥병.

푸르른 달빛이 서서히 잡초숲을 비추는 밤이 오면 캄캄한 어둠을 뚫고 숲속에서 몸을 일으킨 건장한 사내가 서걱서걱 풀을 짓밟으며 걸어나와 아무도 모르게 마을을 떠나간다. 사내가 떠나간 자리엔 그의 얼굴을 친친 감고 있던 붕대가 허물처럼 벗겨져 있고 그 곁엔 간을 파먹힌 죽은 아이가 피 흘리며 누워 있다. 아이들은 이처럼 기괴한 이야기도 몰래 숨어서 지켜본 듯이 생생하게 묘사해가며 퍼뜨리길 즐겼다.

성당은 금지된 땅과 마을 사이의 중간쯤 되는 곳에 위치해 있었다. 거친 바위투성이인 해변에 내려가 놀 때 헤엄을 쳐 바위를 돌아가면 아주 멀리 그 소문의 마을에서 피어오르는 연기를 볼 수 있었다. 성당이 지리적으로 마을과 나환자촌 사이의 중간지점이듯이 성당 아이들 역시 사람들의 의식에 그만큼의 존재로 자리잡고 있었는지 모른다. 나환자 집단처럼 하나의 집단으로서. 어른들은 그들의 아이들이 성당 아이들과 어울리는 것을 달가워하지 않았다. 문둥이에게 하듯 드러내놓고 내치지는 않았으나 성당의 누구누구가 아닌 단지 성당 아이들과 어울리는 것, 그 자체를 암묵적으로 거부하고 있었다. 그것은 어쩌면 나환자에게서 감염을 두려워하듯이 어떤 집단이 보유한 불행에 대한 민감한 방어본능 같은 것이었으리라.

마을 사람들은 땅 끝의 나환자촌을 아랫마을이라고 스스럼없이 불렀다. 그렇게 함으로써 마을의 변방에 엄연히 존재하는 그 비극의 가혹한 현실로부터 애써 덤덤해지고자 했던 것일까. 그러나 심상하게 불리는 아랫마을이 품고 있는 심상치 않은 삶의 비밀은 오래 전부터 마을 사람들의 일상 밑바닥 어디에나 덮어둔 우물처럼 고여 있던 터였다.

아랫마을 가까운 곳에서 내가 아닌 성당 아이로 살아갈 때의 내게는 남은 것이 아무것도 없었다. 어머니도 아버지도 나를 떠나갔고 나는 기다림마저 놓아가고 있었다.

처음엔 공터까지 갔다가 되돌아오곤 했다. 그러다가 한 발짝씩 무성한 잡초 더미를 헤치고 그곳으로 발걸음을 들여놓기 시작했다. 그렇게 조금씩 내 길을 만들어갔다. 내 허리 위로 자란 풀숲을 헤쳐가보지 못한 그곳, 세상의 끝이라 여겨지는 아랫마을로 향하며 아이는 무얼 생각하고 있었던 걸까. 기쁨도 설렘도 기다림도 다 잃은 아이의 몸으로 무엇을 찾아 두려움에 떨며 그 풀숲을 헤쳐나가려 했던 것일까.

아, 나도 그들처럼 숨고 싶었던 것일까. 세상으로부터 격리된 아랫마을 사람들처럼 그 누구도 찾아낼 수 없는 곳으로 사라지고 싶었던 것일까. 그러나 누군가 간절히 찾아줄 것을 기다리지 않고서도 열 살 남짓한 아이는 혼자 그 무시무시한 길을 갈 수 있었을까. 텅 빈 가슴속에 질기디질게 살아남아 있는 그리움이 없었어도 아이는 어두워질 때까지 숲 가운데 홀로 서 있을 수 있었을까. 기다림을 밀어내고 대신 들어와 나를 살게 하는 질기고도 지독한 힘의 정체, 그것은 그리움과 분노였다. 이 둘은 서로가 서로를 억누르고 쓰다듬으며 내 안에서 끝까지 나와 함께 살아갈 내 마지막 양식이었다.

온몸 가득 채워져 있던 독을 다 뿜어내고서야 허깨비처럼 기진해진 몸으로 어둔 숲을 빠져나오면 우두커니 공터에 서 있다가 내 손을 말없이 잡아주던 늙은 신부님. 그의 검은 옷자락. 그는 절대 숲으로 들어오지 않았다. 숲 바깥에서 내가 나오기를 하염없이 기다려주었다. 어서 나오라고 재촉하는 법도 없었다. 기겁을 하고 달려간 아이들이 나의 만용을 일러바치면 신부님은 산보하듯이 천천히 숲 쪽으로 걸어와 숲 바깥에서 그렇게 나를 오래도록 기다려주었다. 두텁고 따뜻한 그의 손이 나의 차가운 손을 잡을 때 울컥 목젖을 타넘던 눈물. 신부님은 말씀하셨다. 애야, 소리내서 울어도 된다. 실컷 울어보렴. 그러나 나는 울지 않았다. 울 수 없었다. 더 울어야 할지도 모를 미래에의 두려움이 어린아이의 울음마저 짓눌러버린 시간이었다.

프랑스 태생의 신부님은 한국의 여느 시골 할아버지와 다를 게 없었다. 남쪽 지방의 토박이 사투리로 우리말을 막힘 없이 구사했고 사제복의 검은 옷자락을 휘날리며 마을을 찾아다니고 밭일을 하느라 성당 바깥에서 더 많은 시간을 보냈다. 그의 일과는 미사 집전 등의 성당 일들보다 성당에 딸린 밭을 돌보는 데에 더 치우쳐 있었다. 성당 아이들에게도 그다지 자상한 편은 아니었다. 그저 가끔가다 아이들을 모아놓고 엉뚱한 우스갯소리로 한번씩 깔깔거리게 해주는 게 전부였다.

어느 날 오후 신부님이 커다란 대바구니를 내게 들려주며 말씀하셨다.

"미카엘라야, 달걀 사러 가는데 함께 가지 않겠니?"

나는 빈 바구니를 흔들며 신부님을 따라나섰다. 신부님은 공터 쪽으로 앞장서 걸어갔다. 알 수 없는 일이었다. 허허벌판으로 달걀을 사러 가다니. 혹 그 동안 신부님을 애먹인 나를 벌주려 데리고 나온 것은 아닐까. 나는 겁을 잔뜩 먹은 채 신부님의 뒤를 주춤주춤 쫓아 갔다. 그런데 신부님은 놀랍게도 풀숲을 헤치고 그리로 들어가고 있었다. 나는 우거진 잡초 더미 앞에서 멈칫했다. 한참 걸어들어가던 신부님이 뒤돌아서서 아직 공터에 멈춰 서 있는 내게 따라 들어오라는 손짓을 보냈다. 그 손동작은 너무도 경쾌해 보여 나를 혼내주려는 게 아닐까 하던 두려움을 씻어주었다. 나는 조심스럽게 풀숲을 헤치고 신부님께로 다가갔다.

"어두운 저녁에도 혼자 씩씩하게 잘만 들어오더니 훤한 대낮에 겁을 먹는구나. 미카엘라야, 무섭니?"

나는 건성으로 고개를 저었다.

"그래, 무서울 거 하나도 없다."

신부님은 거친 잡초를 짓밟으며 자꾸 걸어들어갔다. 공터 초입에서는 맡을 수 없었던 짙은 풀냄새가 발자국을 따라 피어올랐다. 신부님이 멈춰 선 곳에서 발걸음을 멈추고 왔던 길을 되돌아보니 공터에서 꽤 멀리 들어와버린 후였다. 온몸을 빳빳이 곤두세운 채 들어오곤 하던 수풀 속의 그 지점도 공터에서 몇 발짝 안 돼 보였다. 참 별것 아니었다. 신부님은 이제 발걸음을 돌려 왼쪽으로 내려가고 있었다. 신부님만 아는 길이 거기 있는 모양이었다. 그런데 뒤에 처져 무심히 내려가던 나는 내 앞에 갑자기 펼쳐진 풍경에 그만 발

46

이 얼어붙고 말았다. 거기에 해안을 따라 좁다란 길이 뱀처럼 뻗어 있었던 것이다. 풀숲의 낮은 등성이에서 바다를 향하는 낭떠러지의 허리를 도려낸 듯한 좁고 가파른 길. 왼편으로 푸르디푸른 망망한 바다가 펼쳐져 있는 길. 숨이 턱 막혀왔다.

"놀랐지?"

신부님은 바다를 향하고 서서 평소에 우스갯소리로 우리를 놀려줄 때처럼 장난스레 말씀하셨다. 나는 신부님과 나란히 좁은 길에 서서 바다를, 바다 끝의 수평선을 바라보았다. 그곳에 기다림을 버렸던 나의 아버지가 있었다. 아득한 수평선 너머로 오지 않는 아버지를 불러보았다.

아버지.

신부님은 검은 옷자락을 들어 내 눈에서 흘러내리는 눈물을 닦아주었다.

"봐라, 얼마나 아름답니. 잡초숲 너머에 이런 길이 있는 줄 아는 사람은 얼마 되지 않아. 잡초에 다리가 긁히며 여기까지 오지 않으면 찾을 수 없는 길이지."

신부님은 내 눈에서 눈물이 마를 때까지 기다려주었다. 성당에 맡겨진 이후 처음으로 많은 눈물을 쏟았지만 슬프지는 않았다. 몸과 마음에서 나쁜 기운이 다 빠져나간 듯 개운해진 나는 신부님의 뒤에 바짝 붙어서서 좁고 위태로운 길을 내려갔다.

"무서우면 내 옷을 꼭 붙잡아라."

신부님의 허리춤을 붙잡고 따라 내려간 곳에 과연 마을이 있었다. 좁다란 길의 끝에서 파도가 잔잔해지는 틈을 기다렸다가 검은 바위를 타넘고 도착한 그곳엔 나지막한 집 몇 채가 모여 있고 닭들이 울타리 없는 마당을 드나들며 땅을 쪼고 있었는데 아이들은 별로 눈

에 띄지 않았다. 몇몇 어른들이 얼굴에 수건을 뒤집어쓰고 마당에
서 그물을 손질하고 있을 뿐 멋대로 놓아 기르는 닭들이 주인 행세
를 하는 마을 같았다. 어른들은 신부님을 보고도 그다지 놀라거나
반가워하는 기색 없이 천천히 하던 일을 놓고서 방으로 들어갔다.
신부님이 그들과 방에서 시간을 보내는 동안 나는 마루 끝에 걸터
앉아 닭이 노는 걸 구경하고 있었다. 오래지 않아 신부님과 나는 달
걀이 그득 담긴 소쿠리를 보자기로 싸서 안고 왔던 길을 되짚어 성
당으로 돌아왔다. 돌아오는 길에도 신부님은 그 마을에 대해 끝내
입을 열지 않았지만 나는 그곳이 바로 아랫마을이라는 걸 스스로
알아차렸다. 그러나 그들의 얼굴을 자세히 들여다보고 싶은 호기심
도 그들에 대한 두려움도 슬며시 내게서 빠져나간 건 나도 모를 일
이었다.

나는 더이상 공터 너머 숲으로 들어가는 짓 따윈 하지 않게 되었
다.

아버지가 다시 내 앞에 나타났을 때 나는 열두 살이 되어 있었다.
빨간 샐비어가 타오르듯 피어난 성당 뜨락의 흰 자갈을 밟으며 내
게로 걸어온 아버지가 건넨 첫마디는 많이 컸구나, 였다. 그토록 목
말라하던 바닷바람을 실컷 쐬고 돌아온 덕분일까 그을긴 했어도 우
울을 벗겨낸 환한 얼굴로 아버지는 남처럼 웃으며 말했다. 그런 아
버지 앞에서 나는 웃어지지 않았다. 아버지의 웃음이 너무도 낯설
어 그 웃음 앞에서 쑥스러운 기분마저 들었다.

"참 많이 컸구나."

아버지는 다시 한번 감탄스러운 표정을 지으며 말했다. 그리고는
이어서 자신의 말을 맺음하듯 혼잣말을 내뱉었다.

세월이 아이를 키운다더니.

나는 컸다. 홀로 버려져 있던 나를 키운 것은 무엇이었을까. 아버지의 감탄대로 과연 세월이 나를 키운 것일까. 아버지 보기에 내가 컸다면 그건 삼 년의 시간 속에서 나와 함께 깨어 있었던 어둠 속의 파도, 길을 가로막은 폐허와도 같은 잡초 우거진 수풀, 그리고 그 수풀 너머 가깝고도 먼 곳에서 내게 끊임없이 말을 걸어오던 수건 쓴 사람들과의 세월이었으리라. 그 사람들이, 그 소리가, 그 시간이 나를 키운 것이다. 나는 그렇게 컸다. 그러니 나를 다시 만난 아버지가 놀란 것은 내 신체의 성장보다 더 웃자란 내면의 나를 느낀 때문이었는지도 모른다.

4

　의사의 강권에 못 이겨 병원에 거처를 정한 이후에도 나는 별다른 치료를 받지 못했다. 푸른빛 셔츠를 즐겨입는 의사는 두루 검사를 거치는 동안 그가 내게 해줄 수 있는 게 전혀 남아 있지 않다는 걸 확인했을 것이다. 내가 가져온 진료기록 사본과 바다 건너에 있는 내 주치의의 소견서만으로도 충분히 예견할 수 있는 일이었건만 그는 나를 자신의 새로운 환자로 받아들이고 싶어했다. 그러나 나는 다행히도 그의 직업적인 의욕 앞에서도 냉정을 잃지는 않았다. 지난 사 년간 수없이 반복된 절망과 희망 사이에서 나는 이미 닳을 만큼 닳아 있었다. 이제 나는 나 자신의 증세에 대해 그 어떤 의료인보다도 정확한 판단을 내릴 수 있게 된 것이다.

　아니다.
　죽음의 기미는 이미 처음부터 포착되었다. 결말을 다 알고 시작한 게임이었다.

내가 살던 뉴저지 동네의 한국인 의사가 내 왼쪽 젖가슴을 샅샅이 주물러보고 난 뒤 내뱉은 말은 막바로 죽음의 선고와도 같은 것이었다.

"캔서가 틀림없어요."

여느 의사와는 다른 조심성 없는 그의 태도는 의사라기보다 마치 인간의 운명을 주무르는 주술사처럼 내게 다가왔다. 그가 다른 환자들에게도 매양 그런 태도를 취했을지라도 내게는 그가 나를 위해 그 자리를 오래 지켜온 듯 외경스럽기까지 했다. 아무런 화학적 검사도, 시약도 쓰지 않고서 다만 그의 손이 감지해낸 죽음의 징후이건만 내게 그것은 그 어떤 의학적 진단보다도 치명적인 선고였다. 나는 확실한가요, 라고 묻지 않았다. 그가 죽음에 이르는 병을 다만 손끝으로 찾아냈듯이 나는 내 죽음의 선고를 이성적인 절차가 아닌 다른 통로로 받아들이고 있었다. 그것은 삶과 죽음이 내통하는 가장 빠른 길, 빛의 속도보다 더 빠른 순간의 확인이었다. 생각을 가다듬을 겨를도 없이 죽음의 그림자가 내 삶에 전율할 듯 덧씌워지는 순간이었다.

의사는 큰 병원에서 정밀검사를 받을 수 있도록 연락을 취해놓겠다고 했다. 그러나 나는 그 어떤 종류의 검사도 내 젖가슴을 더듬어보고 그 안에서 자라고 있는 죽음의 싹을 찾아낸 그의 손길을 능가하지는 못하리라는 걸 알고 있었다. 죽음의 예감이란 그렇게, 일상의 상식을 일시에 무력화시켜놓고 곧장 내게로 날아와 꽂혔다.

고국을 떠나와 낯선 미국 땅에서 살기 시작한 지 팔 년째 되는 가을날이었다. 내 나이 서른다섯에 맞이한 그 가을에 내 몸에 죽음이 숨어 있을 줄 어찌 알았을까.

죽음, 너는 참 용케도 나를 찾아냈구나. 내 나라도 아닌 이국 땅까지 나를 찾아와주었구나. 서른다섯의 가을에 느닷없이 덫에 치여 황망중인 내게 죽음이 말을 걸어오는 것 같았다. 너, 내가 데려가기 간편한 너, 아무도 함께 해주지 않는 네 생 따위 가볍게 떨쳐내고 나를 따르렴. 마치 은전처럼.

화가 났다. 몹시. 이것이 죽음을 대면한 나의 첫번째 반응이었다. 아니 그것은 죽음을 향한 반응이 아니었다. 나는 죽음을 불러들인 내 생에 화가 난 것이다. 내게 단 한 번의 호의도 베풀지 않더니 이제 와서 내 뜻은 묻지도 않고 때이른 퇴장을 종용하는 저 야만적인 생에 폭발할 듯 화가 솟구쳤다. 분노로 온몸이 터져버릴 것만 같았다. 내가 모르는 사이 내 몸에 깃들여 나를 갉아먹도록 죽음에게 나를 내준 생의 비열함, 생의 철면피한 이중성, 교활함에 욕을 퍼붓고 싶었다. 분노가 극에 치민 나머지 내 정신은 생과 죽음 사이에서 도착되어가기 시작했다.

병원에서 나와 차는 그대로 세워두고 걷기 시작했다. 내 의식을 뒤덮은 죽음의 그림자가 일상에마저도 덧씌워진 탓일까, 늘 지나다니던 거리가 와락 낯설어져 있었다.

낮은 언덕과 언덕으로 이어지는 한적한 동네였다. 키 큰 나무들이 그 어느 때보다 풍성한 황금빛의 온몸을 여봐란 듯이 가을 햇살 아래 흔들며 서 있었다. 머리 꼭대기에서부터 불타오르듯 붉은빛으로 물들기 시작한 나무는 한 그루의 몸으로 어찌 저토록 현란한 빛깔을 다 보여줄 수 있을까 싶게 오색찬연히 빛나고 있었다. 머리의 심홍빛에서 발끝의 초록빛 사이의 그 기묘한 빛깔들의 향연을 따라 나는 걷고 또 걸었다. 내가 할 수 있는 일이 그뿐인 듯. 걷다가 멈춰 황금빛 잎을 늘어뜨리고 있는 나무 등걸에 내 몸을 던져 부딪치며 묻고 싶었다. 왜 나지? 왜? why?

대답 없는 나무에 몸을 기대고 한산한 도로를 바라보았다. 건너편 인도에서 이어폰을 귀에 꽂고 반바지 차림으로 조깅을 하던 남자가 이쪽을 향해 손을 흔들었다. 하이, 의례적으로 맞받아 흔들어주는 데 익숙해졌건만 그 순간 남자를 포함한 모든 풍경이 마치 영화 속의 한 장면처럼 나와는 무관하게 느껴졌다. 멍하니 바라보고 있는 내게 남자는 다시 손을 흔들며 이번엔 큰 소리로 짓궂게 인사를 건넨다.

"허니."

황금빛 나무 잎사귀가 햇살에 스파클이 되어 반짝거린다.

나쁜 놈. 입에서 저절로 욕지기가 비어져나왔다. 허벅지까지 드러낸 백인 사내의 하얀 다리가 춤을 추듯 내 시야에서 멀어져가고 있었다.

병원으로 되돌아가 주차장에 세워둔 차를 몰고 한적한 도로로 나서자 아까의 다리 긴 백인 사내가 여전히 손을 흔들며 백미러에 따라붙고 있었다. 나쁜 자식. 터뜨리지 못한 욕지기가 입 안에서 부얼부얼 끓어올랐다. 라디오 스위치를 눌렀다.

sunshine on my shoulder makes me happy.

주파수를 고정시켜둔 종일 올드팝만 틀어주는 라디오에서는 존 덴버의 솜사탕 같은 노랫소리가 나를 조롱해대고 있었다. 노래를 틀어막았다.

대체 왜 이다지 화가 나는 걸까.

내게 죽음은 그다지 낯선 것도 아니었다. 미국에 온 이래 내가 가장 오래도록 해온 일이 양로원의 간호사가 아니던가. 병든 노인들을 돌보고 그들의 죽음을 지켜보는 것이 바로 나의 생활이었다. 교외의 전원에 자리잡은 유료 양로원은 외견상 산뜻하고 아늑해 보이도록 세워진 건물이었지만 가족들에 의해 그곳에 격리수용된 노인들은 대부분 팔십대에 이른 노쇠한 이들이었으므로 겉보기와 달리 그 노인 요양원은 죽음의 수용소랄 수 있었다.

그곳은 전원의 주택가를 지나 가장 풍광이 좋은 곳에 자리잡은 아름다운 집이었으며 내부의 설비 또한 최상이었고 직원들은 돌아가며 스물네 시간 노인들 곁을 떠나지 않았다. 그런 만큼 그곳에 입주하기 위해서는 비싼 요금을 지불해야 했다. 미국에서도 부유층에 속하는 노인들이었다.

그러나 그곳은 겉보기와는 다른 곳이었다. 주말에 잠깐 들렀다 가는 가족들이나 방문객에게는 드러나지 않는, 그곳에 살고 있는 자들만이 느낄 수 있는 그곳만의 세계가 숨겨져 있었다.

그곳에서는 시간마저 멈춰버린 듯 고여서 흐르지 않았다. 오직 죽음을 향해서만 느릿느릿 움직일 뿐이었다. 워낙 늙어버린 육신인지라 죽음조차 그들에게는 조심스럽게 찾아들었다. 그들은 죽음에 항거할 마지막 기력마저 소진하고 나서는 어느 날 침대에 누운 채 더이상 눈뜨지 못하곤 했다. 너무 흔하고 익숙하게 보아온 죽음은 동공이나 맥박을 확인할 것도 없이 그저 자연스레 알아졌다.

늘 조용히 침대에만 누워 지내던 노인이 그렇게 어느 날 아침 그 모습 그대로 죽음에 불려가버렸을 때, 노인의 방에서는 전혀 물리적인 변화를 감지할 수 없을지라도 죽음은 그 모든 물체에 전과 다른 기운을 덧씌워놓곤 했다. 노인의 방문을 여는 순간 죽음은 살아 있는 자에게 그렇게 섬찟한 신호를 보내왔다.

죽음은 이미 미끈한 건물 안에 들어와 노인들 사이를 시간과 함께 흘러다니다가 그들 중 누군가에게 슬쩍 기척없이 스며들곤 했다. 죽음을 기다리는 데 익숙한 그들이었으므로 순서를 정할 필요도 없었다.

직원들은 지극히 사무적으로 죽은 노인의 가족들에게 연락을 취해 시신을 인도하고 노인이 죽어나간 침대 시트를 새로 바꾼 다음 대기중인 노인을 신속히 받아들이곤 했다. 그러면 새로운 노인이 그 자리에서 다시 죽음을 기다리는 것이다.

내가 보아온 죽음이란 그런 것이었다. 요양원 뜨락에 새싹이 돋고 꽃이 피어나고 그리고 다시 낙엽이 지듯이 너무도 자연스럽고 반복적이어서 아무렇지도 않은 이치. 너무도 단순해서 질리지 않는 자연의 변화. 그저 자연스럽게 살다 자연스럽게 죽어가는 자연의 일부인 노인들의 저 그윽한 임종.

아무런 준비도 없는 내게 기습적으로 찾아온 죽음을 나는 그들처럼 받아들일 수가 없었다. 나는 내가 돌봐온 여든이 넘은 노인이 아니었다. 나는 이제 서른다섯의 여자였다. 나는 그들과 다르다. 나는 여전히 운전을 해 그들을 돌보러 가고 있다. 그러나 요양원에 잠깐 자리를 비워두고 나와서 볼일을 보고 돌아가는 사이의 그 얼마 되지 않는 시간에 내 정신은 온통 죽음에 지배당하고 말았다. 암이 곧 죽음은 아니련만 나는 왜 그토록 속절없이 죽음에 잠식당해버린 것일까. 아, 아 그러나 그것은 죽음을 막아보려는 내 의지를 비웃으며 이미 나의 전부를 틀어쥐고 있었다. 이제 그것은 서서히 내 육신을 망가뜨리겠지. 나는 익숙했던 행위들을 하나씩, 어쩌면 급격히 거부당하게 될 것이고 그렇게 죽어가겠지.

나는 차를 몰아 노인들에게로 달렸다. 그들은 엄마를 기다리는 아이들처럼 나를 기다리고 있을 것이다. 노인들의 침대맡에는 그들의 젊은 시절 사진이 놓여 있곤 했다. 수줍고 화사한 미소를 지으며 믿어지지 않는 모습으로. 노인들은 내가 머리만 다른 모양으로 빗고 가도 바라보고 또 바라보았다.

"예뻐. 나도 젊었을 때 너처럼 머리를 빗었던 적이 있었지. 엄마 몰래 커튼의 레이스를 뜯어내 리본을 만들어서 묶고 다녔어."

손에 쥐면 한 움큼이나마 남았을까 두피가 드러난 노인의 성성한 머리칼은 바스러질 듯 메말라 있었다. 내가 그 힘든 일을 견딜 수 있었던 것은 바로 그것 때문이 아니었을까. 나는 그들과 다르다는 것. 나도 언젠가는 그들처럼 될 테지만 그때까지의 시간은 너무도 아득해서 마치 다른 세계 같았다. 그들은 나와 같은 인간이 아니었다. 그저 수명을 다하고 죽음을 기다리는 그들이 내게는 때로 양로원의 사물처럼 느껴지기도 했다. 나는 죽어가는 그들에게 내가 받는 급료만큼 최선을 다했고 또 친절을 베풀었다. 허나 나의 친절은 자연의 이치를 따르는 모든 죽어가는 것에 대한 친절이었을 뿐, 그들 개개인에 대한 친절은 아니었다. 하물며 어느 날 느닷없이 서른 다섯의 여자에게 찾아온 죽음에 어떻게 친절할 수 있단 말인가. 그 무례하고 비열한 죽음에게.

양로원에서는 너무 많은 일들이 나를 기다리고 있었다. 잠깐 자리를 비웠다가 돌아온 사이 내 손길을 기다리는 노인들의 명단이 내 책상 위에 차례대로 메모되어 있었다. 내가 죽음의 선고를 듣고 돌아온 두어 시간 사이 움직이지 못하는 노인들의 욕창은 더 깊숙이 살을 비집으며 썩어들어가고 있을 것이었다.

나는 황급히 드레싱 세트를 챙겨들고 벌써 이 년째 침대에 붙박여 있는 노인의 방으로 내달렸다. 손잡이를 비틀어 방문을 열자 방 안에 고여 있던 육신이 썩어가는 냄새가 날아갈 곳을 찾아 와락 내 코로 달려들었다. 그 지독한 악취라니. 시신이 썩는 냄새도 그보다는 나을 것 같았다. 노인의 몸을 모로 누이자 앙상한 뼈를 감싸고 있는 거죽만 남은 둔부가 드러났다. 주먹 크기로 뚫린 공동에 박혀 있던 거즈를 핀셋으로 잡아당기는 순간 바싹 들이댄 대야가 가득 차도록 피고름에 홍건히 젖은 거즈가 쿨럭쿨럭 쏟아져나왔다. 뻥 뚫린 구멍 속에 약을 바르고 새 거즈를 박아넣고서 노인의 몸을 바로 뉘었다. 노인은 치료의 통증으로 입을 앙다문 채 비 맞은 얼굴이 되어 있었다. 노인은 자신의 지독한 환부를 직접 볼 수는 없지만 그것이 얼마나 끔찍한 것인가 알고 있다. 그리고 자신도 볼 수 없는 썩어가는 육신을, 그 텅 빈 채 악취만 내뿜는 공동을 이 년간 보아오고 또 치료해온 나에 대한 예의로 아니 자신의 치욕스러운 환부를 내보인 나에 대한 마지막 자존심으로 그 참혹한 고통을 참아내느라 얼굴이 핏빛으로 젖어 있는 것이다. 소리라도 지르면 좀 나으련만 노인은 결코 입 밖으로 신음 소리조차 뱉지 않았다. 노인은 자신의 그런 태도가 나로 하여금 제일 먼저 달려오게 만든다는 걸 알고 있는 것일까.

"시원하죠?"

치료기구를 챙기며 노인에게 말을 건넸다.

"어디 갔었어?"

내가 늦는 동안 노인은 침대에 꼼짝없이 누워 자신의 살이 썩어들어가 구멍이 점점 커지는 것을 느끼고 있었으리라. 그대로 누워 산 채로 살이 모두 썩어내리고 뼈만 남을 때까지도 살아 있는 자신의 형상을 그려보지는 않았을까.

"사적인 볼일이 좀 있었어요. 미안."

"애인 만났어?"

욕창만 덮으면 노인은 멀쩡했다. 얼굴도 다른 노인에 비해 핸섬했고 매너도 세련되어 간호사들 사이에서 인기가 높았다. 나는 내키지 않는 미소를 지어 보이는 것으로 답을 대신하고 노인의 방을 나왔다. 내 몸 역시 땀으로 흠뻑 젖어 있었다. 노인의 환부를 치료할 때마다 나는 생각한다. 왜 죽음은 이리도 더딘가. 산 채로 썩어가고 있는데도 쉬이 오지 않는 까닭은 무엇인가. 언젠가 병실을 나서려던 내 손을 잡고 애원하던 노인.

"나 좀 죽을 방법이 없을까? 네가 날 도와주면 안 되겠니?"

"노오, 당신은 살 수 있어. 당신의 정신은 맑고 깨끗하잖아. 당신의 몸은 내가 치료해줄게. 우리 노력해보자. 치매에 걸린 대니얼이나 마거릿에 비하면 당신은 행복한 사람이야. 알아?"

노인들을 위로하는 말을 나는 알고 있다. 그들에게 서로의 불행을 비교해 보이면 된다. 그러나 내 보기에 그들의 불행은 다 똑같은 불행일 뿐이다. 치매에 걸린 대니얼이나 중풍으로 수족을 못 쓰는 크리스티, 천식으로 곧잘 얼굴이 보랏빛으로 변하는 제임스, 당뇨 합병증으로 시력을 잃어가는 샌드라…… 그들이 겪는 불행이란 조금씩 방법만 다를 뿐 똑같이 죽음에 이르는 길로 접어들었다는 점에서 무엇이 다를 것인가.

죽음은 그렇게 다족류의 벌레처럼 양로원 여기저기를 스멀스멀 기어다니고 있었다. 그 벌레가 누구의 불행을 먼저 끝내줄지는 아무도 몰랐다.

나는 드레싱 세트를 제자리에 갖다놓고 세면실로 가서 손을 씻었다. 뽀드득 소리가 나도록 문질러 씻었다. 그리고 나서 얼굴을 들어 거울을 보았다. 방금 치료를 끝내준 노인의 고통을 참아내느라 핏빛이던 얼굴처럼 나 역시 발갛게 달아 있었다. 의사로부터 내 병을 확인하고 나서 몇 시간 만에 처음으로 거울에 비춰보는 내 얼굴이었다. 분노와 고통이 뒤엉켜 피워올리는 열꽃으로 붉게 변해버린 얼굴에 땀인지 눈물인지 모를 것이 번들거리고 있었다. 찬물을 세게 틀어 세수를 하기 시작했다. 그러면서 비로소 분노를 터뜨려 울기 시작했다.

죽음에 대한 내 두번째 반응이었다. 눈물은 그치지 않고 쏟아졌다. 세면대의 수도꼭지를 틀어놓고 우는 것으로도 모자라 화장실로 들어가 변기 위에 앉아서 밸브를 잡아내리며 울었다. 쏟아져내려가는 물소리에 내 울부짖는 소리가 휩쓸려 떠내려갔다.

서른다섯의 여자인 나는 분노에 뒤이어 찾아온 서러움에 휩싸여 죽음이 넘실대는 노인병동의 화장실에 쭈그리고 앉아 그렇게 울고 또 울었다. 울면서 스스로에게 끊임없이 던진 질문은 '내가 뭘 잘못했지?'였다. 자연스럽게 받아들일 수 없는 죽음이란 내 삶의 죄과가 아닌가. 내가 대체 뭘 잘못했지? 내가 왜 죽어야 하지? 왜? 왜? 형벌이라면 납득할 수 있어야 받아들일 것이 아닌가.

참 어이없는 생이었다. 왼쪽 젖가슴에서 간헐적인 통증이 감지되고 그저 가벼이 병원을 찾을 때까지만 해도 그것이 죽음에 이르는 병이라고는 상상조차 하지 못했다. 노인들을 돌보는 직업상의 격무로 몸이 지쳤다는 신호를 보내오는 거겠거니 했다. 내 나라를 떠나 미국 땅에 삶을 이식하는 고초를 겪으며 어쩌면 지극히 단순한 생을 이어왔는지도 모른다. 내 한 몸의 의식주를 해결하는 일이 하루하루의 과제였으며 그것이 내 생의 전부였다. 이 당면한 문제에서 언젠가는 벗어나고 심신이 조금이라도 여유로워지겠지 하는 희망조차 품을 수 없을 만큼 특히 초기의 이민생활은 고달팠다. 내 몸을 먹이고 입히고 재우는 데 급급한 나머지 내 몸에 병이 깃들이는지도 모르고 살았던 내 어리석음이 잘못이라면 잘못이리라. 그러나 그것이 죽음으로 불려갈 만큼 그토록 큰 잘못이었나. 이 어처구니없는 현실을 되돌릴 수는 없는 걸까. 아, 어떡하지. 난 이제 어떡해야 하지. 변기 위에 쭈그려앉아 울음을 토해내며 나는 내가 왜 울고 있는지 드디어 알 것 같았다.

나는 살고 싶은 것이었다. 살고 싶어서 우는 것이었다. 그것은 삶에 대한 애착, 생에 대한 미련 따위가 아니었다. 그것은 나 자신도 미처 몰랐던 본능이었다. 죽음 앞에서 죽음을 거부하고 삶에 매달리고픈 본능. 생이 대체 내게 무엇을 베풀어주었기에 이다지 매달리려 하는가 알 수 없는 채.

하지만 분명한 것은 나는 살고 싶었고 죽고 싶지 않았다. 어떡하지? 살기 위해서 어떻게 해야 하지? 죽지 않기 위해 어떻게 해야 하지? 방법이 있을까? 나는 변기에서 벌떡 몸을 일으켜 세웠다. 아무도 모르게 내 젖가슴 속에 키운 암세포를 내 몸에서 몰아내기 위해 나는 무엇이든 해야 할 것이었다.

저녁 식사시간을 알리는 음악 소리가 양로원 뜨락으로 퍼져나가고 있었다. 파헬벨의 〈카논〉이었다. 이제 음악은 노인들에게 시간의 이미지로만 남아 있을 뿐이다. 아침의 모차르트, 점심의 비발디, 그리고 오후의 바흐. 음악과 시간의 절묘한 결합은 노인들을 서서히 중독시켜 말 잘 듣게 만들었고 이제 노인들은 비발디의 〈사계〉 중 '봄'의 바이올린 선율이 흐르면 언제 어디서나 식욕을 재촉받을지도 모른다. 훈련받은 개들처럼. 너무도 단조롭고 식물적인 그들의 나날. 마치 죽음의 부름을 받고 우르르 몰려와 죽음의 문턱 앞에서 그것이 자신의 이름을 불러주길 하염없이 기다리는 이미 죽은 시간과 같은 그들의 일상. 그래도 그들은 식사시간을 알리는 음악이 울려퍼지면 이번엔 어떤 음식이 나올지 눈을 빛내고 입맛을 다신다.

하지만 나는 그들과 다르다. 그들과 같은 음악을 들어도 따로이 식욕을 자극받지 않는다. 이것이 그들과 나의 엄연한 차이이다. 이처럼 그들과 나는 다른 존재라는 인식으로 그들을 대하고 치료해왔기에 누구보다 오래 한 직장에서 버틸 수 있었고 덕분에 내 생활도 안정을 찾았다고 볼 수 있다. 그들은 조용하고 상냥한 동양 여자인 나를 마치 그들의 보호자처럼 따랐고 나 역시 그들을 나의 어린애 다루듯 했다. 나는 이제 매년 추수감사절이면 노인들에게 가장 인기 있는 간호사로 뽑혀 그들이 마련한 특별한 선물까지 받곤 했다.

노인들이 식당으로 몰려가버린 빈 뜨락의 벤치에 앉아 있는 나는 어제의 내가 아니었다. 노인들의 일상을 돌보는 직원과는 다른 전문적인 간호직인 까닭에 노인들의 식사시간은 내게 쉬는 시간이었다. 노인들의 식사시간은 보통 사람들의 두세 배는 걸렸으므로 그 시간이면 그들 모두가 자취를 감춘 텅 빈 뜨락에서 나만의 휴식을 즐길 수 있는 것이다. 어제도 그랬고 그제도 그 전날도 그랬다. 그때의 나는 무얼 생각하며 앉아 있었던가. 그때의 나와 지금의 나는 무엇이 얼마나 달라졌을까. 무엇이 그때의 나와 지금의 나를 다르게 만들어놓았을까. 똑같은 시간에 똑같은 장소에 똑같은 내가 앉아 있건만 나는 어제의 내가 정녕 아니다. 나의 거죽 속에 감춰져 있는 내가 바뀌어버린 것이다. 그토록 익숙히 보아온 죽음이건만 왜 내 것만은 이다지도 힘겨운 상대인가.
잘 손질된 양로원 뜨락의 나무들은 이제 그 잎을 한껏 아름답게 물들이고 있었다. 그것들은 스스로에게 자신을 헌정하듯 떨궈내기 직전의 잎을 채색하는 데 온몸을 다 바치고 있었다. 떨어져 죽기 직전에 가장 아름답게 빛나는 나뭇잎의 조화. 뜨락 한가운데 버티고 있는 아름드리 메이플 나무는 그 잎을 선홍에 가까운 주홍빛으로 물들여 매달고 있다. 매달려 있는 잎들은 절정의 아름다움으로 소리없이 떨어져내린다. 가을 저녁 바람 한점 없건만 후드득 후드득 떨어져내린다.

"제니."

돌아다보니 치매에 걸린 마거릿이 은은한 애플그린 색의 카디건을 걸치고 걸어나오고 있다. 팔십 노인이라 믿어지지 않을 만큼 곱게 늙은 마거릿은 돌발적인 순간을 제외하고는 거의 백치에 가깝다. 이번엔 나를 생전 처음 들어보는 '제니'라 부르며 다가오고 있다. 몸을 돌려 계단을 내려오고 있는 그녀를 바라보는 한순간 일몰의 빛이 그녀에게로 스치며 그녀의 몸이 일순 황금빛으로 물든다. 마거릿은 머리에서 발끝까지 마치 황금으로 빚어놓은 여신상처럼 불타오르듯 빛을 내뿜고 서 있다. 눈이 부시다. 한순간이다. 그 순간 내 눈에 비친 마거릿은 구원받은 듯 더할 수 없이 아름답고 평화롭다.

그러나 마거릿이 계단을 내려서는 순간 빛은 그녀에게서 떠나고 마거릿은 히죽 백치의 미소를 지으며 내게로 다가온다.

"저녁 맛있게 먹었어?"

아기에게 하듯 그녀에게 말을 건네자 마거릿은 당장 표정을 바꾸면서 부러 험악한 말투를 만들어 대꾸한다.

"아니, 개밥이야. 양고기가 질겨서 하나도 못 먹었어."

마거릿은 식당에 들어서면 개밥이란 말을 입에 달고 다닌다. 그래서 아무도 그녀와 함께 식사하려는 친구가 없다. 그래도 마거릿은 제일 많이 또 제일 빨리 개밥을 먹어치우곤 한다. 마거릿에게서는 자신의 마지막 본능인 식탐을 그런 식으로 위장하려는 술수가 훤히 드러난다. 혹 치매마저도 그녀 삶의 술수는 아닐까.

마거릿이 내 쪽으로 걸어오다가 한순간 걸음을 딱 멈추고 제자리에 서서 입을 벌린 채 나를 바라보고 있다. 눈과 입이 무엇에 놀란 듯 벌어져 닫히지 않고 있다.

"왜 그러니 마거릿?"

"오 제니, 너 정말 예쁘구나. 네 얼굴이 금빛이야."

마거릿을 스쳤던 일몰의 빛이 지금 내 몸을 스치고 있는 것이리라.

"어쩜, 세상에."

마거릿은 급기야 손을 들어 입을 틀어막으며 감탄의 느낌을 어쩌지 못해 눈물까지 짓고 있다.

일몰의 빛이 한순간 남루한 인간을 황금빛으로 물들이며 구원하는 마술을 지켜본 마거릿은 결코 백치가 아니리라. 전율의 표정으로 멈춰 있던 마거릿은 잠시 후 울상을 지으며 주춤주춤 뒷걸음질치더니 내려왔던 계단을 다시 밟아 올라가버린다. 내가 그녀에게서 보았듯 그녀 역시 일순 황금빛이 사라져버린, 지친 모습으로 벤치에 기대어 앉은 내게서 죽음의 그림자를 보았는지도 모른다.

참으로 그것은 순간이었다. 치매의 수렁에 빠진 마거릿도, 죽음의 덫에 치인 나도 한순간만은 세상의 무엇보다 아름답게 빛날 수 있었다. 마술처럼. 그 빛이 더 오래 내게 머물렀다면, 마거릿에게 머물렀다면 그토록 아름다울 수 있었을까. 마술이 될 수 있었을까.

빛이 스치는 그 한순간에 자신의 존재를 잃어버린 마거릿이 구원받는 눈부신 마술을 나는 지켜보았다.

그러면 나는? 마거릿이 본 나는?

5

아버지와 재회한 열두 살의 나는 바닷가 성당의 보육원을 떠났다. 그곳을 떠날 때에 이르러서야 나는 나 자신이 그곳을 간절히 떠나고 싶어하지는 않는다는 걸 알았다. 아버지가 나를 털보 신부님에게 맡기고 떠났을 때 나는 단 하루도 아버지를 기다리지 않고서는 잠들 수 없었고 내일, 일 주일 후, 한 달 후, 일 년 후에 아버지가 나를 데리러 온다는 은밀하고도 처절한 희망을 품지 않고서는 견딜 수 없었다. 그러나 아버지의 감탄대로 나는 컸고 나를 지탱해왔던 간절함이 이제는 내게 남아 있지 않다는 걸 알게 되었다. 나는 혼자 생각했다. 큰다는 게 이런 건가.

아버지가 나를 두고 떠나기 전, 아버지와 둘이서 살 적에 나를 가득 채우고 있던 간절함이란 비어 있는 존재를 향한 것이었다. 어린 내 기억 속에 박혀 있는 완벽한 삼각구도의 허물어진 빈자리. 그 자리는 언제라도 채워질 듯 아버지와 나 사이에 안타까이 비어 있는 채로, 그러나 여전히 존재해 있었다. 비어 있으나 존재했으므로 아버지와 나만으로도 가상의 삼각구도는 허물어지지 않고 있었다. 그것은 어쩌면 비어 있으므로 더욱 절실한 대상이 아니었을까.

그러니까 나를 존재케 한 것은 바로 내 기억 속에 완벽한 순간으로 각인되어 있는 그 아름답던 삼각구도에의 간절함이었던 것이다.

그러나 아버지마저 나를 떠난 순간에 이르러 그 삼각구도에의 꿈은 기댈 곳 없이 허물어지고 말았으며 그와 함께 나를 지탱해주었던 간절함마저도 내게서 더 머물 곳을 찾지 못하고 떠나간 것이다.

더이상 꿈꾸지 않는 아이를 데리고 아버지는 그 해변도시를 떠났다. 아버지가 나를 데리고 정착한 곳은 바다를 가까이에 둔 소도시였다.

다시 나와 둘만의 생활을 시작하게 된 아버지는 종종 나를 두고 혼잣말처럼 내뱉곤 했다. 애가 많이 달라졌구나. 하지만 내가 보기에 달라진 사람은 아버지였다. 아니 달라진 정도가 아니었다. 아버지는 예전의 아버지가 아니었다. 어린 나를 데리고 떠돌던 때의 아버지도 아니었고, 학교 앞에 문방구를 차려두고 피아노를 치던 때의 아버지도 아니었다. 아버지는 전혀 다른 사람이 되어 있었다. 아버지는 나를 보고 컸다고 말했지만 내가 보기에 아버지는 아예 바뀐 사람 같았다.

아버지는 나와 어떤 기억도 공유하지 않는 낯선 사람이 되어 자신의 새로운 생을 내 앞에 열어 보이고 있었다. 지금까지 아버지의 곁에서 아버지와 함께 아버지의 시선으로 세상을 바라보고 느끼던 나는 이제 아버지에게서 떨어져나와 아버지가 시작하려는 새로운 인생을 구경할 뿐이었다.

아버지가 바다에서 삼 년 만에 돌아오며 가져온 것은 오직 피아노 한 대뿐이었다. 예전 내가 다니던 학교의 강당에 놓여 있던 먼지 앉은 낡은 피아노와는 비할 바가 못 되는 검은빛의 광택이 도도히 흐르는 피아노였다. 아버지는 아침이면 검정이나 감색 또는 잿빛의 말쑥한 양복 차림에 눈처럼 흰 양말을 신고 그 작은 도시에서는 둘뿐인 인문계 여학교로 출근을 했다. 아버지는 그중 한 여학교에 임시 음악 강사로 발령을 받은 것이다.

아버지는 이제 보육원에 나를 맡기고 떠나기 전의 아버지가 아니었다. 이른 아침부터 밥을 지어 내 도시락과 자신의 도시락을 싸고 나서 눈부시게 새하얀 양말을 신고 출근을 준비하는 아버지. 늘 정해진 시각에 퇴근을 해서 이른 저녁을 지어먹고 나면 비로소 종일 그를 기다린 검은빛의 피아노 뚜껑을 열고 앉아 두 손을 맞잡고 기도하듯 건반 앞에서 눈을 감는 아버지. 두 손을 맞잡아 비비다가 서서히 건반 위로 그 두 손을 떨어뜨리는 아버지. 평범한 하루를 보내고 돌아와 저 푸른 바다에 몸을 던지듯 피아노의 소리 속으로 투신하는 아버지.

아버지는 내 곁에 돌아와 머물고 있었지만 나는 결코 아버지 곁으로 다가갈 수 없었다. 고통에 휩싸인 아버지를 숨죽여 지켜보던 어린 계집아이였을 적의 나는 아버지에게 가까이 닿으려 내 짧은 손을 안타까이 내밀었는데 이제 나는 그럴 수 없었다. 아버지를 다시 만났을 때 아버지가 내게 건넨 맨 처음의 말, 많이 컸구나, 그 말은 커져버린 나의 세계 앞에서 그 자신 주춤 뒤로 물러서는 것과 동시에 아버지에게로 뛰어들려는 나에 대한 경계의 말로 내게 전해졌던 것이다.

아버지도 이런 나를 느꼈음일까. 아버지는 나를 자신의 세계로 끌어들이려 애썼다. 아버지는 내게 피아노를 가르치기 시작했다. 아버지가 내게 피아노를 가르치지 않았다면 달라졌을까. 나는 처음부터 피아노가 싫었다. 우리의 삶에 불쑥 쳐들어온 그것이 나는 싫었다. 아버지가 다른 나라에서 구입해 선편으로 부친 피아노가 나무 궤짝에서 검은빛의 도도한 몸체를 드러내는 순간부터 나는 그것을 거부하고 싶었다. 아니 그보다 오래 전 저녁 무렵의 텅 빈 운동장을 가로질러 아득히 끊일 듯 끊이지 않고 들려오던 아버지의 그 피아노 소리가 나는 너무 슬퍼서 싫었다.

그러나 피아노는 돌아온 아버지와 함께 우리집의 가장 큰 자리를 차지하고서 절대적인 존재가 되어 버티었다. 아버지는 피아노를 들여놓은 방을 온통 방음벽으로 둘러치고 창은 막아버렸다. 그 숨막히는 곳에서 나는 아버지에게 피아노 치는 법을 배웠다. 너무도 치기 싫었지만 거부하지 못한 채 손가락의 번호를 익혀갔다. 왜 그것을 배워야 하는지조차 모른 채 그저 아버지와 나 사이의 새로운 대화로서 그것을 받아들여야 했다. 아버지와 나 사이에 피아노를 매개로 하지 않는 대화는 언제부턴가 끊어져버렸다. 아버지의 잘 짜인 일상은 오직 피아노 방에 들어가기 위해 치르는 순서에 지나지 않았다. 하루의 일과를 마치고 그곳에 들어가면 아버지는 밤늦도록 나오지 않았다. 나는 그곳에서 새어나오는 아버지의 피아노 소리를 들으며 잠들었다. 그곳은 아버지의 성소가 되어갔다. 그리고 그곳에 들어가기를 싫어하고 연습을 게을리하는 내게 아버지는 경멸을 드러내기 시작했다.

"넌 참 이상한 아이구나. 이 아름다운 피아노 소리를 못 느끼다니. 내가 왜 이 비싼 피아노를 사왔겠니. 누굴 위해 사왔겠냔 말이다. 이 아버진 옛날에 피아노가 없어서 종이에 건반을 그려놓고 혼자 연습을 했었다."

　시간 가는 줄 모르고 피아노를 두드리다 나온 아버지의 얼굴은 열에 들떠 발그레한 빛으로 변해 있었다. 그런 아버지의 눈에 엎드려서 소설책 나부랭이나 읽고 있는 하찮은 내 모습이 되비쳐지는 순간을 나는 견디기 힘들었다. 나는 아버지가 정해놓은 시간에 맞춰 아버지의 엄격하고도 혹독한 레슨을 받으며 피아노를 배워갔지만 아버지가 그토록 나를 끌어들이려는 그 소리의 세계에 내 귀를 열지 못했고 이런 내게 경멸의 눈빛을 보내는 아버지에게서 점점 멀어져만 갔을 뿐이다.

　아버지는 자신의 절대적인 세계가 되어버린 피아노를 통해 우리가 함께하지 않았던 지난 시간을 메워보려 했지만 나는 피아노로 인해 점점 내게서 아버지를 잃어가고 있었다. 아버지는 예전의 아버지가 아니었다. 가혹한 피아노 교사였을 뿐이다.

　그리고 실제로 아버지는 여학교의 음악 강사에서 전문적인 피아노 교사로 자신의 직업을 바꾸고 말았다. 그러나 그것은 아버지가 계획했던 변화는 아니었다.

　여학교에 부임하자마자 아버지는 학교가 떠들썩하도록 여학생들에게 집중적인 관심의 대상이 되어버렸다. 쓰지 않고 잠가두었던 낡은 음악실은 깨끗이 청소되어 여학생들에게 개방되었고 음악 시간뿐 아니라 방과 후에도 그곳에 가면 새로 부임한 음악 선생의 감미로운 연주를 언제나 들을 수 있었다. 그 작은 도시의 여학생들이 지금껏 받아왔던 음악 수업과는 전혀 다른 감동이 그곳에 있었다.

　독신의 음악 선생님은 늘 우수에 찬 모습으로 건반 앞에 앉아 직접 피아노를 연주했다. 페달을 밟는 발에는 언제나 눈처럼 희디흰 양말이 신겨져 있었다. 부임하자마자 선생의 별명은 곧 '백양말'이 되었다. 일 주일에 한 번씩 돌아오는 백양말 선생의 수업시간은 반마다 최고의 인기 과목으로 떠올랐다. 여학생들이 음악책을 끼고 음악실을 찾아가 자리에 앉으면 선생은 먼저 음악을 한 곡 연주해주었다. 학생들은 숨소리도 내지 않고 선생의 연주 속으로 모두 빨려들어갔다. 연주가 끝나면 선생은 방금 자신이 연주한 곡목에 대한 해설을 곁들였다. 그 음악은 대개 그 주간에 태어나거나 사망한 음악가의 소품이었다. 선생은 그 음악에 얽힌 이야기와 그 음악을 작곡한 베토벤과 모차르트, 슈베르트와 브람스, 그리고 멘델스존의 인생과 사랑에 대해서 여학생들에게 이야기해주기를 즐겼다.

백양말 선생은 오래지 않아 여학생들의 교주가 되었고 광적인 신도들을 거느리게 되었다. 신도가 된 여학생들은 선생이 딸과 함께 살고 있는 집으로까지 찾아와 선생이 연주하는 피아노 소리에 넋을 놓고 앉았다가 우르르 몰려나가곤 했다. 더러는 혼자 찾아오는 학생도 있었다.

여학교에 부임한 지 이 년이 되지 않아 아버지는 자신의 신도 중 한 제자와 생애 두번째 결혼을 한다. 마흔의 선생과 열아홉을 갓 넘긴 제자였다. 그 작은 도시는 두 사람의 전격적인 결혼에 축복보다는 비난을 퍼부었고 그 동안 아버지가 누렸던 인기만큼의 욕설을 되돌려주었다. 아버지에게 열광했던 수많은 제자들은 아무도 결혼식장에 나타나지 않았다.

아버지는 어린 제자를 아내로 맞아들이는 대가로 어렵게 얻었던 직장을 잃고 다시 그 도시를 떠나야 했다.

그러나 아버지는 아무런 망설임도 없이 자신의 인생에 찾아온 변화들을 받아들였다. 마치 젊고 아름답고 재능 있는 아내를 맞아들이기 위해 그 동안의 그 숱한 고난을 겪어야 했던 사람처럼 아주 당당하고 거리낌없이 행운을 움켜쥐었다. 나는 그럴 만한 자격이 있다, 라고 세상을 향해 외치듯 결혼을 하고 직장을 버리고 새로이 살 곳을 찾아 집을 옮기는 일련의 변화를 겪으며 아버지는 더욱 활기에 찬 모습을 보였다.

열세 살의 나는 아버지의 너무 젊은 아내를 나의 새로운 어머니로 받아들이는 문제로 그리 오래 갈등하지는 않았다. 아니 갈등할 필요가 없었다. 나는 아버지를, 아버지의 새로운 가정을 떠나기로 마음을 굳혔던 것이다.

이미 내게서 멀어져버렸다고 느낀 아버지였지만 아버지의 결혼은 내게 감당할 수 없는 것이었다. 왜 나는 열세 살에 이르도록 아버지의 새로운 인생에 대해 아무런 준비도 하지 못했던 것일까. 멀어지면 멀어진 채로 미우면 미운 채로 아버지는 언제까지나 내게 익숙한 그 자리에 그대로 있으리라 믿었던 근거는 무엇이었을까.

나를 이 세상에 태어나게 한 내 어머니와 아버지가 함께했던 시간과 그들이 나누었던 사랑의 기억은 찾을 수 없지만 나는 여전히 그들을 내 의식 속에서 떼어놓지 못했음을 열세 살에 이르러서야 알았다. 얼마나 오래도록 나는 이룰 수 없는 꿈을 품고 살아왔던 것일까. 새로운 인생을 시작하려는 아버지나 그의 새 아내에게가 아니라 그토록 어리석은 꿈을 버리지 못하고 살아온 바보 같은 내 자신에게 너무 화가 났다.

이제 내가 있어야 할 곳이 어디인지 누가 가르쳐주지 않아도 나는 알 수 있었다. 스스로가 느끼기에도 나는 이제 더이상 바보가 아니었다. 바보로 살지는 않을 것이었다. 기억의 저 깊은 곳에서 깜빡이며 내 생을 밝혀주었던 불빛은 꺼버릴 것이고 헛꿈 따위는 죽어도 꾸지 않을 것이었다.

아버지의 결혼식 날 나는 집을 떠났다.

혼자 기차를 탔다. 혼자 기차 여행을 하기는 처음이었지만 두렵지 않았다. 마주 앉은 어른들의 시선에도 주눅들지 않으며 꼿꼿이 앉아 차창으로 끝없이 이어지는 바다를 따라갔다. 기차에서 내린 나는 내 발로 걸어 보육원으로 다시 들어갔다.

신부님은 혼자 온 나를 보고도 그다지 놀라는 기색 없이 맞아주었다. 그리고는 나를 찾으러 왔던 아버지가 그랬듯 나를 앞에 세워두고 감탄의 어조로 말씀하셨다.

"미카엘라가 그 동안 많이 컸구나. 혼자 기차를 타고 여기까지 놀러 오다니 말이야. 어서 들어오너라."

보육원을 떠날 때 새빨간 샐비어로 채워져 있던 꽃밭은 비어 있었고 버려진 아이들은 그 사이 더 늘어나 있었다. 저녁식사 시간에 아이들의 눈빛이 재빠르게 나를 훑고 지나가는 걸 느낄 수 있었다. 그러나 그것은 예전에 그곳에 그들과 함께 살고 있을 때의 나를 향하던 그 눈빛이 분명 아니었다. 이루지 못할 꿈을 버리고 나서 꿈이 없는 내가 살아야 할 자리로 조용히 돌아오려 했던 나는 미처 준비되지 않은 시간 앞에서 어쩔 줄 몰랐다. 나를 밀어내는 듯한 그들의 차가운 눈빛에서 나는 그곳에 처음 던져졌던 나 자신을 만났다. 밤새 뜬눈으로 파도 소리의 공포를 견디어내던 나, 심한 낯가림으로 아무도 믿지 않으려 하던 나.

그들과 함께 나란히 누운 나무 침상에서 그날 밤 나는 처음처럼 잠들지 못하고 오래 뒤척이다가 새벽녘 가만히 흔들어 깨우는 손길에 눈을 떴다. 두터운 손길의 주인은 신부님이었다.

"미사 준비 좀 도와줄 테냐?"

아직 캄캄한 새벽길을 밟아 성당으로 갔다. 어둠 속에서 희끗하게 서 있는 성당 건물은 낮에 보던 것과 왠지 모르게 달라 보였다. 선뜻 들어서기가 주춤거려졌다. 이런 나를 데리고 신부님은 성당을 빙 돌아 바다가 보이는 언덕으로 앞서서 걸어갔다. 나는 신부님 옆에 서서 또하나의 세상, 바다를 내려다보았다. 그곳은 나의 작은 세상이 끝나는 곳에서 시작되는 또다른 세상이었다. 아득한 시선의 저 끝에서 빛의 기운이 퍼지고 있었다. 마치 거대한 생명체의 뒤척임을 엿보는 기분이 들었다. 그토록 오랜 시간 바다를 가까이 두고 살았으면서 처음 대면하는 신비로움이었다. 신부님과 나는 한동안 말없이 바다의 끝, 수평선에 시선을 고정시킨 채 서 있었다.

"미카엘라야."

"네, 신부님."

"장엄하지?"

"네."

"내가 여기를 떠나지 못하는 이유란다."

신부님은 바다의 수천 수만의 표정을 다 알고 계신다. 신부님은 내 마음의 상태에 따라 매번 다른 바다의 모습을 보여주신다.

"네 아버지도 바다를 참 좋아했지. 바다에 미쳤었다고 해야 할까."

나는 대꾸하지 않았다. 열세 살이 되도록 한 번도 아버지를 향해 품어보지 못했던 감정, 미움이 내 마음을 꽉채우고 있어서 아버지를 떠올리는 것마저 힘든 상태였다.

"네가 여기 살 때 너는 엉뚱한 짓을 해서 이 늙은이 마음을 아프게 하곤 했지. 네가 혼자서 길이 없는 데로 걸어들어가면서 아버지를 찾을 때 그 숲속에 네 아버지가 있지 않아서 이 늙은이 애가 탔단다. 네 아버지는 그때 거기 있지 않았어. 어디 있었는지 너는 아니?"

"바다에요."

"그래, 바다에 있었지. 바다 한가운데 떠 있었어. 아느냐?"

신부님의 얼굴을 올려다보았지만 신부님은 여전히 바다를 향한 시선을 거두지 않고 있었다.

"미카엘라야, 저 바다에 나가본 적이 있느냐?"

나는 고개를 저었다. 정말 한 번도 바다에 나가본 적이 내게는 없었다. 해변의 모래에서 그리고 거친 바위 틈에서 놀며 보낸 시간은 많지만 실제로 바다에 몸을 맡기거나 배를 타고 바다 가운데로 나가본 적은 없었다. 바다는 그저 바라볼 뿐인 가깝지만 아득한 세계였다, 내게는.

"바다가 얼마나 넓고 깊은지 너는 모른다. 알 리가 없지. 바다에 그렇게 미쳐 있던 네 아버지도 몰랐으니까. 바다엔 아무것도 없단다. 성당도 없고 집도 없고 학교도 없지 않니. 그렇지만 아무것도 없는 바다는 사람을 가장 깊이 변화시킬 수 있는 힘을 가진 게 분명해. 내 말이 어렵니, 미카엘라?"

나는 듣고만 있었다. 나는 신부님과의 대화법을 알고 있었다. 나는 기다렸다.

"네 아버지가 너를 여기에 두고 바다로 나갈 때 탄 배는 우리 성당의 열 배도 넘는 아주 커다란 외국의 화물선이었어. 산더미처럼 짐을 싣고 이 나라 저 나라로 옮겨주는 배 말이야. 이 년만 타고 돌아오겠다고 나하고 약속을 하고 떠났지. 너 대신 이 늙은이하고 약속을 하겠다고 했단다. 하지만 나는 그 사람이 이 년이 아니라 이십 년 후에 돌아온다 해도 어쩔 수 없겠다고 마음속으로 생각했단다. 왠지 아니, 미카엘라? 그만큼 네 아버지는 이 땅에서는 살아가기가 힘든 상태였지. 그래서 네가 아버지를 기다릴 때 이 늙은이 마음이 더 아팠단다.

그런데 고맙게도 바다가 네 아버지를 네게 다시 돌려보내주더구나. 바다만이 할 수 있는 일이었지. 그 거대한 화물선을 바다가 집어삼킨 거야. 그 엄청난 배가 산더미 같은 짐과 함께 대서양 한가운데에서 기우뚱거리다가 깊은 바다 속으로 침몰해 들어가는 순간 네 아버지는 생각했단다. 이젠 정말 바다 속으로 들어가는구나. 그러면서도 몸은 반쯤 바다에 잠긴 기우뚱한 선체에서 탈출하려고 몸부림치는 선원들 틈에 섞여 필사적이었지. 그 거대한 배를 흔적 없이 삼킨 바다가 포효하는 캄캄한 어둠 속에서 그 속으로 빨려들지 않으려고 울부짖는 동료 선원들의 허우적거리는 최후의 몸짓을 바라보며 구사일생으로 구명 보트에 몸을 실은 사람은 넷뿐이었단다. 네 아버지도 그렇게 살아났지. 하지만 그걸로 살아난 것은 아니었어. 침몰의 순간보다 더 지독한 고통이 그들을 기다리고 있었던 거야. 맨몸으로 조그만 구명 보트에 오른 네 사람은 망망대해를 떠다녀야 했단다.

생각해보렴. 낮에는 피할 길 없는 태양에 온몸을 맡기고 밤이면 추위에 떨며 언제 바다에 삼켜질지 모르는 제물처럼 떠다녀야 했던 네 아버지를. 물론 아무것도 먹지 못하고 마시지 못한 채로 말이야. 배가 침몰하는 순간 살아남으려 필사적인 몸부림을 치던 때의 용기

74

는 사라지고 그들은 점점 삶을 포기할 수밖에 없었지. 그러는 사이 네 사람 중 한 생존자가 일사병과 갈증을 못 이겨 그만 숨을 거두었단다. 그들은 죽은 동료를 태무심히 바다에 던질 수밖에 없었지. 그런데 놀랍게도 그러고 나니 갑자기 살아야겠다는 의지가 치솟더란다. 죽은 동료가 그들에게 남겨주고 간 선물처럼 말이다. 주검 한 구를 바다에 던져주고 난 다음부터 세 사람은 살아서 돌아가기 위해 필사적으로 바다에 대항하기 시작했지. 그들은 서로의 오줌을 받아 마시고 교대로 잠을 자면서 조직적으로 구조에 대비한 거지. 자그마치 엿새 동안.

네 아버지는 많은 생각을 하게 되었지. 그리고 이제는 바다를 떠날 수 있게 된 자신을 느꼈다고 했어. 아니 바다가 자신을 땅으로 돌려보내려 한다는 걸 깨달았어. 그리고 비로소 땅으로 돌아가 남들처럼 살 수 있을 것 같은 용기가 저 텅 빈 마음의 밑바닥에서부터 채워지는 걸 느꼈지. 그들은 엿새가 지났을 때 지나가던 유조선에 의해 기적적으로 구조되었단다. 땅으로 돌아가 살 수 있을 것 같은 마음을 먼저 보내고 나서 하느님은 네 아버지에게 구조선을 보내주신 거야. 알겠니? 그래서 네 아버지는 바다로 나갈 때와는 달리 아주 굳건히 땅을 밟고 바다에서 내려설 수 있었던 거란다."

샐비어가 붉게 타오르는 성당 뜰을 가로질러 내게로 오던 아버지. 검게 그을려 너무도 낯설었던 아버지. 시간이 그렇게 만든 줄만 알았던 나. 아버지와 나 사이의 시간에 숨어 있는 아버지의 또다른 얼굴을 나는 미처 보지 못했던 것이다.

"하느님은 네 아버지를 다시 태어나게 하신 거란다."

내가 몰랐던 아버지의 이야기를 신부님으로부터 듣고 나서 나는 견디기 힘들 만큼 부끄러워졌다. 어두운 저녁 공터에서 내가 나오기를 기다려주던 신부님께. 새빨간 샐비어 뒤에 서 있던 흙빛의 아버지에게. 그리고 나 자신에게.

"이 늙은이는 오래 전부터 네 아버지를 알고 있었다. 참 맑은 영혼을 가진 사람이지. 그래서 방황이 길었던 거야. 나는 그 사람이 긴 방황을 끝내고 돌아와 이 땅에서 열심히 살아갈 수 있게 해주신 하느님께 감사드렸어. 그런데 그 사람은 자기가 살아서 새 사람이 되어 돌아올 수 있었던 힘이 무엇이라고 한 줄 아니?"

신부님은 말없이 바다를 향해 서 있는 내 어깨에 두터운 손을 얹었다. 그리고 말씀하셨다.

"너, 바로 너 때문에 살아서 돌아올 수 있었다더구나."

미사가 끝난 아침, 나는 이번에는 신부님의 손에 이끌려 아버지에게로 돌아갔다.

6

봄은 하루가 다르게 생명을 피워내고 있었다. 시시각각 생명이 자라나는 모습을 나는 보았다. 보일 듯 말 듯 손톱 끝만큼씩 커지는 새싹을 나는 보았다.

겨우내 벗은 몸으로 메마른 바람과 추위를 견디어내며 생명의 불씨를 품고 있다가 이제 뿜어내기 시작한 나무를 나는 보았다. 나무의 고통과 굶주림과 암흑과 절망이 틔워낸 봄날의 가녀린 새잎이 세상을 눈부시게 밝혀주는 것을 나는 보았다.

봄날은 자 보아라, 하며 나를 향해 그 기적 같고 마술 같은 비밀을 낱낱이 풀어 보이고 있었다.

네가 갇혀 있던 상실의 집에서 네가 흘렸던 눈물이 생명의 샘이 될 수 있다는 걸 내가 해마다 아우성치며 깨우쳐주려 했건만 이제야 네가 보았구나.

그랬다. 내 생의 마지막 봄날에야 나는 그것을 깨우쳤던 것이다.

길을 나서면 눈길이 가닿는 어디에든 봄은 피어나고 있었다. 도로를 따라 늘어선 연녹의 나무들, 잿빛 담장 위로 덩실 피어난 눈부신 목련, 거리의 사람들마저 마음에 등불을 밝힌 듯 환해진 얼굴로 걷고 있었다. 어느 것 하나 봄을 머금지 않은 것이 없는 날들이었다.

나는 마치 지금까지 한 번도 본 적이 없는 신세계를 바라보듯 내 앞에서 봉오리를 터뜨리는 꽃송이와 제 몸을 키워내는 나뭇잎의 경이로운 몸짓을 떨리는 눈으로 바라보고 또 바라보았다.

일 주일 남짓 나를 병원에 붙잡아두었던 푸른 옷깃의 의사는 더이상 내게 해줄 게 없다는 것을 확인한 다음에야 나를 내보내주었다. 아니 그는 나를 더 잡아두고 싶어했다. 어쩌면 내게는 영원이 될지 모를 순간까지 놓아주고 싶지 않았는지도 모른다. 그러나 내게는 그의 의논 상대가 되어줄 가족이 없었고 무엇보다 환자 본인의 완강한 퇴원 의지를 꺾을 명분이 그에게는 없었다. 그는 나를 살릴 수 없음을 인정했다. 누가 누구를 살린단 말인가.

애초에 그에게는 아무것도 기대하지 않았다. 다만 내 몸을 점령한 병의 일반적인 치료과정을 무시하지 못했을 뿐이다. 그러나 좀더 강도 높은 진통제를 처방받으러 그를 찾아갔다가 그에게 붙잡혀 있었던 시간 동안, 이미 누구보다 내가 가장 잘 알고 있는 내 몸 속 암세포의 진행과정을 그가 관찰하도록 기다려주는 동안, 전혀 일말의 기대도 품지 않았다고 자신할 수 있을까. 혹 나는 저 봄날의 기적과도 같은 마술이 내 몸에서도 일어나주길 꿈꾸었던 것은 아닐까.

"꼭 해야 할 일이 있습니까?"

퇴원해도 좋다는 말 대신 의사는 그렇게 물었다. 마치 당신에게 죽음보다 더 급박한 일이 있는가, 라고 묻듯이.

"간호해줄 가족이 없다면 병원이 더 편하지 않을까요?"

그의 실용적인 질문에 내가 되물었다.

"그렇게 최악인가요?"

"좋지 않습니다."

"나갔다 다시 돌아오겠어요."

의사는 내게 허용량 최대치의 진통제를 처방해주었다.

병원에서 다시 호텔로 돌아온 나는 그러나 오래 갇혀 있던 수인이 출소 후의 자유에 부적응증을 보이듯 그저 시간에 흘러다니며 봄에 넋을 놓고 있을 뿐이었다.

그러면서 나는 생의 기적을, 생의 마술을 기다리고 있었던 걸까. 그 급박한 시간에.

희령의 연주회 포스터를 본 것이 그때였다.

'서희령 귀국 독주회'

정말 마술처럼 포스터 한 장이 내 눈앞에 있었다. 지하에 위치한 시내 한복판 대형 서점의 인파 속에서 나는 그 포스터를 본 것이다. 그 포스터는 내게 메시지를 전달하기 위해 인파가 넘쳐나는 그곳에 내걸려 오래도록 나를 기다리고 있었던 듯 수많은 다른 사람들 틈에 섞여 무심히 그곳을 지나치던 내 눈길을 되돌려놓았다.

나는 흑백 포스터 속에서 피아노 위에 한 팔을 걸치고 있는 성숙한 한 여자의 얼굴 앞에 그대로 붙박여버렸다. 쉴새없이 내 몸에 부딪치며 흘러가고 있는 인파 속에서.

포스터 속 희령의 얼굴에서 나는 맨 먼저 아버지를 보았다.

웨이브 진 긴 머리가 어깨를 덮고 있는 희령의 동그스름한 얼굴

전체에 은은히 퍼진 미소는 아버지의 그것이었다. 입술은 가지런히 다물고 있었지만 미소는 탐스런 뺨을 타고 콧등으로 눈으로 이마로 그리고 턱으로 잔잔히 넘치고 있었다. 소리내거나 입술을 움직이지 않고도 환하고 조용한 미소를 지을 수 있는 얼굴은 아버지의 얼굴 뿐이었다. 그런데 세상에 하나뿐인 그 미소를 희령에게서 다시 보게 될 줄이야. 마치 아버지의 혼이 실린 듯 희령은 아버지의 표정을 그대로 짓고 있었다. 따져보니 벌써 이십대 중반을 넘어선 희령이 었다.

그 나이의 아버지라면 내가 기억해낼 수 있을까. 아직 나를 낳기도 전의 젊은 아버지를 어찌 기억할 수 있을까. 그러나 내 기억의 저 아득한 끝에 서 있는 이 세상에 단둘뿐이었던 아버지와 나. 아버지가 세상의 전부인 줄 알았던 그때의 내가 보았던 아버지 얼굴이 바로 내 앞에 기적처럼 나타나 있었다. 인파가 넘치는 서점 로비에서 저 멀리 붙어 있던 포스터 한 장을 향해 내 발걸음이 무엇엔가 끌리듯 되돌아 다가갔던 것은 바로 그 속의 아버지 얼굴 때문이었다.

희령의 탄생은 아버지 생의 축복이었다.

내 이복 여동생 희령은 재능을 타고난 아이였다. 아버지의 새 아내가 된 그 아이의 어머니는 여학교 적 내 아버지의 피아노 소리에 홀려 자신의 어린 영혼을 바쳤으니 희령은 제 어미의 뱃속에서부터 음악을 받아들인 아이였다.

어린 날, 학교의 어둑신한 강당 한구석에서 피아노 건반을 두드리는 아버지를 훔쳐볼 때 내 귓가에 들려오던 그 소리는 음악이라기보다는 울음소리였다. 그 소리는 아버지의 흐느낌이었고 고통이 짓눌려 터지는 소리였다. 음악은 늘 내 가까이에 있었지만 그것에서 천상의 소리와 같은 아름다움과 기쁨을 나는 얻지 못했다. 내게 음악은, 아버지의 피아노 소리는 슬픈 흐느낌이었을 뿐이다.

그러나 희령이 그 아이는 달랐다. 네 살 때부터 피아노 위에 기어올라가 놀이삼아 건반을 두드리며 아버지를 흥분시킨 아이였다. 아버지는 인형같이 조그만 희령일 사랑했다. 아니 숭배했다.

뱃속에 새 생명을 품은 아내와 나를 데리고 아버지는 또다시 새로운 도시로 이주해야 했다. 이번엔 산으로 둘러싸여 전혀 바다를 볼 수 없는 도시였다. 전직 여자 고등학교 음악 강사이고 그 이전엔 외항선원이었던 아버지는 자신이 택한 고즈넉한 도시에 전문적인 피아노 교습소를 개원했다. 처음엔 살림집에 딸린 방 하나에 피아노를 들여놓고 부업처럼 시작했지만 아버지는 동네 코흘리개들에게 바이엘 교본을 가르치는 일에 생을 바친 사람처럼 전력투구했다. 그리 크지 않은 도시에서 아버지는 피아노 교사로 그 열의와 기량을 인정받게 되었고 나날이 교습생의 수는 불어났다. 아버지는 오래지 않아 살림집 옆에 별채를 새로 들여 짓고서 그의 젊은 아내를 보조교사로 삼아 본격적인 피아노 교습소의 면모를 갖춰나가기 시작했다.

그러나 나는 아버지 내면에 채워지지 않고 있는 공허한 구석을 들여다볼 수 있었다. 아버지의 삶은 길지 않은 시간에 생업을 성공시켰음에도 불구하고 결코 행복해 보이지는 않았다. 그런 아버지를 위해 내가 할 수 있는 일이란 피아노 연습을 멈추지 않는 일뿐이었다. 내가 그토록 기대에 못 미치는 아이였음에도 아버지는 끝내 나를 피아노에서 놓아주려 하지 않았다.

아버지는 내게 피아노를 가르쳐 끊임없이 어딘가에 도달하고 싶어했다. 아버지가 나를 통해 이르고자 했던 세계는 바로 아버지 꿈의 세계였을까. 땅에 두 발을 딛고 살면서도 끊임없이 바다로 마음이 향했듯이. 아버지의 꿈은 집요하고도 맹목적인 헌신을 내게 강요했다. 나는 아버지의 꿈을 이뤄낼 수 없으리라는 자각을 하고서도 그것이 아버지를 버티어주는 유일한 세계였음을 알았기에 피아노를 벗어날 수 없었고 아버지는 내게 절망하면서도 끝내 자신의 꿈을 거둬들이지 못해 침묵으로 애원을 보내고 있었다.

아버지의 두번째 딸 희령이 네 살이 되어 피아노에 기어올라 건반을 두드리기 시작했을 때, 그때 나는 비로소 아버지로부터 벗어날 수 있었다. 아버지의 꿈에서 놓여날 수 있었다.

언제까지나 아버지에 묶여 아버지 없는 삶은 생각할 수 없었던 나.

아버지와 나 사이에 혈액처럼 채워져 끊임없이 흐르던 그것은 결코 순도 높은 사랑만은 아니었으리라. 미움과 고통, 슬픔까지도 함께 흐르고 있었으리라. 그러나 아버지와 나 사이에 흐르는 그것이 있어 우리는 살 수 있었다. 보육원에서 아버지와 떨어져 있을 때에도 우리에게는 여전히 그것이 흐르고 있었다. 아버지가 새 여자를 만나 사랑에 빠지고 희령이를 낳았을 때에도 아버지와 나 사이에는 우리 둘만이 느낄 수 있고 알아볼 수 있는 그것이 변함없이 흐르고 있었다. 그것이 흐르는 한 우리 주변에 새로운 관계가 늘어나도 아버지와 나 사이는 그 새로운 관계에 의해 변질되거나 벌어질 수 없을 것이었다. 아버지와 나 사이에 채워져 흐르고 있는 것이 때로 미움과 고통과 슬픔뿐이라 해도 세상의 다른 누구와도 바꾸어 나눌 수 없는 우리만의 것이기에 그것은 우리의, 나의 생명과도 같은 것이었다.

그러나 아버지가 조그만 희령에게 피아노를 가르치기 시작하면서 느끼는 기쁨을 나는 아버지와 함께 나누어 가질 수 없었다. 아버지는 나와 나누어 가질 수 없는 것들을 누리기 시작했다. 아버지는 조그만 희령이를 머리 위로 번쩍 들어올리며 내게 말했다.

"정말 대단하지 않니?"

마치 자신의 소유였던 위대한 자식을 더 높은 곳에 바치는 자의 거룩한 몸짓으로.

그때부터 나는 더이상 아버지가 나만의 아버지는 아니라는 걸 느껴야 했다. 아버지는 나의 아버지가 아니었다. 우리의 아버지도 아니었다. 아버지는 희령의 아버지였다. 희령만의 아버지였다. 희령 밑으로 사내아이 재령이 태어난 이후에도 계속 아버지는 희령만의 아버지였다.

희령일 위해 특별히 맞춘 높은 의자에 조그만 그 아일 올려 앉혀 놓고 피아노를 가르치기 시작하면서 아버지는 내게 더이상 피아노 연습을 강요하지 않았다.

아버지의 꿈은 작고 어린 희령의 앙증맞은 손가락으로 옮겨갔다. 희령은 아버지의 꿈을 실현시키기 위해 천부적인 재능을 타고난 아이였다. 그리고 아버지는 희령일 위해 존재하는 사람처럼 자신의 전부를 희령에게 바쳐나갔다.

누가 보아도 사랑스런 아이 희령. 투명한 분홍빛 피부에 짙은 눈썹 아래서 반짝이는 커다란 눈망울, 그늘진 흔적이라곤 찾아볼 수 없는 아이였다. 나와 피를 나눈 자매였지만 나와는 전혀 닮지 않은 아이였다. 내게 비어 있는 것들을 남김없이 갖춘 완벽한 피조물이었다.

아버지가 그 아이로 인해 자신의 상처를 치유받는 축복을 누리는 동안 나는 내가 그토록 갈구하였던 것을 전부 누리는 그 아이를 보며 한 아버지를 소유하고서도 그 아이와는 다른 내 운명을 새삼스레 확인해야 했을 뿐이다.

희령이 밑으로 사내아이 재령이 태어났고 아버지의 피아노 교습소는 날로 교습생이 증가해 명문 음악학원으로 자리를 잡아갔다. 전문 피아노 교사를 채용해 그들에게 교습의 대부분을 맡기고도 아버지는 학원의 운영으로 전보다 더 바쁜 나날을 보내야 했다. 그러나 바쁜 아버지의 일상에서도 우선하는 것은 희령의 레슨이었다. 아니 희령의 레슨을 제외한 나머지는 아버지 삶의 일부에 지나지 않았다.

전과 다른 삶을 살아가기 시작한 아버지는 삶이 달라져서인가 예전의 내 아버지와는 다른 사람이 되어갔다. 많은 사람들을 만나고 그들과 쉽게 웃음을 주고받는 아버지가 내게는 전혀 다른 사람처럼 낯설어져갔다. 나와 단둘이 살 때와는 달리 아버지는 한 가정의 가장으로서 누구와 견주어도 손색이 없을 만큼 일상에 충실했다. 하지만 그런 견실한 아버지의 모습이 나를 아버지에게서 밀어내고 있다는 걸 아버지는 알기나 했을까. 아버지가 젊은 아내와 일군 완벽한 집에서 나는 섬처럼 홀로 나만의 집을 지어가고 있었다.

7

알아보겠니?

내 앞에 나타난 어머니가 처음 한 말이었다. 물론 알아보았다. 내 기억과 일치된 생김새를 통해서가 아니었다. 나는 어머니의 무엇도 기억해낼 수 없었다. 사진 한 장 남아 있는 것이 없었다. 어머니에 대해 아는 것이라곤 아무것도 없었다.

그러나 나는 어머니를 알아보았다. 내 앞에 느닷없이 나타나 알아보겠니, 라며 자신의 존재를 드러내놓는 사람이라면 내게 어머니말고 누가 있단 말인가. 처음 보는 여자가 내 앞에 나타나 알아보겠니라고 말하는 순간 내 기억과 의식 속에서 분열되고 뒤틀려 있던 그무형의 존재는 일시에 어머니라는 이름이 내포한 절대적인 힘의 자력 속으로 빨려들어오고 말았다.

겨울이었다.

산으로 둘러싸인 도시는 겨울이면 순환되지 않는 냉기에 갇혀 일찍 얼어붙고 늦게야 녹았다. 내가 다니던 여자 고등학교는 언덕 꼭대기에 위치해 있어서 겨울이면 학교로 오르는 길은 곧잘 빙판이 되었다. 미끄러지지 않으려고 조심조심 언덕길을 내려오는 중이었다.

"애, 정령아."

한 여자가 헐벗은 나무에 몸을 숨기듯 기대어 있다가 돌아보는 나를 향해 나오며 다시 한번 내 이름을 불렀다.

"정령아, 정령이 맞지?"

"네."

"알아보겠니?"

그 여자는 그 한마디만으로 십수 년 만에 만나는 모녀간의 확인과 인사를 대신하고 나서 나를 앞질러 선선히 언덕길을 내려갔다. 나는 언덕길에 꼼짝 않고 선 채로 앞장서 내려가는 그 여자의 뒷모습을 현실이 아닌 영화 속의 조작된 장면을 바라보듯 보고 있었다. 낙타색 코트에 짙은 보랏빛 스카프로 머리부터 목까지 감싼 뒷모습을 훑어내려간 내 시선이 그 여자가 신은 새빨간 앵글부츠에 가 멎는 순간이었다. 아이쿠, 소리와 함께 여자는 언덕길에 나둥그러지고 말았다. 지나가던 아이들이 키득대며 한옆으로 비켜서서 내려갔다. 이번에는 일어나서 코트 자락을 툴툴 털고 있는 그 여자를 지나쳐 내가 앞서서 빙판길을 조심성 없이 성큼성큼 걸어내려갔다.

"애, 정령아 같이 가야지."

그 여자는 지나가던 아이들이 죄다 쳐다보도록 목청껏 소리를 지르며 나를 쫓아 내려오고 있었다. 언덕길을 내려가고 있는 아이들 중 누구라도 우리 모녀의 희한한 상봉을 눈치챌까 그것이 제일 신경 쓰이는 나는 하는 수 없이 멈춰 서서 그 여자를 기다려주어야 했다.

언덕길을 다 내려선 그 여자는 통닭집 앞에서 발걸음을 멈추더니 내 눈치를 살폈다. 통닭집 입구에 설치된 안이 훤히 들여다보이는 전기 오븐에서는 쇠꼬챙이에 일렬로 꿰어진 알몸의 통닭들이 전기 열에 제 몸을 지글지글 태우고 있었다. 잠시 내 눈치를 살피던 그 여자를 따라 내가 순순히 그곳으로 들어간 건 오직 그곳에 우리 학교 아이들이 드나들지 않는다는 이유 하나 때문이었다.

그 여자가 주문한 전기구이 통닭이 나올 때까지 우리는 서로 한 마디도 하지 않았다. 처음에 나무 뒤에 숨었다가 나를 불러세우던 기세와 달리 그 여자는 좌불안석이었다. 마침내 전기구이 통닭 한 마리가 구세주처럼 날려져오자 그 여자는 기다렸다는 듯 접시에 배를 깔고 널브러진 통닭에 달려들어 아직 기름이 자글자글 끓고 있는 그것의 껍질을 벗기기 시작했다. 그러더니 맨손으로 살을 죽죽 찢어 내 앞에 놓았다.

"식기 전에 먹어라, 어서."

나는 먹지 않았다. 식욕이 동하지도 않았거니와 절대 먹지 않겠다는 의지가 먼저 내 식욕을 가로막고 있었다. 그 여자는 닭고기의 살을 더 잘게잘게 찢어놓으며 내게 먹기를 권했다.

"좀 먹어봐. 먹고 나서 얘기하마."

나는 끝끝내 먹지 않았다. 먹지 않는 나와 계속 권하는 그 여자 사이에서 갈가리 찢긴 닭고기는 식어갔다. 그 여자는 닭고기와 함께 나온 콜라를 벌컥벌컥 들이켰다. 나는 그것조차 입에 대지 않았다.

먹지도 않은 채 쓰레기가 되어버린 통닭을 사이에 두고 앞에 앉아 있던 그 여자가 얼굴이 벌게지며 흐흑 하고 울음을 터뜨린 건 순간이었다. 그런데 이상한 건 그 여자의 울음에 곧바로 감염되어버린 내가 함께 울기 시작했던 것이다.

우리 모녀는 김이 오르던 통닭이 껍질이 홀랑 벗겨지고 형체 없이 살점만 수북이 쌓여 싸늘하게 식어가도록 한 점 집어 입에 넣어보지도 못한 채 그것을 사이에 두고 마주 앉아 눈물로 해후의 의식을 치르고 있었다. 실로 얼마 만인지 헤아려볼 수도 없는 시간이 흐르고 흐른 후였다.

우리에게서 함께 시작되었던 시간은 거기까지 오는 동안 우리 두 사람을 서로에게서 가장 먼 곳으로 벌려놓는 데 성공한 것 같았다. 마치 한 점을 축으로 컴퍼스가 그린 원의 양 끝에서 마주 보고 있는 사람들처럼 우리 사이에는 두 배로 벌어진 시간이 놓여 있었다. 그러면서도 우리는 한눈에 서로를 알아보았던 것이다.

그러나 우리는 깊고 깊은 골짜기를 사이에 둔 절벽에 마주 서서 서로를 알아는 보았으나 손 뻗어 서로를 안을 수 없는 아득한 절망감에 몸을 떨며 울고 있었던 것이다.

한참 만에 물수건으로 눈물을 꼭꼭 찍어 닦고 난 그 여자는 새 콜라를 주문해 아직도 흐느끼고 있는 내게 부어주며 단호한 어조로 말했다.

"울지 마, 이것아. 니가 애비가 없냐, 에미가 없냐."

그것으로 자신의 존재를 분명히 밝힌 것이나 다름없었다.

삼 년 만에 보육원에 나타났던 아버지에 비하면 너무도 오랜 후에 내 앞에 나타난 어머니였지만 이상하게도 죽 함께 살아온 듯 낯설지가 않았다. 그것은 어머니를 다시 만나는 순간 나의 전부를 받아들여줄 수 있는 존재로서의 어머니에 대한 확인이 동시에 이루어진 탓이었을까. 혹은 나의 전부를 받아들여줄 유일한 존재를 애타게 갈망해온 내 자신이 본 환상에 불과한 것이었을까.

그토록 오랜 세월이 우리 사이에 가로놓여 있었으나 나는 그 모든 장애를 짓밟고서 다만 본능의 자력으로 나를 잡아당기는 원초적인 어머니, 나를 세상에 내놓은 모태를 느끼고 있었다.

희령에게 집착하기 시작한 아버지에게서 내 존재를 거둬들이고 스스로를 그 누구에게도 받아들여질 수 없는 버려진 존재라 여겨 극도의 자폐에 빠져 있던 나. 그리고 내 앞에 나타난 어머니.

우리는 절묘한 시기에 다시 만나 서로의 존재를 확인한 것이었다.

첫 만남 이후 어머니는 종종 나를 찾아왔다. 여전히 학교 앞에서 나를 기다렸다가 통닭집으로 데려가는 그런 만남이었다. 만나서 어머니가 하는 말은 한결같았다.

"아픈 데는 없니?"

그러면 나는 말없이 고개를 젓는 것으로 인사를 대신하고 나서 어머니가 시킨 닭을 뜯고 콜라를 마셨다. 마주 앉은 어머니는 먹고 마시는 나의 시중을 드는 데 온 정성을 다 바쳤다. 마치 지난 세월의 놓쳐버린 어머니 노릇에 앙갚음을 하듯 내가 통닭 한 마리를 먹어 치우기까지 그렇듯 세심한 시중을 들었다. 하긴 그것은 그 시절 내 앞에 불쑥 나타난 어머니가 어머니로서 내게 해줄 수 있는 애절한 어머니 노릇의 전부이기도 했다.

어머니도 나도 우리가 건너뛴 시간에 대해 묻거나 말하지 않았다. 그건 마치 봉인된 시간의 마개를 여는 것과 같아서 두렵고도 두려웠다. 밀봉된 세월 속에 갇혀 있던 미움, 원망, 그리움, 기다림 들이 어떤 회오리를 몰고 되살아나 우리를 휘저을지 그것이 두려웠음이다. 어쩌면 우리는 짐짓 그것을 모른 척, 무심한 척, 다 잊은 척하며 남들처럼의 모녀가 되어 처음 누리는 그 시간을 즐기려 하고 있었는지도 모른다. 아니 즐기기 위해 안간힘 썼지만 서로에게 너무 서툰 나머지 그렇게 통닭집에서의 만남만을 되풀이하고 있었는지도 모른다.

나는 비로소 어머니를 기다리기 시작했다.

젊지도 늙지도 않은 여자. 아름답지도 추하지도 않은 여자. 그저 한 생명을 낳은 모체로서의 여자인 어머니. 그 모습을 드러내지는 않았으나 내 생을 지배해온 존재.

어머니와 나는 언제나 아무런 약속도 없이 만났다. 그러나 다시 만나기 시작한 우리 사이엔 그 어떤 약속보다도 절대적인 믿음이 흐르고 있었다. 나는 어머니가 어디에 사는지 누구와 사는지 어떻게 살아왔는지 알 수 없었지만 나를 찾아낸 어머니가 또다시 나를 떠난다 해도 내가 확인한 어머니의 실체는 간직할 수 있을 것이었다.

화려한 멋을 추구하려고 하지만 내 눈엔 어딘지 모르게 천박해 보이는 외적 취향을 지닌 어머니, 원색의 옷을 즐겨입고 파마 머리는 늘 지나치게 힘을 주어 자연스럽지 않은데다 아이라인을 진하게 그려넣어 과장되게 표현한 눈화장의 얼굴은 강한 인상이면서도 언뜻 피에로의 얼굴에서 느껴지는 서글픔 같은 것이 배어 있었다.

어느 날 문득 내 앞에 나타난 어머니의 그런 실체는 내가 그리던 어머니의 모습은 결코 아니었다. 오히려 상반된 모습이었다고 말해야 하리라. 하지만 그런 모습의 어머니가 내 앞에 무턱대고 나타나 알아보겠니, 라고 자신을 드러내는 순간 나는 지금껏 내가 그리고 있던 어머니를 몰아내고 그 자리에 어머니의 실체를 고스란히 받아들였다. 천박하기 이를 데 없는 외양까지도.

나를 버리고 떠났다가 십수 년 만에 예고도 없이 나타나 내 앞을 가로막고 선 어머니는 평범한 여느 어머니와는 달랐다. 차라리 어머니가 부재했던 시기의 상상 속 어머니야말로 내게 진정한 어머니의 이미지로 남아 있었던 게 아니었을까.

남들처럼의 어머니, 모성본능을 자기 희생과 동일시하는 어머니, 가정이라는 미명 아래 감춰진 소리도 흔적도 없는 폭력에 자신을 한없이 소진시키는 그 어머니. 어머니라는 거룩한 이름의 존재는 차라리 존재를 드러내지 않았을 때 더욱 완벽했다. 아버지와 둘만의 가정을 이루고 살 때에도, 보육원에 맡겨져 있을 때에도, 그 이후 아버지가 이룬 새로운 가정에 몸담아 있을 때에도 내게는 나만의 온전한 아니, 그 누구의 어머니보다 더욱 완벽한 어머니가 존재했었다.

나로서는 생사조차 확인할 길 없는 어머니였으며 실체에 대한 기억은 믿을 수 없을 만큼 오래 되었지만 나는 그 누구의 어머니보다도 완전한 나만의 어머니를 내 안에 오래도록 품고 살아왔다. 그것은 내 생존의 보이지 않는 힘이기도 했다.

나를 버리고 가버린 어머니에의 미움과 원망만으로는 내 생을 지탱하기가 버거웠던 것일까.

내게는 원망이나 미움을 넘어서는 보다 그럴듯하고 영구적인 대상이 필요했다. 또한 불안한 내 삶을 이어갈 완전한 무엇인가가 있어야 했다.

어머니였다. 기억할 수는 없지만 너무도 흔한 세상의 어머니와 똑같은 어머니 아니, 그보다 더욱 완성된 모습의 내 어머니였다. 그때의 어머니는 실재하지 않았어도 내게 어머니의 역할을 능히 감당할 수 있었다. 나는 어머니를 그리워하거나 기다리지 않아도 좋았다. 어머니는 이미 내 삶에 함께 살아 있었으므로. 어머니는 나를 세상에 내어놓았으니 내가 세상에 존재하는 한 언제까지나 나를 품어주고 또 지켜줄 것이었다.

나는 혹 어머니가 영원히 내 앞에 나타나지 않기를 바랐던 건 아니었을까. 그리하여 남몰래 내가 완성한 어머니를 끌어안고 언제까지나 자폐 속에서 살아가기를 원했던 것은 아니었을까.

그래서 어머니가 어느 날 문득 꿈처럼 내 앞에 그 실체를 드러냈을 때, 미처 아무런 준비도 거치지 않은 내 앞에 단지 나를 잉태해 세상에 토해놓았다는 질긴 인연을 내세워 와락 그 존재를 드러냈을 때, 나는 침묵의 수면 아래에서 그토록 광풍과도 같은 혼란에 떨고 있었던 게 아닐까.

어머니와의 만남을 거듭할수록 침묵의 수면 아래에서 들끓고 있던 혼란은 점점 수면 위로 차오르려 하고 있었다. 서로에게 서툰 채로 조바심치며 모녀의 관계를 확인하던 우리의 밀월은 끝나가고 있었다.

그 겨울 매번 한껏 멋을 낸 차림으로 나를 기다리고 있던 어머니를 따라 통닭집에 가서 어머니가 찢어주는 닭살을 먹으며 어머니의 눈물 섞인 안부인사에 고개를 끄덕이는 것으로 만남을 이어가던 내가 처음으로 어머니를 향해 던진 질문은, '왜 날 낳았어?' 였다.

그러니까 다시 만난 어머니를 향한 내 첫번째 표현은 거부, 그것이었다. 그리고 그 거부의 몸짓은 그때부터 어머니를 향한 내 유일한 표현의 방식으로 굳어버렸다.

어머니의 존재를 확인한 순간 비로소 나는 내 존재의 근원에 대해 생각하기 시작한 것이며 그러므로 어머니에 대한 거부는 바로 나 자신에 대한 부정에 다름아니기도 했다.

알아보겠니, 라며 천연덕스럽게 다시 나타난 어머니에게 뒤늦게 내가 던진 대답이기도 한 '왜 날 낳았어?' 그것은 동시에 내 존재의 근원에 대한 집요한 질문이기도 했다.

"왜 날 낳았어?"

나는 지옥 끝까지라도 쫓아가서 묻고 또 물을 것이었다. 그러면 어머니의 대답은 한결같았다.

"미안하다."

열일곱 살의 겨울에 나는 검자줏빛 머플러를 목에 휘감고 비탈길에서 나를 기다리고 있던 어머니를 발견하고는 나도 모르게 몸을 숨기고 어머니를 관찰한다. 젊지도 아름답지도 않은 여자가 발이 시린 듯 제자리에서 쉴새없이 잔걸음질을 하고 있었다. 긴요한 볼일이 있는지 절실한 표정이 그녀의 미간 사이에 잡혀 있었다. 무엇을 기다리길래. 별처럼 셀 수 없는 인간들 중 그녀와 나 사이에는 대체 무엇이 흐르고 있길래 저토록 절실히 나를 기다리는가. 똑같은 복장을 한 소녀들의 인파 사이에서 그녀가 찾아내려는 단 하나의 존재인 나는 과연 누구이며 그녀의 무엇인가.

나는 숨겼던 몸을 그녀에게 전부 내어줄 듯 비칠비칠 걸어내려간다. 나를 찾아낸 그녀의 미간이 펴지며 얼굴 가득 화색이 돌았다. 마치 순식간에 가면을 바꿔 쓴 배우처럼 전혀 다른 얼굴이 된 것이다. 그러면서 미소짓는 것마저 미안스러운 어색한 표정을 지으려 하고 있었다. 나는 그녀를 지나쳐 아직도 빙판이 녹지 않은 언덕길을 빠른 걸음으로 걸어내려간다. 내 뒤를 바짝 뒤쫓아오는 그녀를 느끼며. 그러나 나는 우리의 밀회 장소인 통닭집으로 들어가지 않는다. 사거리의 횡단보도 앞에 멈춰섰을 때 그녀가 내 곁에 붙어서며 자신 없는 목소리로 물었다.

"오늘 바쁘니?"

"갈 거야."

"어딜?"

"엄마 따라갈 거라구."

"엉?"

"가, 빨리."

"애, 나 사는 데 여기서 멀어야."

"그래도 갈 거야."

"학교는 어떡하구?"

"방학했잖아. 봄방학."

책가방도 아닌 헝겊 보조가방 하나만 달랑 든 맨몸으로 기차에 몸을 싣는다. 그때까지도 나는 어머니가 어디에서 나를 만나러 오는지 모르고 있었다. 기차를 타기 전 어머니는 역 부근 우체국에서 내가 불러주는 주소로 전보를 띄웠다.

'정령 대구행'

어머니는 대구에 살고 있었다. 기차를 갈아타며 일곱 시간 남짓 가서야 그곳에 닿을 수 있었다.

왜 그곳으로 갔는지 나 자신도 알 수 없었다. 다만 비탈길에 떨고 서 있는 어머니를 보았던 봄방학식 날 아침에, 완강히 닫혀 있던 마음의 문짝 하나가 폭풍에 날아가듯 열리면서 억눌려 있던 미움도 원망도 사랑도 제각각 미친 듯이 밖으로 터져나오는 걸 막지 못했을 뿐이다. 그리고 어머니는 하나의 생명을 잉태해 세상에 내어놓는 진통을 겪은 여자로서 자식의 이런 변화를 동물적인 본능으로 간파하고서 침착하게 나를 이끌고 우체국으로 가 전보를 칠 수 있었던 것이다.

어머니는 예상대로 혼자 살고 있었다. 마당 넓은 집의 뒤채인 어머니의 거처에선 하고 다니던 차림새에서 미루어보던 바와는 달리 단출하고 적막한 살림의 냄새가 훅 끼쳐왔다. 어머니는 그곳에서 일곱 시간을 달려와 통닭집에서 나와 마주 앉아 채 한 시간도 함께 보내지 못하고서 다시 일곱 시간을 기차에 실려서 되돌아오곤 했던 것이다.

어머니의 젖을 맹렬히 빨던 신생아기의 아득한 기억을 더듬듯 뒤늦게 어머니에게 탐닉하였던 그해 겨울은 유난히도 추웠다. 그러나 처음 가본 낯선 도시의 그 매서운 겨울 추위를 오래도록 내 기억 속에서 지우지 못하는 것은 겨울바람을 차단시킨 문 안의 따뜻한 어머니 방에서 어머니와 함께 보냈던 내 생애 최초의 그 짧았던 나날에 대한 기억을 붙잡아두려는 내 의식의 간교함 탓일지도 모른다. 바깥은 칼바람이 횡횡 불어대는 꽁꽁 얼어붙은 겨울이었지만 어머니의 방은 나른하도록 따뜻했다. 그곳은 세상에 나오기 전 내가 머물던 어머니의 자궁 속처럼 내 몸과 마음을 안온하게 품어주었다.

절절 끓는 아랫목에 배를 깔고 누워 소설책을 빌려다 보는 동안 어머니는 쉴새없이 먹을 것을 만들어 들이밀었다. 그 겨울 어머니가 가장 손쉽게 해내던 음식은 찹쌀전병이었다. 물을 넣어 묽게 반죽한 희디흰 찹쌀가루를 기름이 달궈진 번철에 지져내 설탕을 훌훌 뿌려 손으로 뜯어먹던 찹쌀전병의 쫄깃하고 고소한 감미. 뜨거운 연탄 화덕에 붙어앉아 흰 찹쌀반죽이 둥그런 달덩이처럼 부쳐지기를 기다리던 그 시간, 희디흰 찹쌀반죽이 번철 위에서 가장자리부터 투명하게 익어가는 것을 아무 생각 없이 들여다보고 있던 대구에서의 그 겨울.

열일곱의 겨울은 그렇게 지나가고 있었다. 나는 찹쌀전병의 고소한 기름 냄새가 밴 따뜻하고 아늑한 어머니 방에서 마치 무언가에 중독된 듯 한없이 무기력한 몽상의 며칠을 보냈다. 생애 처음이었다. 단단하고 흉측한 껍질을 벗고서 나 자신을 누군가에게 완전히 맡겨놓기는.

그토록 오래 그리고 간절히 꿈꿔왔던, 그러나 실현을 믿지 않았던 시간이 내게 찾아온 것이었다.

나는 어머니의 헌신을 감미롭게 즐겼고 또 어머니는 이런 나를 즐겼다. 이제 내게 젖을 물릴 수 없게 된 어머니는 대신 내 위장에 젖줄을 대듯 쉴새없이 무언가를 만들어 먹였고 나는 어머니를 내 위장 속에 기억시키기 위해 그것들을 받아먹었다.

어머니와 보낸 그 겨울의 내 생애 며칠 동안 나는 무엇도 탐하지 않았다. 겨울바람이 문풍지를 와락 흔들고 지나가도 어머니의 방은 세상 어느 곳보다 따뜻해서 나는 부화되기 전의 알 속으로 되돌아간 것 같았다. 잃어버리고 손상되었던 숱한 시간들은 복원되었고 나는 거칠 것 없이 자유로웠다.

허나 그곳은 알 속이었고 나는 알을 깨고 다시 현실로 나와야 했다. 문풍지 바깥에서 나를 기다리고 있는 현실이란 어머니와 함께 살 수 없는 비극적 현실이었을 뿐만 아니라 비극을 유발한 불우한 과거의 시간 속으로 되돌아가야 하는 저 익숙한 내 생의 모습이기도 했다.

열일곱의 겨울은 빠르고도 안타까이 떠나가고 있었다.

사요나라.

플랫폼에 서 있는 어머니를 향해 나는 자꾸 입 속에서 이 말을 되뇌었다. 기차표를 끊어놓고 남은 시간을 보내기 위해 어머니가 나를 이끌고 들어간 곳은 이미 영화가 시작된 컴컴한 극장이었다. 미국 군인과 일본 여인의 애절한 사랑과 이별을 펼쳐 보이는 영화의 제목은 '사요나라'였다. 처음 배운 일본말 사요나라. 슬픈 이별이었지만 화면은 처음부터 끝까지 화사했다. 일본 여인이 입은 기모노의 마냥 예쁘기만 한 빛깔 때문이었다.

영화를 보는 동안 내내 나는 울고 있었다. 스크린 위에 펼쳐지는 장면을 쫓아다니느라 분주한 눈에서는 눈물이 주체할 길 없이 쏟아져내리고 있었다. 스크린에서 상영되고 있는 영화와 함께 내 마음속에서도 영화가 돌아가고 있었다. 영화가 끝나고 극장 안에 불이 들어왔을 때 어머니도 나도 서로의 얼굴을 피했다. 실컷 눈물 흘릴 수 있었던 어둠 속의 시간을 빼앗기고 이제 나는 아무 희망도 꿈도 없이 돌아가야 하는 것이다. 마치 영화가 끝난 텅 빈 스크린 같은 시간 속으로.

어머니를 만나지 못했던 시간들은 어쩌면 영화가 돌아가고 있던 어둠 속의 시간들과 흡사했는지도 모른다. 그 어둠 속에서 나는 울며 고통에 떨었지만 한편 꿈꿀 수 있었고 기다릴 수 있었다. 영화가 끝난 환한 극장처럼 이제 내 삶에는 더이상 환상이 남아 있지 않았다.

어머니를 찾았으나 찾는 순간 더 큰 상실감에 절망해야 했고 그토록 아름다웠던 삼각구도에의 꿈은 산산이 무너져버린 후였다. 그것은 이제 영원히 복원될 수 없을 것이었다. 꿈처럼 되찾은 어머니가 내게 가르쳐준 것들이었다.

어머니와 함께 극장문을 나서 역으로 걸어가며 나는 내내 고개를 들지 않았다. 가지 않겠다고 말하려면 퉁퉁 부은 눈으로 어머니를 보아야 할 것이었다. 다만 입 안에서 맴도는 사요나라만 되뇌고 있었다. 어머니와 나란히 플랫폼을 걸어가면서도 나는 속으로 계속 읊조렸다. 사요나라. 함께 기차에 올라타 자리를 잡아주고 아무 말 없이 돌아서는 어머니의 등을 향해 속으로 인사를 보냈다. 사요나라.

어머니는 플랫폼에서 나는 기차 안에서 차창을 사이에 두고 기차가 출발할 때까지 서로에게 아무런 말도 건네지 못한 채 그렇게 멈춰 있었다. 기차가 서서히 움직이기 시작하자 어머니가 와락 차창으로 달려들며 소리를 내질렀다.

"밥 잘 먹고 다녀."

사요나라.

"미안하다, 정령아. 정령아."

사요나라. 내 어머니. 엄마, 안녕.

참으로 뒤늦게 이유기의 유아가 겪는 모태로부터의 격리감을, 그 아득한 슬픔을 점점 속력을 더해 어머니에게서 멀어져가는 열일곱의 내가 느끼고 있었다.

어머니를 되찾은 춥고도 따뜻했던 열일곱의 그해 겨울,

내가 꿈꾸어왔던 완전한 어머니가 아닌 결함투성이의 그러나 부정할 수 없는 내 어머니를 나는 비로소 받아들인 것이다. 그 결함들이 바로 내 어머니를 구성한 본질이었으며 그것들은 이미 내게로 유전되어왔을 터였다.

나는 겨우내 중병을 앓고 일어난 듯 새롭고도 낯선 봄을 맞이하였다. 그 봄에 나는 아버지로부터 나 자신을 독립시키기로 결심했다.

더이상 피아노 앞에 앉기를 거부한 것이다. 피아노를 매개로 아버지와 무언의 이야기를 나누었던 시간들, 그 누구도 끼어들 수 없는 아버지와 나만의 시간을 거부한 것이다.

"이제 피아노 안 칠래요."

어쩌면 피아노는 우리 사이에 아무것도 아니었는지 모른다. 피아노를 사이에 두고서 아버지가 내게 펼쳐주는 악보를 초견해 어설프게 건반을 짚어 음악을 만들어가는 그 시간에 우리는 서로의 마음을 조심스럽게 두드리고 있었는지도 모른다. 내가 읽는 악보에서는 아버지의 쓸쓸함이, 따뜻함이, 애틋함이, 안타까움이 읽히곤 했다. 아버지도 내 손가락이 빚어내는 소리에서 내 마음속 깊은 곳의 속삭임을 들으려 했던 게 아니었을까.

우리는 너무 오래 그렇게 대화를 나누는 데 길들여져 있었다. 연습에 몰두하다보면 아버지의 마음속에 들어 있는 감정들이 내 손끝을 타고서 가슴속으로 전류처럼 흘러들었다. 나는 아버지의 꿈을 이뤄 피아니스트가 되기보다 아버지와 일체가 되는 그 시간을 공유하기 위해 피아노 앞에 습관처럼 앉아왔던 것인지도 모른다.

그러나 앓고 난 듯한 그 봄에 나는 더이상 악보에 실린 아버지의 감정을 내 손끝으로 받아내지 못했다. 내 손이 그것을 따라 움직여주지 않았다. 먼저 아버지가 이런 나를 느꼈다.

"그렇게 오래 쉬었으니 손이 굳었지."

전보 한 장 띄워놓고 어머니를 따라갔다가 일 주일이 지나 돌아온 내게 아무것도 묻지 않던 아버지였다. 전보 용지에 대구행이라고 짤막하게 행선지를 적어넣었던 어머니의 존재를 알고 있었을 아버지였다. 그러면서도 어머니와 나의 만남을 방치해두었던 아버지였다. 그것의 의미는 무엇이었을까.

아버지의 손에 늘 들려 있는 가느다란 플라스틱 지휘봉이 내 손등을 난타하고 났을 때 건반에서 손을 내려놓으며 내가 한 말이었다.

"이제 피아노 안 칠래요."

"뭐라 그랬냐?"

아버지는 믿을 수 없다는 표정을 지었다. 지휘봉으로 손등을 때리는 것은 아버지의 오랜 피아노 교습법이었다. 피아노에 몰입하는 내 손가락과 마음의 상태를 귀신처럼 간파하고서 손등을 내려치는 지휘봉의 강도를 달리하곤 하던 아버지였다.

"피아노 안 친다구요. 못 치겠어요."

"왜?"

"난 재능이 없어요."

"그리고?"

"피아노 치는 거 지겨워요."

"또?"

"……."

"그뿐이냐?"

나는 내가 피아노를 칠 수 없는 이유를 더 대지 못하고 침묵했다. 아버지에게는 꿈이 있었다. 아버지를 대신해 세상에 자신을 표현해 줄 누군가를 절실히 원한다는 걸 나는 너무 일찍부터 알고 있었다. 또한 아버지의 그 꿈을 내가 결코 이루지는 못할 것이라는 것도 나는 알고 있었다. 그러면서도 내가 피아노를 계속해야 했던 이유를 아버지는 알고 있을까. 아버지를 느낄 수 있는, 아버지와 전처럼 소통할 수 있는 유일한 시간을 이제 끝내려 하는 나를 아버지는 알 수 있을까.

"너 애가 달라졌구나."

아버지와 나 사이가 너무 멀어져버린 것 같았다.

"대구에 갔다오더니 애가 영 달라졌어."

아버지의 그 한마디에 그간 침묵하고 있었던 아버지의 마음이 다 표현되어 있었다. 그 한마디 속에는 내 생모에 대한, 그리고 어머니에게 이끌리고 있는 나에 대한 아버지의 숨길 수 없는 반응이 옹이처럼 박혀 있었다.

나는 말하고 싶었다. 달라진 사람은 아버지잖아요. 그 말 대신 아버지를 올려다보며 내가 한 말.

"아버지한테는 희령이가 있잖아요."

8

　희령의 연주회 포스터 앞에서 나는 축복이라는 말을 떠올렸다. 나는 그 순간 축복받은 자가 되어 포스터 속의 희령을 바라보고 있었다. 그것은 마치 죽은 아버지를 다시 보게 된, 아니 영원히 죽지 않는 아버지를 확인하게 된 듯한 축복이었다.

　내가 알고 있는 죽음이란 무엇이었던가. 죽음이 가차없이 현실에 던져놓고 간 메울 길 없는 상실감 중에서 제일 먼저 나를 시험한 고통은 죽은 자를 다시 볼 수 없다는 것이 아니던가. 머나먼 땅에서 아버지를 보지 못하며 지낸 지 몇 년째 되던 겨울 아버지의 부음을 받고서 그토록 내 마음이 허물어져내린 것은 이제 다시는 아버지를 볼 수 없을 것이라는 절망 탓이었다. 오, 아버지.

　아버지가 살고 있는 땅을 떠나와 몇몇 해 잊은 듯 지내온 것과 죽음의 현실, 그 무엇이 다르단 말인가. 그러나 죽음은 산 자에게 다시는 죽은 자를 볼 수 없을 것이라는 생의 지옥을 남겨두었다.

그런데 이제 나는 희령의 얼굴에서 아버지를 보고 있는 것이다. 참 놀라웠다. 그것은 내가 알고 있는 죽음의 세계가 아니었다. 쉴새 없이 넘쳐나는 인파에서 유독 나를 불러세운 죽음이 희령의 얼굴을 빌려 아버지를 살며시 보여주며 내게 말을 걸어오는 것 같았다.

네가 죽음을 다 알아?

아버지의 부음을 받은 이듬해 여름 뉴욕에 온 희령을 만났을 때, 그때는 희령에게서 지금처럼 아버지의 모습을 보지 못했다. 지금보다 어린 희령이어서였을까. 그때 희령은 채 스물도 되지 않은 나이로 음악학교를 알아보기 위해 혼자 뉴욕에 왔다. 희령은 바쁘다는 핑계로 나와는 하룻밤도 함께 보내지 않았다. 아버지를 잃은 상실감은 나보다 희령에게 더 컸는지도 모른다. 세상에 태어나 분별력을 갖게 되었을 때부터 줄곧 아버지와 함께한 희령이었다. 희령에게 아버지는 아버지였을 뿐만 아니라 스승이었고 후원자였다. 아버지는 네 살짜리 희령이를 피아니스트로 키우기 위해 희령이와 함께 다시 태어난 사람이었다. 아버지가 살아 있었다면 당연히 아버지의 손을 잡고 뉴욕에 왔을 희령이었다.

다시 만난 우리는 왠지 서먹했다. 희령도 나만큼 아니, 나 이상으로 내 존재에 짓눌려 살았는지 모른다. 우리는 서로 아버지를 잃은 충격에서 헤어나오지 못한 채 마주하고 있었다. 이복자매이면서 함께 자란 따스한 기억을 공유하지 못하고 있는 우리 둘이었다.

그때 희령은 음악학교를 알아보러 왔다면서도 내 도움도 뿌리치고 관광이나 쇼핑에 열중해 돌아다니고 있었다. 그러다가 함께 저녁을 먹는 자리에서 내 눈을 쏘아보며 희령이 말했다.

"나 음악을 그만두고 싶어."

그 순간 나는 희령이 나를 만나러 뉴욕에 왔다는 걸 알았다. 생의 위기를 맞은 그 눈빛이 내 눈을 파고들었다. 아버지는 너 때문에 돌아가셨어, 라고 말하고 싶은 눈빛이었다. 네가 얼마나 아버지를 괴롭혔는지 넌 알아야 해. 희령이 뉴욕에 온 것은 이 말들을 하기 위해서였다. 그애는 아직도 아버지의 죽음에 갇혀서 애처로이 버둥거리고 있었던 것이다.

"뉴욕으로 오면 내가 도와줄게."

나는 그렇게 말했지만 그때 그애에게서 아버지의 얼굴을 보지는 못했다. 희령은 뉴욕의 음악학교에 입학 허가를 얻어놓고도 보란 듯이 독일행을 택했다.

그때 아버지 잃은 슬픔과 고통에 붙들려서 자신도 모르게 머나먼 곳으로 날아와 미친 듯이 낯선 뉴욕 거리를 헤매고 다니던 희령을 치유해줄 수 있었던 건 내가 아니었을까. 그애가 울부짖으며 원망을 퍼붓도록 나를 다 내어주고 또 그애를 품에 안아 목놓아 울게 해주어야 했던 게 아니었을까. 그것이 그애가 뉴욕으로 날아온 이유가 아니었을까. 그러나 그애도 나도 그러지 못했다. 나는 그애의 언니였지만 아버지의 죽음에서만은 그애의 언니 노릇을 감당할 수 없었다. 그때까지도 아버지와 그애, 희령이로부터 자유롭지 못한 까닭이었다.

내가 중학생이 되었을 때 태어난 희령이. 누워서 꼬물거리던 분홍빛 아기는 너무 예뻤다. 아버지와 그애의 어머니 앞에서는 부러 못 본 척하다가 아무도 없을 때 얼른 다가가 안아주곤 했던 내 동생. 아버지는 아기를 안아서 내게 보여주며 말했다. 봐라, 신기하지 네

동생이다. 정말 신기하고 사랑스러운 아이였다. 모차르트를 틀어주면 울다가도 뚝 그치고 발걸음을 떼기 시작하면서는 피아노 위로 기어올라가 건반을 누르며 노는 걸 좋아해 아버지를 흥분시켰던 아이. 나날이 놀라움의 연속이었다.

그때부터 아버지는 희령의 아버지가 되어갔고 바로 그때부터 내게 희령인 네 살짜리 아기가 아니었다. 신기하고 사랑스런 아기가 아니었다. 우리 삶의 중심에 자리잡은 너무 큰 존재였다. 어린 희령이 품고 있는 미래는 내 존재를 어떻게 변화시킬지 알 수 없었다. 내게 희령인 이미 독립된 존재로, 내 삶을 조종하는 힘을 쥔 존재로 인식되기 시작했다.

나는 불행하게도 어린 내 동생을 남몰래 미워하기 시작했다. 그애의 행복한 태생과 타고난 재능을 질투하기도 했다. 내가 바라보고 있는 그애의 삶은 그 나이였던 나 자신의 삶과 피할 수 없이 비교되곤 했다. 나는 사랑받는 그애로 인해 내 불행을 나날이 확인받아야 했고 그것은 견디기 힘든 외로움을 내게 안겨주었다. 나는 스스로 외로움의 방에 자신을 가두고 아버지에게로 연결되어 있던 수천 수만 가닥의 미세한 생명줄들을 하나하나 끊어나갔다.

나만을 위해 존재한다고 믿었던 아버지, 아버지이면서 어머니였던 아버지, 친구이면서 연인이었던 아버지, 나의 전부였던 아버지.

아버지는 내게서 그렇게 떠나갔다. 아니 내가 떠나보냈다. 그것은 막바지에 다다른 내 생존의 방식이기도 했다. 나는 살기 위해 아버지에 대한 집착을 끊고 외로움을 받아들였던 것이다. 세상과 인간에 대한 이 지독한 병증은 나 자신이 홀로 살아남기 위해, 더 치명적인 병에 이르지 않기 위해 스스로 불러들인 것이었다.

그러나 다른 길은 없었을까. 잔잔히 미소짓고 있는 성숙한 희령의 얼굴이 내 앞에 있었다.

이 아이라고 고통스럽지 않았을까. 왜 나는 그때 세상에 나만 존재한다고 믿었던 것일까. 아, 어리석어라.

나는 인파를 비집고 들어가 희령의 연주회 티켓을 예매했다. 이틀 후였다. 예매한 티켓을 들고 나오다 다시 한번 희령의 포스터 앞에 섰다. 이상하게 그 사이 희령은 다른 얼굴이 되어 있었다. 나는 포스터 앞에서 발길을 돌렸다가 몇 발짝 못 가 다시 되돌아섰다. 깊고 선한 눈동자가 나를 향하고 있는 그 얼굴로.

아버지의 미소를 담고 있던 희령의 얼굴은 이제 다른 사람의 눈빛으로 돌아서려는 나를 기어이 잡아당겼다. 수많은 사람들의 물결이 넘쳐나는 지하 서점의 로비에서 일순 정적에 휩싸이는 나를 느꼈다. 그 순간 세상에 존재하는 것은 나를 향하고 있는 눈빛과 그 눈빛을 받고 있는 나, 그 둘뿐이었다.

나도 모르는 나의 간절함이 나를 구원하려는가.

점점 불어나는 사람의 물결 속에 홀로 서서 나는 내가 왜 그 순간, 그곳에 존재하고 있는지 알 것 같았다. 그토록 애써 억눌러왔던 나의 내면이 이제 더는 숨으려 하지 않고 주인인 나를 쓰다듬는 걸 느꼈다. 그것을 억누르던 나는 사라지고 나를 채우고 있던 그것이 이제 나의 주인이 되어 나를 다스리는 걸 느낄 수 있었다.

기적처럼, 마술처럼 여기 이 자리에 이르기까지의 나도 알 수 없었던 내 행위들의 의미가 비로소 풀리는 순간이었다.

다시 돌아온 서울의 도심 한복판 인파가 넘쳐나는 곳에서 나는 생이 내게 무엇을 말하려는지 알아차렸다. 그것은 아무렇지도 않은

106

일상 속에 너무도 익숙한 얼굴로 숨어 있다가 언뜻, 슬쩍 일상의 표면 위로 자신을 비춰 보이고는 사라져갔다. 지극히 짧은 순간이었다. 그 찰나에 나는 그것을 보았다.

한없이 편안하고 충만한 영혼의 순간이었다.

다음날 나는 숱한 격랑 끝에 섬에 닿은 듯 심신에 찾아든 평화를 맞이하였다. 그토록 오래 내 몸을 차지하고서 주인 행세를 하던 통증은 어디로 숨었는가 거짓말처럼 아프지 않았다. 아프지 않으니 어디든 갈 수 있고 무어든 할 수 있을 것 같았다. 생에서 죽음으로 이르는 통로에 갇혀 있는 동안 진정 내가 꿈꿔왔던 것은 통증 없는 시간, 그뿐이었다. 내게 암이란 고통의 생명이었다. 암은 내 몸에서 고통을 낳고 키웠다. 그것이 내 몸에 씨를 뿌려 점점 자라는 동안 나는 그것의 왕성한 생명력을 고통을 통해 고스란히 느끼고 있었다. 그것은 결코 죽음의 싹이 아니었다. 여린 생명을 짓밟아 쓰러뜨리는 무자비하고도 탐욕적인 또다른 생명이었을 뿐이다. 나는 나를 탐식해가는 그 야만의 생명과 지긋지긋하게 싸워야 했다.

서른다섯의 가을에 조직검사를 통해 내 왼쪽 가슴에 유방암이라는 최종 확진이 내려지고 곧이어 유방절제 수술만이 유일한 치료방법일 정도로 심각한 지경에 처한 나 자신을 마주 대했을 때만 해도 나는 몸보다 정신이 앞서 있었다. 생이 내게 싸움을 걸어온다는 생각이었다. 죽고 싶지 않다는 본능과 함께 싸워야겠다는 투지마저 치솟았다.

어쩌면 서른다섯의 내 생을 통틀어 그처럼 순결한 의지를 품어보기는 처음이었을 것이다. 나는 오직 살고 싶었다. 살고 싶은 데에는 그 어떤 이유도 없었다. 어떤 방법으로 어떻게 살아남을지 그것들마저 거추장스러웠다. 그저 살아서 생을 이어갈 수만 있다면 족할 만큼 치열하고도 거침없었다. 싸울 수 있었고 싸워야 했다.

수술에 앞서 투약이 먼저 행해졌다. 팔에 찌른 주사바늘을 통해 투여되기 시작한 온갖 화학약물들이 암세포를 공략하기도 전에 내 몸에 부적응증을 먼저 불러일으켰다. 치료가 시작되는 것과 동시에 내 순결한 의지는 교란되었고 투지는 맥없이 꺾였다. 그 순간부터 나는 고통에 길들여져갔다. 삶과 죽음의 경계조차 뭉개져버린 얼굴 없는 생이 나를 기다리고 있었다. 나는 죽음도 생도 탐하지 않았다. 그저 고통 없는 한순간만을 간절히 원했을 뿐이다.

희령의 연주회를 하루 앞둔 눈부신 봄날,

나는 거리로 나섰다. 거리를 걷고 있는 수많은 사람들에 섞이어 그들처럼 아무렇지도 않은 일상을 시작했다. 걷고 있는 내 발끝에 언제 나를 덮칠지 모르는 고통에의 불안이 실려 있긴 했지만 왠지 고통이 나를 잠시 놓아줄 것만 같은 믿음 또한 있었다.

나는 아주 오래 전의 기억을 더듬듯 걸어서 백화점으로 갔다. 희령의 연주회에 입고 갈 옷을 사기 위해서였다.

얼마 만인가. 왼쪽 젖가슴을 도려낸 지 이 년 만에 다시 오른쪽 유방절제 수술마저 받고 나서 나는 여성성을 잃어버렸다. 나는 아이에게 젖을 물릴 수 없는 여자가 되어버린 것이다.

양쪽 젖가슴을 다 잃고 나서야 비로소 나는 내게 찾아든 병의 의미를 알 것 같았다. 내 육신은 마치 황폐하기 이를 데 없는 내 정신의 형상을 보여주듯 젖줄이 끊겨버린 것이다. 나는 여자로 태어나서 한 번도 아이에게 젖을 물려 생명의 액체를 뿜어주지도 못한 채 사막처럼 메말라버린 것이다. 아이를 낳아 젖을 물리고 어머니가 되리라는 여자로서의 자연스러운 삶을 꿈꿔본 적이 내겐 없었다. 그것은 나를 잉태해 나를 증식시키는 행위에 지나지 않는다고 여겼다. 또하나의 나는 그러므로 생에 대해 악의로 가득 찬 내 몸에 갇혀 태어나지 못했다. 황폐해 쓸모없어진 내 젖가슴은 암세포가 서식하기 가장 적합한 곳이었으리라. 의사는 내게 유방절제 수술과 함께 유방성형을 권유했지만 나는 거절했다. 폐허의 무덤과도 같은 봉분을 내 몸에 덧붙이고 싶지는 않았다.

가슴을 잃고 나서는 암을 불러들인 황폐한 나 자신의 겉모습을 치장하는 것조차 치욕스러웠다.

백화점에서 새옷을 사는 일은 몇 년 만인가.

에스컬레이터를 타고 내려선 여성의류 매장은 쾌적했다. 나무가 깔린 바닥은 걷기가 조심스러울 만큼 반들거렸고 서로 다른 브랜드련만 거의 모든 옷들이 파스텔 톤의 은은한 빛깔에 한결같은 디자인을 담고 있었다. 연분홍, 연한 살굿빛, 투명한 보랏빛, 연녹색, 아이보리…… 옷들은 보기에 눈부실 뿐 손 내밀어 만지기에도 조심스러웠다. 내게 봉긋한 양쪽 가슴이 다 있고 좀더 젊었을 적에 옷을 사러 뉴욕의 백화점을 순례하는 일이란 여간 고역스러운 일이 아니었다. 동양인치고도 몸집이 작은 편인 내게 맞는 사이즈를 찾아내기가 쉽지 않았다. 나중엔 색상이나 디자인은 포기하고 몸에 맞는 옷을 골라내기에 급급했다. 그럴 때마다 귀국하면 실컷 옷을 사입으리라 벼르곤 했다. 마치 귀국의 목적이 옷 사입는 게 전부인 듯. 그러나 내 나라 땅을 떠났다 다시 돌아온 지금까지 나는 한 번도 귀국하지 않았다. 십이 년이었다.

이 땅을 떠날 때 되돌아온다는 계획은 아예 없었다. 돌아오기를 염두에 두었다면 떠나지도 않았을 것이다. 십이 년 전, 스물일곱의 내게 떠나기로 한 선택은 바로 생존의 선택이었다. 나는 살아야 했고 살기 위해 떠났다. 병이 나를 무너뜨리지 않았다면 아주아주 늙어 몸집이 점점 더 작아지고 그래서 더욱 옷을 사입기가 곤란해져도 나는 그곳의 백화점을 돌며 작은 내 몸에 맞는 옷을 고르고 있었을 것이다.

매장의 점원들은 하나같이 상냥한 미소와 친절한 말투로 나를 끌어당겼지만 왠지 그 화사하고 고운 옷들에는 마음이 이끌리지 않았다. 나는 이제 다시 옷을 고르지는 못할 것이다. 내 생애 마지막이 될 옷을 고르고 있는 것이다. 지금껏 한 번도 입어보지 못한 그러나 정말 내가 입고 싶었던 옷을 골라야 할 것이다. 생에서 죽음에 이르는 그 짧고도 긴 시간에 내 몸을 감싸줄 특별한 옷을 고르고 있는 것이다. 폐허가 되어버린 내 몸을 덮어서 죽음으로 데려가줄 아름답고 깨끗하고 부드럽고 그러면서 죽음을 압도하는 고귀한 이미지의 옷을 고를 것이다. 온갖 화학요법과 방사선 치료, 수술로 만신창이가 되어버린 내 육신을 가려줄 그런 옷을 찾아야 할 것이다. 죽음에 앞서 이미 폐허가 되어버린 내 몸에 헌사할 그런 옷.

그것은 수의였다.

마침내 나는 검은 슈트를 찾아냈다. 장식이 배제된 지극히 간결한 선의 천연섬유였다. 공해를 남기지 않고 흔적 없이 태워지기에 좋을 그런 재질이었다.

처음 뉴저지 동네의 한인 의사로부터 암일지도 모른다는 시진을 받았을 때부터 죽음의 그림자는 내게 덧씌워져 사 년 동안 희망과 절망 사이로 나를 공 굴리듯 굴려왔다. 이 년 간격으로 내 가슴을

110

차례로 절개해 그 안에 서식한 암덩어리를 적출해낸 백인 의사는 내게 완치를 선언했다. 이제는 끝났다고 나보다 더 개운해했다. 그러나 왠지 그로부터 완치를 확인받고 나서도 죽음의 너울은 벗겨지지 않았다. 발병과 함께 의학적인 진단과 치료를 통해 암세포가 죽어가는 동안에도 이미 내게 흡착된 죽음의 그림자는 끊임없이 그 모습을 바꿔가며 나를 잠식하고 있었다.

그후 일 년간 실제로 몸에서는 통증을 느끼지 못하면서도 정신의 고통과 불안에서마저 자유로워지지는 못했다. 의학적인 진단보다도 죽음의 그림자가 내게 보내는 소리 없는 신호에 나는 더 몸을 사리고 있었다.

수술 후 일 년이 지나고 정기검진을 한 의사가 자신도 믿어지지 않는다는 듯 괴로워했다.

"이럴 때 나는 신이 원망스러워."

그가 한 말이었다. 그 한마디에 내 운명 전부가 들어 있었다. 이제 더는 희망과 절망 사이로 굴러다닐 필요도 없어졌던 것이다.

"내가 말했었지. 가족이 있는 곳으로 돌아가는 게 도움이 될 거야."

이제 그 자신 치료에서 손을 떼겠다는 선언이기도 했다. 처음 암을 선고받았을 때보다는 오히려 담담했다. 죽음이 나를 길들여온 탓이었다. 오히려 의사의 고통스런 얼굴을 피하고 싶었다.

"네게 남은 시간이 많지 않아."

이 사람과 나는 전생에 무슨 인연이었을까.

"당신은 최선을 다했어요."

"그래, 우리가 다 못 한 것은 신이 도와줄 거라고 믿어보자."

내 양쪽 가슴에 메스를 꽂았던 그는 이제 보이지 않는 손에게 그의 메스를 건네주었다. 그와 함께 내 육신과 영혼은 병원을 떠나 보이지 않는 세계의 문을 찾아 더듬어야 할 것이다. 그가 메스를 넘겨준 존재를 찾아.

"고마워요. 잊지 못할 거예요."

희망을 버리고 온전히 죽음과 대면했을 때에 이르러서야 나는 돌아올 수 있었다. 아니, 생을 버리고서야 나는 되돌아올 수 있었다.

오직 생과 맞바꿀 것이 있는 이곳으로.

나는 검은색 옷을 입은 몸을 전신이 드러나는 거울에 비춰보았다. 검은 슈트는 내 작은 몸에 검은 장막처럼 드리워져 있었다. 얼굴만 제외하고서 투병으로 찌든 내 육신을 완벽하게 포장하고 있었다. 주사 자국으로 검푸르게 얼룩진 팔도, 난도질당한 가슴도 보이지 않았다. 방사선 치료 이후 다시 자란 성글고 윤기를 잃은 머리칼을 다듬기 위해 미장원에 가야 할 것 같았다. 그리고 핏기 잃은 메마른 얼굴은 공들여 화장을 해야 하리라.

검은 옷이 든 커다란 쇼핑백을 들고 여느 여자들처럼 거리를 거닐었다. 봄이 난만한 눈부신 거리를. 이상한 일이었다. 몸은 평온했고 마음은 새옷을 입을 생각으로 설레기까지 했다. 얼마 만인가.

힘겨운 투병을 이어오며 나 자신도 낯설기만 한 숱한 마음의 변화를 겪어나왔다. 생에 대해 죽음에 대해 수없이 많은 생각들이 내게서 솟아났다가 스러져가곤 했다. 그러면서 일관되게 나를 지배해온 것은 내가 왜 이 고통을 겪어야 하는 거지?였다. 생에의 본능으로 고통을 겪어내면서도 정작 그 고통이 끝난 뒤에 찾아올 생에 대해서는 미처 꿈꿔보지 못했다. 왜였을까. 살아남기를 간절히 원했으나 나를 기다려줄 생까지 꿈꿀 수는 없었다.

　그러나 이제 나는 꿈꾼다.
　내 생을 바칠 한순간을.
　어느 날 느닷없이 내 몸과 정신에 깃들여 끊임없이 나로 하여금
왜?라고 부르짖게 하였던 고통의 의미를 기꺼이 받아들일 그 순간
을.

　호텔로 돌아온 나는 귀국 후 처음으로 고통 없이 깊은 잠 속으로
빠져들었다.

9

저만치서 열아홉의 내가 온다.

단발머리에 감색 개버딘 교복을 입고 있다. 교복치마인 플레어 스커트는 늘 너무 무겁다. 오른손으로는 책가방을 들었고 비어 있는 듯한 왼손엔 잘 다림질해 꼭 말아쥔 손수건이 들려 있다. 책가방의 중량감에 쏠리는 오른손의 악력보다 더 센 힘이 얇은 손수건 한 장을 그러쥔 왼손을 향하고 있다는 걸 눈치채는 사람은 아무도 없다. 아침에 집을 나서기 전 마지막 순서로 매번 반듯하게 네 귀를 맞춰 접은 정사각형의 손수건을 왼손에 말아쥐는 행위는 습관을 넘어선 편집증에 가깝다.

서랍 속에는 잘 다려서 차곡차곡 개켜 넣은 네모 반듯한 손수건들이 그득하다. 아침에 집을 나설 때면 그중 하나를 꺼내 왼손에 힘주어 쥐어야 비로소 등교 준비가 끝난다. 그렇게 아침에 쥐고 나온 손수건은 종일 왼손에서 떠나지 않는다. 길을 걸을 때에도, 수업중에도, 도시락을 먹을 때에도 그것은 왼손에 갇혀 숨을 쉬지 못한다.

손에서 손수건을 떼어놓지 못하는 열아홉 살의 나.

늘 혼자 다닌다. 마치 감염성 농후한 정신세계를 품고 있는 듯 주변의 소녀들에게서 배척당한다. 소녀들은 개인의 내밀한 성장의 비밀까지도 공유할 만큼 집단성이 강한 편이다. 그들은 염세적 인생관마저도 집단적 사상으로 공유한다. 개인의 상처와 아픔도 집단 속에서는 곧잘 가벼이 기화되어 날아가버리곤 한다. 그래서 그들이 모인 곳에서는 종달새와 같은 지저귐과 웃음소리만이 언어가 된다.

열아홉의 나는 그들과 함께 그런 언어를 나누지 못하는 까닭에 따돌려진다. 그들에게서 따돌림당하는 이유는 뭐라 꼭 집어 설명할 수 없을 만큼 모호하다. 어쩌면 내가 먼저 그들 집단을 배척한 것인지도 모른다.

실제로 아직 열아홉이 되기 전, 신체적인 감염을 이유로 그들이 공공연히 격리시키려 했던 유정이에게 의도적으로 접근했던 전력이 내게는 있다.

유정이는 학교생활에서 예외적인 존재였다. 등하교가 자유로웠고 무단외출과 조퇴가 무시로 허용되던 아이였다. 수업시간 내내 책상에 엎드려 있어도 무어라 지적하는 교사는 없었다. 유정이의 단발머리는 늘 남보다 길었고, 교칙이 무색할 정도로 전교생의 교복치마 길이가 야금야금 무릎 위로 올라가고 있어도 유정이의 치마만은 그애의 가느다란 몸에 치렁치렁 휘감길 만큼 유독 길었다.

유정이는 폐병 환자였다. 늘 약봉지를 치마 주머니에 불룩하도록 넣고 다니면서 상태에 따라 언제든 조퇴를 하고 집으로 갔다. 깐깐하기로 소문난 2학년 때의 담임 선생님도 유정이에게만은 다른 얼굴을 하곤 했다. 아침 조례시간에 출석을 확인하고 나서는 어김없이 유정이를 향해 이렇게 말하는 것이었다. 힘들면 언제든지 집에 가라.

유정이는 말이 없는 편이었지만 그렇다고 조용한 아이는 아니었다. 의자에 앉아서도 가만히 있는 법이 별로 없었다. 조용할 적은 엎드려 잘 때뿐이었다. 깨어 있을 때에는 한 손을 약봉지가 들어 있는 치마 주머니에 찌르고 앉아서 의자를 앞뒤로 흔들거리길 습관처럼 즐겨했다. 그럴 때마다 유정이는 비틀즈의 〈렛 잇 비〉를 흥얼거렸다. 그래서 유정이 앞과 뒷자리의 아이들은 으레 자신의 책상을 유정이에게서 멀찍이 띄워놓곤 했다.

그런 까닭에 유정이는 아프면서도 남에게 동정이나 연민을 받지 못했다. 아이들은 유정이를 드러내놓고 싫어했다. 수업 분위기를 흐려놓기 일쑤인 유정이의 안하무인 격인 태도는 아이들 사이에서 혐오를 넘어서 분노의 대상이 되고 있었다. 아이들은 유정이로부터 폐병이 감염될까 두려워서라기보다 유정이의 그 자포자기의 생이 옮겨질까 그것을 겁나했다.

2학년 때 처음 유정이와 같은 반이 되었을 때 나는 유정이의 책상에서 남다른 표정을 보았다. 곧잘 비어 있거나 흔들거리는 그애의 자리는 여느 아이들의 책상과는 다른 분위기를 갖고 있었다. 나는 자주 유정이의 자리를 훔쳐보았다. 그애가 앉아 있을 적이나 아니면 비어 있을 적이나 그 자리는 내게 늘 남다른 느낌을 불러일으켰다. 아무도 그애가 가방을 싸들고 슬쩍 자리를 뜨는 것에 관심을 보이지 않았지만 내 시선은 어느새 종일 그애의 동선을 따라다니고 있었다. 그러다보니까 깡마르고 예쁠 것 없는 그애의 얼굴만 보고도 언제쯤 조퇴를 할지 알 수 있게 되었다. 유정이는 하루를 약기운으로 버티다가 정 힘들면 가방을 싸들고 교실이 제일 어수선한 틈을 타 슬며시 사라지곤 했다. 나는 교실 창 너머로 유정이를, 운동장 가장자리에 빙 돌아가며 서 있는 미루나무 사이로 몸을 숨기듯 돌아서 사라져가는 그애를 바라보곤 했다.

어느 날 교실 뒤편 식수대에서 약을 입 안에 털어넣고 돌아서는 유정이와 마주쳤을 때 그애의 입가에 묻어 있는 흰 약가루를 보고 나는 속으로 울었다. 그때부터 유정이를 훔쳐보기만 하던 나는 부러 그애에게 다가가기 시작했다. 그리고 유정이와 나는 우리만의 아주 작은 집단을 만들어 서로에게 자신을 비춰보는 경험을 나누기 시작했다. 유정이를 내 세계로 끌어들인 이후 나는 나 자신이 얼마나 폐쇄적인가 알게 되었다. 나는 누가 나를 들여다볼까 두려워 그토록 혼자였을 만큼 내가 가진 내 모든 것에 까닭 모를 열등감을 품고 있었던 것이다.

유정이를 처음 집에 데려왔을 때 유정이는 동생 희령이를 보자마자 말했다.

"넌 까만데 니 동생은 하얗구나. 엄마도 참 젊어 보인다 애."

유정이는 하얀 피부를 가진 어린 희령이가 피아노 치는 걸 보며 감탄을 멈추지 못했다. 그리고 친구를 처음 집에 데려온 나를 위해 무얼 해야 할지 허둥대는 여느 엄마와는 다른 희령의 어머니를 보고서 부러움의 눈길을 보냈다. 그런 유정이를 보면서 나는 내 열등감의 근원을 확인해야 했다. 남들 보기에 그럴듯한 내 삶, 그러나 남들과 다른 그것이 얼마나 나를 비틀어쥐고 있었는지 유정이를 통해 드러났던 것이다.

그런 나를 스스로 인정하듯 나는 유정이에게 말했다.

"우리 엄마 아니야."

"어쩐지. 그럼 새엄마?"

그애는 별거 아니라는 투로 말하고 있었지만 놀람이 스치는 그 표정마저 내 앞에서 감추지는 못했다.

유정과 나는 그렇게 통과의례를 치르고 단짝이 되었다.

유정인 타블로이드 판 독서신문을 정기구독하고 그림 보기를 즐겼다. 그애가 보는 책은 주로 화집이었고 독서신문을 구독하는 이유도 표지에 그림이 실리기 때문이었다. 그애는 화집이나 잡지에서 몰래 오려둔 복제화를 무슨 보물처럼 모으고 있었다. 유정이는 자신이 특별히 좋아해서 수집한 그 복제화들만으로도 충분히 화집 한 권은 편집할 수 있다는 걸 큰 자랑으로 여기고 있었다. 그리고 미구에 그 화집이 더욱 완벽해질 수 있도록 부지런히 그림을 모으는 중이었다.

언젠가 체육시간이 끝난 후 수돗가에서 세수를 하고 손수건을 펼쳐 얼굴을 닦는데 유정이 깜짝 놀라며 내 손수건을 낚아챘다.

"이거 어디서 샀니?"

렘브란트의 자화상이 프린트 된 아주 작은 갈색 손수건이었다.

"일제야."

"정령아, 이거 나 줘라."

유정인 빼앗다시피 했고 나는 손수건 수집벽을 처음으로 허물고 그애에게 그것을 주었다. 누군가에게 내 것을 주어보기는 처음이었다.

유정이와 나는 우리만의 작은 집단을 만들어 더는 아무도 받아들이지 않았다. 유정이도 나도 비슷비슷한 집단들 사이에서 튕겨져나온 처지였으므로 우리 둘만의 작은 집단만으로도 우리는 전보다 한결 든든해졌던 것이다.

토요일 오후, 유정이와 나는 학교 앞 언덕길을 내려가고 있다. 태양이 정수리 꼭대기에서 타오르고 우리는 흰 운동화에 칠한 치약이 푸르른 빛으로 얼룩지는 걸 내려다보며 걷는다. 유정이는 주말이면 독서신문을 사러 로터리의 가판대에 간다. 시내에서 그 신문을 파는 곳은 그곳뿐이다. 나는 유정이에게 이끌려 도심의 번화가에 위치한 가판대로 함께 가고 있다.

이윽고 가판대 앞에 도착한 유정이 주인에게 새로 나온 독서신문을 달라고 말한다. 주인은 구독자가 드문 그런 신문은 가판대에 진열해놓지 않고 있다. 주인은 유정이를 보자 익숙한 손길로 안에서 신문을 꺼내 건네준다. 신문을 받아든 유정이 일면의 표지를 장식한 그림을 바라보며 말을 잃고 서 있다.

"이번엔 무슨 그림이니?"

유정의 어깨 너머로 유정과 함께 그림을 바라보는 나. 유정에 비한다면 그림에 문외한인 내 눈에도 낯익은 화가의 그림이다. 프랑스의 인상파 화가 르누아르의 그림인 것을 한눈에 알겠다. 유정이는 여전히 아무 말도 않고 그림만 들여다보고 있다. 거칠 것 없는 태양이 그림 위로 빛을 쏘아댄다.

"나도 이 화가 알아. 달력에서 많이 봤거든."

내가 아는 체해보지만 유정이는 그림에 빠져서 내 말을 듣지 못하는 듯하다. 직사광선 아래서 한참 동안 부동자세로 그림을 들여다보고 있던 유정의 입에서 아, 하는 한숨인지 탄성인지 모를 반응이 터져나온다.

"정령아, 이 그림 좀 봐. 르누아르가 왜 화가인지 이 그림을 보니까 알 것 같지 않니?"

우리는 도심 한복판 로터리에서 신문에 인쇄된 르누아르의 그림을 보고 있다. 그림의 제목은 〈브지발의 춤〉이다.

초여름의 야외 파티가 벌어지고 있는 뜰에서 한 여자와 남자가 춤을 추고 있다. 정면을 향해 눈을 비스듬히 아래로 내리깔고 있는 여자는 우윳빛 피부의 앳된 얼굴이다. 장식이 화려한 주황빛 도는 빨간 레이스 모자를 쓰고 있는데 모자의 끈을 리본처럼 목에 늘어뜨리고 있다. 가느다란 빨간 프릴이 달린 흰 드레스에 감춰진 몸매는 터질 듯 풍만하지만 관능적이라기보다는 귀여움을 느끼게 해준다. 방금 상대의 어깨에 의지해 한 바퀴 몸을 돌리고 난 듯 드레스 끝자락이 바람에 부풀어 있다. 이 빨간 모자의 소녀를 리드하고 있는 상대 남자는 얼굴의 반 이상이 벙거지처럼 생긴 노란 밀짚모자에 가려져 있다. 그나마 벙거지 아래로 드러난 코밑 부분은 수염으로 텁수룩해서 남자의 신상은 철저히 감추어진 상태이다. 여자에 비하면 남자의 옷차림은 초라할 정도로 검소하다. 푸른빛 도는 검은색 일색으로 칠해져 있을 뿐이다. 왼손을 들어 여자의 오른손을 잡고 오른손으로는 여자의 허리를 감싸안고 있는 남자. 그의 눈은 벙거지에 가려져 있지만 여자의 얼굴로 그윽하게 향해 있음이 느껴진다. 한눈에 보아도 남자는 여자의 아버지뻘은 되었을 것 같다.

춤추는 그들 뒤로는 야외 무도회에 참석한 사람들이 초록빛 탁자에 둘러앉아 음료를 마시며 담소를 나누고 있다. 그들 앞에서 춤추는 두 사람에게로 시선을 보내는 이는 아무도 없다.

"이 여자는 생애 처음으로 무도회장에 나온 게 분명해. 수줍게 남자에게 매달려 있는 표정을 봐. 그리고 이 남자는 무도회장에 초대받지 않은 사람이야. 늙고 초라한 나그네에 불과하지. 낡고 우중충한 행색에 밀짚모자까지 눌러쓰고 슬쩍 이 야외 무도회에 끼어든 거야. 그리고 남자는 가장 어리고 순진해 보이는 여자에게 접근해 함께 춤추기를 간청해. 한껏 성장을 하고 처음으로 무도회장에 나온 여자는 자신에게 생애 최초로 춤춰주기를 청하는 남자의 내민 손을 잡고 춤을 추기 시작해. 남자의 손은 능숙하게 여자의 허리를 감싸안아 이끌고 있어. 사교적으로 춤을 즐기는 화려한 무리들을 뒤로 하고 남자는 스텝을 밟아 여자를 둘만의 공간으로 데려온 거야. 초여름 햇살을 받은 나뭇잎들이 잔잔히 흔들리며 그늘을 드리우는 곳으로."

유정인 그들을 모델로 그림을 그리고 있는 르누아르의 뒤에 서 있다가 방금 되돌아온 듯 멈춰진 그림에 생명을 불어넣고 있다.

"처음으로 춤을 춰보는 이 여자의 바알갛게 달아오른 얼굴에 번진 수줍은 미소를 봐. 터질 듯한 행복을 감추느라 살짝 아래로 향한 이 시선. 그런데 화가는 이 늙고 초라한 남자의 은근한 행복은 보여주지 않고 밀짚모자에 감춰버렸어. 하지만 모자 속에 감춰진 남자의 행복한 얼굴이 모자를 뚫고서 막 그림 밖으로 드러나는 것 같지 않니?"

나는 유정의 시선과 느낌에 이끌려 그림 속으로 들어간다. 아니 그림을 매개로 한 유정의 내면으로 따라들어간다. 그림이 아픈 유정이의 내면에 불을 당기는 순간 유정이의 현실은 사라져버린다.

"벙거지를 눌러써서 정체를 알 수 없는 이 남자는 바로 르누아르 자신일지도 몰라. 이렇게 사랑스러운 여자와 춤추고 싶은 화가의 욕망 말이야. 두 사람 뒤의 이 나무들 좀 봐. 나뭇잎의 형체가 제대로 표현되어 있질 않아. 다른 것들은 전부 사실적으로 묘사되어 있지만 유독 이 나뭇잎만은 빙글빙글 돌아가는 사람의 눈에 비친 그런 모습으로 칠해져 있잖아. 르누아르는 지금 저 속에서 춤을 추고 있는 거라구."

병든 유정이의 보이지 않는 세계는 광활하고도 열정적이다. 유정이가 터득한 자신의 현실을 뛰어넘는 방법을 나도 배우고 싶다. 어쩌면 나는 한수 배워볼까 하고 유정이를 따라다니고 있는 건지도 모른다. 내가 바라는 것은 나도 유정이처럼 나만의 세계를 갖는 것이다. 그러나 나는 유정이의 어깨 너머로 함께 그림을 들여다보고 있는 그 순간에도 내 자신에게 갇혀 있는 나를 느낀다.

독서신문을 둘둘 말아쥐고 길을 건너는 유정이와 헤어져 나는 버스를 탄다. 시의 외곽, 버스 종점까지 가서 내린 나는 둑길을 걷는다. 그곳은 행정구역상 내가 살고 있는 도시에 속해 있으면서도 갑작스러울 만큼 시골 냄새가 나는 곳이다. 한산한 버스 종점에서 사람들이 사는 촌락까지는 작은 둑길과 밭 사이의 거친 길을 지나야 한다. 물론 마을 입구로 이어지는 시멘트 포장길이 따로 나 있긴 하다. 하지만 나는 그 편편한 회색 진입로가 싫다. 내 발걸음은 늘 마을 사람들이 버려둔 그 고요하고도 거친 길로 향한다. 땡볕이 내리쬐는 밭 사이의 정적으로 내가 걸어들어간다. 웃자란 풀들이 교복 치맛자락에 감겨들어 쩍쩍 달라붙는가 하면 하얀 운동화에는 금세 연초록 풀물이 빗금을 그은 듯 스며든다.

밭 사이로 난 야생의 풀을 짓이겨 밟으며 내가 가고 있는 그 길은 어머니에게로 가는 길이다.

어머니 집에 이르러 어머니가 거처하는 방문을 벌컥 열어젖히는 나.

"왜 날 낳았어?"

어머니, 목을 뒤로 꺾어 흰 약봉지를 펼쳐서 입 안에 털어넣다가 나를 돌아본다.

"왔니."

이제 어머니는 더이상 자신을 치장하지 않는다. 잦은 파마와 염색으로 윤기를 잃어 상한 머리칼은 부스스한 채 방치되어 있고 화장기 없는 맨얼굴은 커피색을 띠고 있다. 사십대 초반에 이른 한 여자, 내 어머니의 모습이다. 방 한구석을 차지하고 있는 플라스틱 바구니에는 그녀가 밥보다 더 자주 먹는 약봉지들이 그득하다. 어머니가 내게 가장 흔히 보여주는 모습, 약을 입 안에 털어넣는 모습이다.

"왜 나를 낳았냐구?"

여전히 어머니의 방문 앞에 서서 추궁하는 나. 마치 이 질문만을 던지기 위해 먼길을 찾아온 자식처럼. 그러면 어머니의 한결같은 대답이 나를 받아들인다.

"미안하다."

어머니와 나는 서로에 대한 인사처럼 이 말을 주고받고 나는 어머니 방으로 들어선다.

왜 날 낳았어? 미안하다. 모녀는 묻고 또 대답하며 한평생, 모녀의 연이 끊길 때까지 이것을 되풀이할 것이다. 어머니를 부정하고 싶은 파괴적인 나의 욕구는 매번 어머니에의 질긴 확인으로 이어지고 그러면 다시 이 질문은 처음으로 되돌아와 멈추지 않고 어머니를 고문할 것이다.

그러나 병색 짙은 어머니는 나의 고문을 받고 나면 아연 생기를 되찾는다.

"뭐 먹을래? 뭐 해줄까?"

오래 그 순간만을 기다려온 듯 딴 사람이 되어 부엌으로 뛰어들어가는 어머니. 순식간에 밀가루를 반죽해 방에 들여놓고 다시 부엌에 들어가 고기를 다지느라 도마질 소리가 숨차다.

내게는 집이 없다. 아버지와 그의 아내 그리고 그들이 낳은 나의 두 동생이 살고 있는 아버지의 집도, 대구에 비하면 지척에서 나를 기다리며 홀로 앓고 있는 어머니의 집도 나의 집은 아니다. 이미 나의 집은 지상에서 사라져버린 지 오래다.

어머니와 아버지 사이에서 진주목걸이를 가지고 놀던 어린 나, 우리 셋이 삼각구도로 앉아 서로를 바라보며 웃던 그 작은 방이 내겐 영원하고도 유일한 집일 뿐이다.

10

안초섭.

마흔이 넘도록 평생을 바람의 혼에 씌어 떠돌던 여자.

그녀의 깃털처럼 가벼운 혼을 이제야 붙잡아맨 것은 다름아닌 그녀 몸 속의 병이었다. 허나 허기를 채워준 식사가 끝나기 무섭게 한 주먹의 약을 입 안에 털어넣으며 자신의 혼에 추를 매단 병마와 끊임없이 싸우고 있었던 까닭은 혹 저 알지 못할 세계에의 꿈을 아직 버리지 못한 때문이 아니었을까.

이미 열여섯의 나이에 그녀는 안락하기 이를 데 없는 집을 스스로 떠났다. 그녀가 가출을 감행해야 할 이유는 어디에서도 찾아지지 않았다. 그녀의 아버지는 해방 직후부터 신의주에서 한의사로 자리를 잡고 있었고 그녀는 형제 많은 집안의 첫딸이었다.

그녀의 아버지는 한의학을 공부했지만 현실적으로는 남보다 앞서 개명한 사람이었다. 그는 패망한 일본인이 버리고 간 적산가옥을 헐값에 구입해 아래층은 한의원으로 꾸며놓고 이층은 살림집으로 사용했다. 쭈그려앉아 찾아오는 환자를 진맥하고 약을 짓는 전형적인 한의사의 모습에서 탈피한 그는 적극적인 자세로 병원을 운영하고 또 의욕적으로 앞서나갔다. 뿐만 아니라 그는 가족에 대한 애정을 표현하는 데에서도 남다른 사람이었다.

자식들의 책상이며 의자를 손수 짜주는가 하면 철판에 전선을 연결한 간이오븐을 만들어 빵을 구워주기도 하는 만능의 아버지였다. 여섯 자식에 대한 부정 또한 각별했다. 그 가운데서도 그는 유난히 첫딸인 초섬이를 아꼈다. 네 딸 중 가장 생김새가 처지고 성격도 온순치 못한 자식이었지만 그는 누구보다 그 자식을 귀하게 여겼다. 매사에 논리정연하고 분명한 성격의 소유자였건만 유난히 큰딸을 향한 편애에 이르러서는 설명되지 않는 무분별을 드러내곤 했다.

아래층 병원에서 살림채가 있는 이층으로 오르는 계단은 목조계단이었는데 잘못 발을 내디뎠다가는 바로 미끄러질 만큼 늘 반들거렸다. 병원 현관에서 막바로 올려다보이는 그 계단에 그는 유난히 신경을 썼다. 매일처럼 기름걸레로 윤이 나도록 닦게 했고 그런 다음에는 계단 바닥에 발자국이 찍히거나 얼룩이 묻어나는 걸 용서치 않았다. 하루에도 몇 번씩 계단을 오르내려야 하는 그의 자식들은 행여 발자국이 찍힐세라 한껏 몸의 기운을 빼서 사뿐히, 허공에 발걸음을 내딛듯 조심해야 했다.

한없이 자상하고 다정한 아버지인 그가 자식들에게 유일하게 엄격한 부분이었으므로 특히나 그 나무 계단은 집안에서 성역이나 다름없었다. 하지만 그의 첫째딸 초섬이에게만은 달랐다. 초섬이만은 성역에서도 예외였다. 어쩌면 그 누구와도 달리 초섬이 그 아이만은 그것을 짓밟고야 말 아이라는 걸 그는 처음부터 알고 있었는지도 모른다. 초섬이 그 아이는 바깥에서 기분이 상하기라도 하는 날이면 집 앞에서부터 미리 신발을 벗어 흙투성이 발을 만든 다음 그 위엄에 차 반들거리는 나무 계단을 단숨에 짓밟아 뛰어오르곤 했다. 그러나 초섬의 이런 생래적인 저항마저도 아버지에 의해 고스란히 흡수되곤 했으므로 초섬의 돌출적인 행위는 별다른 문제를 불러일으키지 않았다.

그러나 초섬은 서서히 아버지의 유별난 사랑이 자신의 결함을 향한 연민에 지나지 않는다는 걸 느끼기 시작했다. 어느 날부턴가 아버지의 극진한 편애가 다른 형제들에 비해 못나고 뒤처진 자신을 확인시켜주고 있었던 것이다.

지금은 명의로 이름을 떨치게 되었지만 처음 병원도 없이 이집 저집 돌아다니며 환자를 보던 시절, 어린 초섬이를 연주창으로 잃을 뻔한 기억을 아직도 지우지 못하고 있는 아버지였다. 그때 가까스로 어린 목숨을 구하긴 했으나 아이의 목에는 평생 지워지지 않을 흉터가 화인처럼 찍혀버렸다. 그는 딸이 자라서 자신의 목에 움푹 팬 상흔으로 괴로운 인생을 살기도 전부터 먼저 스스로 괴로움에 조바심치고 있었던 것이다. 아이가 자라서 남들에게 손가락질을 받기 전에, 그것으로 아이가 자신을 미워하기 전에 일찌감치 아이를 고귀한 존재로 만들어두고 싶었던 것일까. 어쩌면 평생을 혼자 외롭게 살아가야 할 딸을 위해 그는 기꺼이 딸의 종이라도 되고 싶었는지 모른다.

그러나 그의 딸은 열여섯에 제 발로 그의 곁을 떠나갔다. 그의 시선을 영원히 붙잡아둘 것 같았던 목의 흉터까지 데리고 사라져버린 것이다.

열여섯의 초섬이 집을 떠날 때 집안에 전날과 다른 기운은 전혀 감지되지 않았다. 다만 어디서부터 불어왔는지 모를 제어할 수 없는 바람에 휘말리듯 무작정 집을 나섰을 뿐이다. 하지만 그렇게 나선 길이 생이 끝날 때까지 다시는 가족을 만날 수 없게 될 비극을 향한 길임을 알고서도 떠날 수 있었을까.

초섬은 가출한 지 몇 해 지나지 않아 집에서 가장 먼 남쪽 끝의 도시 부산에서 전쟁 발발 소식을 듣고서야 자신이 얼마나 엄청난 짓을 저질렀는지 전쟁보다 더 참혹하게 깨달아야 했다.

초섬은 열여섯에 자신에게로 향하던 무한한 사랑을 스스로 잘라내버리고 아버지를 떠났지만 그런 아버지에게서 결코 벗어날 수는 없었다. 세상의 모든 남자들은 아버지처럼 자신의 결함마저도 숭배하리라고 믿었다. 머리를 길게 늘어뜨려 목의 흉터를 감추고 있다가도 자신에게 호감을 보이는 사내 앞에서는 즉각 머리를 틀어올려 움푹 팬 흉터를 적나라하게 드러내놓길 주저하지 않았다. 자, 이래도 나를 좋아할 테야? 이 흉터에 입맞춤할 테야? 하면서.

그녀는 자신의 추악함에 스스로 도취되어 살았다. 그것은 어처구니없게도 스스로 천애고아가 되어버리고 만 그녀의, 생을 살아내는 방식이기도 했다.

그녀는 스스로 세상에 버려진 채 스무 살을 넘겨 처녀가 되어갔고 그토록 벗어나고 싶었던 아버지 닮은 남자를 갈구하고 있는 자신을 느꼈다.

그리고 그녀는 한 남자를 만났다. 그런데 어쩐지 그 남자에게만은 자신의 흉터를 보이고 싶지 않았다. 감출 수만 있다면 영원히 감추고 싶었다. 그런 느낌은 처음이었다.

그 남자, 그녀에게 구원의 빛을 주었던 사람, 내 아버지였다.

어머니가 내게 들려준 자신의 이야기는 이것이 전부이다.

어머니는 내게 들려준 시간보다 더 많은 시간을 나 모르게 살아왔고 그 시간이야말로 내 앞에서 자신을 해명하는 데 먼저 불려나와야 할 터이지만 어머니는 그 시간들을 묻어두려 했다. 어쩌면 어머니의 그 시간들은 들려주고 싶어도 조합되지 않는, 이해받으려 해도 설명되지 않는, 자신도 해독할 수 없는, 그런 시간이었는지도 모른다. 머물고자 하는 곳을 마음에 품는 순간 이미 그곳을 파괴하지 않으면 안 되는 길 잃은 바람처럼 어머니는 머물러야 할 곳을 피해 저 먼 어디론가 가고 또 갔던 것일까.

처음 내 앞에 나타났을 때 그때 어머니는 이미 병들어 있었다. 병들지 않았다면, 생의 종지부를 찍을 때가 되었다는 비장한 예감을 스스로 불러들이지 않았다면 그때도 나는 어머니를 만날 수 없었으리라.

대구에서 어머니와 겨울 한때를 보내고 돌아온 뒤 나는 이상하리만치 냉담해져 있었다. 어머니를 처음 대면해서부터 어머니를 무작정 따라 내려가 굶주렸던 모성에 탐닉하기까지 나는 나 자신도 알수 없는 어떤 자력에 이끌려 다니다 돌아온 기분이었다. 어머니란 존재에 대해 현실감을 경험해보지 못했던 내 앞에 아무런 예고도 없이 나타난 어머니 탓이었을까. 그것은 어머니도 마찬가지였다.

우리는 서로를 터질 듯 갈망하고 있었지만 서로에 대해 너무도 낯설었던 것이다.

내가 대구에서 돌아왔을 때 아버지는 아무런 반응도 보이지 않았다. 아니 그런 무반응이야말로 아버지의 과장된 반응이었는지도 모른다. 아버지는 나에 비하면 너무도 어머니를 잘 알고 있었던 것이다.

아버지의 허락 없이 나를 데리고 갔던 데 대한 근신인지 어머니는 한동안 나를 찾지 않았다.

하지만 어머니는 자신 앞에 놓인 생이 그토록 길게 느껴졌던 것일까. 혹은 그 생을 다 살아내기가 너무도 지루했음일까.

"이 에민 얼마 못 산다."

한동안 뜸하다 다시 나타나서 어머니가 내게 선포한 말이었다. 약봉지를 입 안에 털어넣고 물을 삼킨 어머니는 사뭇 당당하게 얼마 못 사는 이유를 댔다.

"콩팥이 다 오그라붙어서 몸 속에 요독이 가득 찼다는구나. 지금이 에미 몸이 독덩어리란다, 독덩어리. 언제 죽을지 몰라."

대구에 다녀온 이후 냉담해져 있던 나는 온몸이 마구 떨려오는 걸느꼈다. 마치 내가 어머니의 죽음을 재촉한 것만 같은 두려움과 죄책감이 앞을 가로막았다.

"약을 무던히도 써봤는데 알고 보니 그 약 때문에 몸이 더 절단이 난 거래. 이젠 오줌보가 말을 안 들어서 집 밖에도 함부로 나갈 수가 없는 병신이 돼버렸어. 니 얼굴 보러 다니는 것도 얼마나 더 할 수 있을래는지. 아이구, 오줌이야."

어머니는 말하다 말고 일어나 부리나케 화장실로 달려갔다.

그때부터 어머니와 나의 위치는 전도되었다. 나는 어머니 홀로 오랜 시간 병을 키워오는 동안 그런 어머니를 증오하고 원망했던 죄값을 치르기 위해 드디어 병든 어머니 앞에 불려나온 죄 지은 자식이 되어 있었다.

나는 병든 어머니를 위해 내가 할 수 있는 일이란 아버지를 떠나 어머니와 함께 사는 것뿐이라는 결론에 이르렀다. 아픈 몸을 이끌고 나를 찾아와 한 움큼이나 되는 약을 입 안으로 쏟아넣는 어머니에게 해줄 수 있는 게 있다면 무엇이라도 해야 했다.

"엄마 따라가서 살래요."

이번엔 내가 아버지에게 한 선포였다. 대구에서 지내다 온 내게 무반응으로 일관하던 아버지는 나를 비웃기부터 했다.

"그 여자가 그러자고 하던?"

어머니는 어쩌자고 아버지에게서 구원의 빛을 보았을까. 그리고 아버지는 인간의 무엇을 믿었기에 내 어머니를 선뜻 받아들였던 것일까.

"엄마는 오래 살지 못해요."

울음이 터져나왔다. 다시 돌아갈 수 없는 시간이라면 기억마저도 지워다오. 왜 나는 그들 사이에서 태어났단 말인가. 내가 꺼억꺼억 울고 또 우는 동안 아버지는 미동도 하지 않았다. 그리고 내 울음이 멎을 때를 기다렸다가 취조를 계속했다.

"그 여자가 너를 붙잡고 뭐라고 했는지 들어보자."

"엄마가 직접 말했어요. 오래 못 산다고. 지금도 약만 끊으면 당장 죽을 거라구요."

"그래서 같이 살자고 하더냐? 이제 죽을 때가 되었으니까 돌봐달라고 하더냐?"

아버지의 증오는 얼마나 깊은 것이기에 죽음 앞에서도 저토록 냉혹할 수 있는 것일까.

"엄마한텐 아무도 없어요. 저 하나뿐이라구요. 가야 해요."

"정령이 너도 이젠 알아야 한다. 그 여자가 나타나지 않고 조용히 있었다면 좋았겠지만 이미 벌어진 일이니 너도 알 건 알아야 해. 그 여자는 제 딸도 망쳐놓을 수 있는 인물이다. 그 여자가 하는 말은 하나도 믿을 게 없어. 알아들어?"

이미 나는 당신들 두 사람이 망쳐놨잖아요. 아버지를 향해 울부짖고 싶었다.

나를 찾아와 목을 뒤로 꺾고서 한 움큼의 약을 병든 몸에 쏟아붓는 어머니와 이런 어머니에게 연민은커녕 더욱 냉혹해져가는 아버지 사이에 나는 있었다.

결국 어머니는 내가 살던 도시로 거처를 옮겨왔고, 나는 아버지의 집을 떠나지 않았고, 아버지는 이런 어머니를 묵인하는 것으로 우리 모두는 똑같이 하나뿐인 카드를 선택해야 했다.

나는 주말이면 책가방을 든 채로 어머니에게 가는 버스에 몸을 싣고 종점까지 갔다. 시내버스 노선으로는 가장 먼 거리였다. 시내를 벗어나면서부터 난데없이 나른한 시골길로 변하는 길을 따라 어머니에게 가는 동안 나는 점점 죽음에 둔화되어가고 있었다. 죽음뿐만이 아니었다. 나의 생을 채우고 있던 모든 것들, 미움, 갈망, 기다림, 그리움 들마저도 시들해져가고 있었다.

나는 내가 아주 늙었다고, 세상을 너무 오래 살았다고 생각하며 한없이 고즈넉한 차창 밖의 풍경을 스쳐 지나갔다. 종점까지 가서 내리는 승객은 언제나 나 혼자뿐이었다. 방금 버스 바퀴가 일으킨 뽀얀 먼지를 뒤집어쓰고 내려서면 저만치 산을 등지고 모여 있는 마을이 보였다. 그곳에 살고 있는 어머니를 향해 신작로를 달려가던 때의 내가 있었다. 그러나 이제 나는 곧게 뻗은 그 길을 버리고 빙 돌아서 잡초 우거진 밭 사잇길로 느릿느릿 간다.

인적 없는 거친 그 길을 혼자 걸어가노라면 성당 보육원에 살던 때 곧잘 걸어들어가곤 했던 수풀 덮인 길이 떠올랐다. 그때의 나, 원망에 억눌려 있긴 했으나 내겐 기다림도 그리움도 충만했었다. 세상은 외롭고 쓸쓸했지만 알 수 없는 비밀들로 가득 차 있었다.

이제 열아홉에 이르기도 전에 세상의 비밀은 내 앞에 그 천박하고도 허상뿐인 모습을 다 드러내고 말았다. 기다릴 것이 없어진 세상은 지루할 뿐이었다.

주말이면 세상이 지루해진 유정이와 내가 나란히 로터리로 걸어갔다. 거기서 독서신문을 산 유정이는 집으로 가고 나는 어머니에게 가는 버스에 몸을 실었다. 그리고 부러 거친 길로 돌아가 어머니에게 당도하면 숨을 몰아쉬며 맨 먼저 내뱉는 인사말, 왜 날 낳았어?

어머니는 나를 위해 애호박으로 속을 넣은 여름만두를 빚고 있었다. 홍두깨로 반죽을 밀어 부지런히 속을 넣어 빚느라 콧등에 땀방울이 맺힌 어머니에게 내가 물었다.

"엄마, 진주목걸이 있었지?"

"진주목걸이?"

"응, 있었지?"

"왜? 다른 목걸이는 몇 개 있다만 진주는 없어. 진주는 눈물이라잖니."

"아니, 옛날에. 내가 아주 어렸을 적에 말이야."

얼굴이 발갛게 달아오르도록 만두 빚는 데 열중해 있던 어머니의 얼굴이 순식간에 변색되었다. 어머니에게 기억을 더듬는 일만큼 고통스러운 일이 또 있을까. 어머니에게 우리가 다시 만나기 이전의 시간은 존재하지 않아야 했다.

"잘 생각해봐. 엄마 진주목걸이를 가지고 놀았던 기억이 나."

"옛날에도 진주목걸이는 없었어. 내가 왜 그걸 모르겠니."

어머니는 단호히 부정하며 그 기억의 문을 열지 않으려 했다. 그러나 나는 포기하지 않았다.

"아니야, 분명히 있었어. 하얀 진주목걸이였어. 내 목에 걸고 잠들었어. 밤에 일어나서 목걸이가 있는지 목을 만져본다고 엄마하고 아버지가 막 웃었잖아."

어머니는 넋이 빠져나간 표정을 하고 나를 보았다.

"세상에 니가 그걸 어떻게 기억하니. 그때 니가 몇 살이었더라. 세 살? 네 살? 니 아버지가 말해줬니?"

"아니. 아주 작은 방에서 아버지가 엄마한테 진주목걸이를 줬는데 그걸 내가 갖겠다고 막 떼를 썼어. 그래서 엄마가 내 목에 걸어줬잖아. 목에 걸고 잠들었는데 그 다음은 생각 안 나. 내가 잠든 다음에 엄마가 내 목에서 벗겨갔지?"

어머니는 반죽한 만두피에 순가락으로 속을 떠서 얹다 말고 정지된 화면 속의 사람처럼 미동도 하지 않았다. 그리고 잠시 후 정지된 어머니의 눈에서 눈물이 흐르기 시작했다. 눈물은 넋나간 듯한 어머니의 얼굴 위에 덧씌워진 얇은 막처럼 번져나갔다. 그것은 너무 맑아서 어머니의 얼굴 전부를 뒤덮고 나서도 어머니의 표정을 조금도 건드리지 않았다. 눈물이 어머니의 얼굴을 타고 흘러 목을 적시는 동안에도 어머니는 놀랍도록 고요했다. 흐느낌마저도 새어나오지 않았다. 무엇을 하든 소리가 큰 어머니였다. 울 때는 어린아이처럼 소리가 먼저 터져나오던 어머니였다. 나는 이제야 비로소 어머니의 눈물을 처음 대하는 듯한 슬픔을 느꼈다.

"울지 마, 엄마."

그러면서 나도 어머니를 따라 울기 시작했다. 소리내지 않고서.

"내가 천벌을 받았어. 그래서 죽을 병에 걸린 거야. 어린것한테 못할 짓을 했어. 이것아, 정령아, 에미가 잘못했다. 에미가 잘못했어."

내 기억 속에 각인되어 지워지지 않는 그 장면을 어머니에게 보여주려 한 까닭은 무엇이었을까. 어머니의 닫힌 문의 빗장을 기어이 열게 하였던 의도는 무엇이었을까. 진정 내가 원했던 것은 눈물의 참회였을까.

나는 확인받고 싶었다. 내 기억 속에서 영원히 꺼지지 않는 빛으로 살아 있는 그 장면은 과연 존재하였던가. 혹 나는 스스로 기억을 지어내고 그것을 잊지 않으려 집요히 끌고 다녔던 것은 아니었을까. 꿈은 아니었을까.

"그래, 목걸이가 있었다. 진주목걸이가 아니고 상아목걸이였어. 우린 그때 여관방에 있었을 거야. 니 아버지를 마중하러 너를 데리고 인천에 갔었던가, 아마 그럴 거야. 니 아버지는 배를 타고 나갔다가 몇 달씩 지나야 돌아오고는 했었거든. 그러면 하루라도 빨리 만나려고 그렇게 부두로 갔더랬지. 니 아버지가 그날 상아로 만든 목걸이를 사왔더구나. 니 아버진 배를 타고 돌아올 적마다 귀한 물건들을 꼭 하나씩 가져다주던 사람이었는데."

어머니의 기억의 문이 열렸다. 완강히 닫혀 열릴 줄 모르던 문이었다.

"니가 그 목걸이를 어찌나 좋아하던지. 그래 니 목에 걸어줬어. 하룻밤 여관에서 묵었는데 너는 잘 때도 목에서 그걸 빼지 않으려고 고집을 부렸지. 자다 깨서도 몇 번씩이나 그게 목에 걸려 있는지 만져보는 게 얼마나 예쁘던지."

"그래서 엄마하고 아버지가 날 보고 막 웃었지?"

"그럼, 하는 짓이 얼마나 깜찍한지 웃지 않을 수가 없었단다. 니아버지는 몇 달 만에 보는 딸이라 예뻐서 어쩔 줄을 모르더구나. 다음엔 작은 걸로 하나 더 사다주겠다고 하면서. 그래도 넌 막무가내로 그걸 내놓지 않으려고 해서 아마 꽤 오랫동안 그 목걸이는 니 애기 목에 걸려 있었을걸. 어린것이 웬 고집이 그리 세던지. 다음에 사다준다고 아무리 달래도 말을 들어야 말이지."

내 기억은 조작된 것이 아니었음이 밝혀졌다.

"다음에 아버지는 정말 내 목걸이 사왔어?"

"글쎄."

생의 물줄기는 어디쯤에서 그 흐름을 바꿔 방향을 달리하는 것일까. 인간은 생의 길목이 어디에서 꺾일지 모르는 채 살아야 하는 것일까. 내 기억 속에서 대비되고 있는 극과 극의 두 장면을 나는 어떻게 받아들여야 할까. 내 기억 속에 간직된 앞 장면이 확인된 것과 동시에 뒤에 남은 장면은 더욱 추악해졌다. 추측건대 그 두 장면 사이의 시간은 그리 길지 않았다. 그 시간 속에 어떤 비밀이 숨어 있는지 알 길은 없었다.

하지만 내 부모는 그 시간을 견디어낼 수 있을 만큼의 사랑을 품고 있지 못했음이 밝혀졌다. 시간을 견디어낼 수 있는 사랑의 힘을 그들은 갖지 못했던 것이다. 그들 사이의 내 존재도 그것을 대신하지 못했을 만큼.

세상에서 가장 늙은 열아홉인 유정이와 내게 찾아온 봄,

우리의 지상목표는 대학생이 되는 것이었지만 우리는 여전히 주말이면 함께 독서신문을 사러 로터리에 갔다. 학교가 끝나기 무섭게 다른 열아홉들은 학원으로 도서관으로 무거운 가방을 들고 다닐 때였다.

봄이면 도시는 황사바람으로 흉흉했다. 개나리보다 황토색 흙먼지가 먼저 봄을 알려오는 곳이었다. 유정이와 헤어지고 승강장에서 버스를 기다리는데 뿌연 먼지바람이 머리칼을 들쑤시고 플레어 스커트 속으로 펄럭펄럭 바람을 불어넣고 있었다. 책가방으로 치맛자락을 막아보느라 선 자리에서 뱅뱅 돌고 있는데 간 줄 알았던 유정이가 다가왔다.

"너도 어디 가?"

유정이의 단발머리도 먼지바람에 뿌옇게 부풀어 있었다.

"나, 너하고 같이 가면 안 되니?"

그 동안 한 번도 내가 집과 다른 방향의 버스를 타고 어디로 가는지 물어봐주지 않던 유정이었다.

"나랑 같이 가도 되니?"

"상관없어."

우리는 함께 버스를 탔다. 버스에서 내려 봄가뭄을 타고 있는 메마른 흙을 밟고 걸어가는 동안 우리의 발끝에서도 황사가 피어오르고 있었다. 숨쉴 틈을 주지 않고 덤벼드는 흙먼지를 막아보려 나는 왼손의 손수건으로 코를 틀어막았다.

"흙냄새가 너무 불안하지 않니?"

유정이가 먼지바람을 들이마시며 말했다.

"불안하다구? 제법 시적인데."

"흙냄새는 원래 유순하고 아늑한데 봄이면 한번씩 이런 냄새가 나. 뭐랄까, 어떻게 살아야 할지 몰라서 헤매는 그런 신경질적인 냄새 같은 거 있잖아."

"흙도 신경질을 부릴 줄 안다구?"

유정이는 우리가 어디로 가고 있는지 묻지 않았고 나 역시 유정이를 데리고 가고 있는 곳에 누가 있는지 말하지 않았다.

어머니는 유정이를 한눈에 알아보았다. 내 뒤를 따라들어온 유정이가 인사를 하자 대번에 "오, 니가 유정이구나" 했던 것이다.

어머니는 내 유일한 학교 친구인 유정이가 결핵 환자라는 사실을 못마땅해하고 있었다. 그애와는 도시락도 나눠먹으면 안 된다고 주의를 주곤 했었다. 말로만 듣던 유정이를 한눈에 알아본 어머니는 평소와 달리 스스럼없이 맞아들이고 그애를 위해 찹쌀전병까지 부쳐냈다. 어머니의 처소에 처음으로 친구를 동행해 온 내게 당황한 나머지 미처 유정이의 병에 대해 생각이 미치지 못했거나 지병을 앓고 있는 동병상련이 작용한 때문이었는지도 모른다.

그날 처음으로 어머니와 나는 우리의 관계를 타인에게 노출시킨 것인데 어머니가 유정일 한눈에 알아본 것처럼 유정이 역시 내 어머니를 바로 알아봤다. 어쩌면 그애는 이미 오래 전부터 내가 버스에 실려 사라지는 곳에 누가 있는지 알고 있지 않았을까. 어머니와 나 사이에 유정이를 불러들인 그날 나는 어머니와 나의 불완전한 가정이 완성된 듯한 최초의 경험을 했다. 그것이 유정이 내게 주고 가려 한 선물이었음을 안 것은 나중이었다.

저물 녘 집으로 돌아가는 유정이를 바래다주러 함께 밭 사잇길을 걸어가고 있을 때 유정이 말했다.

"정령아, 나 이제 학교 못 가."

"왜? 어디 가?"

"응, 치료받으러 요양원에 들어가."

바람이 잦아든 저녁 무렵이었다. 유정이 말하던 불안한 흙냄새도 땅속으로 스며들었는가 풀 향기가 코끝에 스쳤다.

"언제 오니?"

그 말밖에 묻지 못했다.

"모르겠어. 치료가 끝나도 난 학교에는 돌아오지 않을 거야."

"여기서 머니?"

"응, 아주 멀어."

"그래, 그렇구나. 편지할 거니?"

"생각해보고."

문득 아득해졌다. 생의 한귀퉁이가 허물어져내린 듯.

"정령아, 넌 집이 둘이라서 좋겠다."

우리는 마주 보고 서서 괜히 키득키득 웃었다.

"잘 있어, 정령아."

"잘 가, 유정아. 치료 잘 받고 와."

"안녕."

생각해보겠다던 유정의 편지는 봄이 다 가도록 오지 않았다. 그 대신 유정이는 두번째 선물을 보내왔다. 소포로 부쳐온 누런 봉투에서 나온 스크랩북에는 유정이가 모아두었던 복제화들이 화가별로 가지런히 분류되어 꽂혀 있었다.

11

나,

한 사람의 향기를 기억한다.

그 향기는 무어라 언어로 표현될 수 없는, 오직 내 마음을 실은 후각으로만 느껴질 수 있는, 세상에 단 한순간 존재했으면서 영원히 지워지지 않는 향기이다.

그 사람, 그는 맨 먼저 내게 향기로 다가왔다.

열아홉 살의 여름이었다.

나는 세상에서 제일 늙었다고 생각하고 있었으나 여전히 교복에, 학교에, 그리고 열아홉 살에 갇혀 있었고 나를 가두고 있는 그것들로부터 벗어나는 것만이 열아홉의 내 유일한 꿈이었다. 그것은 누구나 이룰 수 있고 또한 엄연히 존재하는 시간에의 꿈이었지만 열아홉의 나는 그 시간으로 다가갈수록 점점 조바심치고 있었다.

유정이가 떠난 학교에서는 다시 혼자가 되었고 입시 준비를 핑계로 주말이 되어도 병든 어머니에게 가지 않았다. 아버지는 그때까지도 내가 음악대학에 가주길 바라고 있었다. 그때쯤 진학할 대학과 전공학과가 결정되고 그에 따른 입시 준비가 치열하게 진행되어야 했지만 어디를 가든 무엇이 되든 내겐 그다지 의미가 없었다. 무엇이 되어도 좋을 만큼 실은 아무것도 되고 싶지 않았다고 해야 하리라. 하지만 적어도 아버지가 바라는 음악대학에 가지 않겠다는 것만은 내 분명한 의지였다.

그나마 입시 공부에 매달린 이유도 단지 음악대학에 가지 않기 위해서였을 만큼.

열아홉의 여름, 나는 수학 문제를 풀고 있었다.

여름방학이 시작되자마자 단기완성 과외팀에 합류해 집중적인 수학 과외를 받는 중이었다. 한여름에도 원형탈모증 때문에 유대인처럼 머리 꼭대기에 납작한 털모자를 얹고 다니는 과외교사의 집에서였다. 우리 동네에 위치한 과외교사의 비좁고 오래된 집은 입시학원을 방불케 할 만큼 수강생으로 붐볐다. 족집게로 명성이 자자한 그의 수업을 여름방학에 듣기 위해 일찌감치 등록을 마치고 선발된 입시생들이었다. 하지만 내가 그 팀에 낄 수 있었던 건 한동네에 거주하는 아버지와 그 수학 선생의 친분 덕이었다.

선생의 낡은 집 끄트머리에 딸린 문간방이 강의실이었다. 수업이 채 끝나기도 전에 다음 팀이 좁은 마당 귀퉁이에서 기다리고 있을 만큼 수강생이 폭주하는 여름, 강의실은 아예 드나드는 수강생들의 땀냄새에 절어 있었다. 슬레이트 지붕을 얹은 낮은 방에다 책상과 의자를 들여놓아 더 낮아진 천장 탓에 가히 찜통과 다름없는 방에서 한 팀당 열 명 남짓이 수업을 받고 있는 남녀 합반이었다.

교회에서처럼 일자로 기다란 나무 책상과 등받이 없는 긴 간이의자에 잇대어 앉아 수업을 받노라면 뒤에 앉은 남학생들 자리에서는 연신 삐걱이는 의자 소리가 들려왔고 그럴 때면 앞자리에 앉은 여학생들은 흰 블라우스 속 속치마와 브래지어 끈의 두 줄이 가지런히 비쳐지고 있을까에 유독 신경이 쓰이기도 하던 여름이었다. 변성기를 지낸 걸걸한 음성이 어깨를 타고 넘어 선생님에게 질문을 던질 때면 열아홉의 나는 그 열탕 같은 방 안에서도 왠지 아련한 떨림이 이는 것을 느껴야 했다. 하지만 떨림은 순간이었을 뿐 곧 그들의 변성된 저음에서는 어딘지 모를 유아성이 느껴지곤 했다. 그들이 칠판의 수학 문제를 나보다 아무리 빨리 그리고 정확히 풀더라도 그들의 목소리에 남아 있는 유년의 흔적이 느껴지는 한 나의 떨림은 더이상 지속되지 않을 것이었다.

그리고 그들에게서 하나같이 끼쳐지던 냄새.

열아홉이 될 때까지 집단적인 이성을 대할 기회가 없었던 여학생들은 여름날의 후끈한 강의실에 배어 있는 그들의 냄새에 진저리를 쳤다. 땀냄새조차도 그들이 뿜어내는 냄새의 외피에 지나지 않을 만큼 복합적인 냄새였다, 그것은.

여학생들은 방에 들어서는 순간이면 매번 코를 싸쥐며 그 청결하지 못한 냄새에 적대감을 표나게 드러내곤 했다.

그러나 열아홉의 나, 나는 그 냄새가 싫지만은 않았다

그 냄새는 탁하고 야수적인 한편 너그럽고 힘센 낯선 세계로의 호기심으로 겉늙은 열아홉의 나를 자극하고 있었다. 그러나 그것은 보편적인 집단의 냄새였을 뿐 한 개인의, 실재하는 대상의 냄새, 향기는 아니었다.

창문과 출입문까지, 문이란 문은 다 열어젖히고 수업을 받고 있던 그 여름날 오후.

나른한 내 의식을 비집으며 스며드는 향기가 있었다. 그것은 여느 날 바람에 실려 코끝을 스치고 가던 좁다란 마당가에 피어난 치자 꽃의 향기도, 맞닿은 담벼락을 타고 넘어온 옆집 포도넝쿨의 향기도 아니었다.

그것은 은은하면서도 날카로운, 생명을 담은 향기였다. 저 멀리 누군가의 그 향기는 바람을 타고 그가 미처 내 곁에 닿기 전 먼저 날아와 열아홉의 내 영혼 속으로 간절하게 스며드는 중이었다. 어쩌면 그 향기는 흔하디흔한, 화학적 조합에 의해 탄생한 애프터셰이브의 인공향에 지나지 않는 것이었는지도 모른다.

그러나 한 사람의 체취를 담고 있는 그 향기는, 그 순간 내 후각의 기억에 맨 처음 포획되는 것을 시작으로 두고두고 나를 그 형체도 소리도 없는 텅 빈 설렘에 빠져들게 하고 말았다.

삐걱이는 나무 의자에 앉아 수학 문제를 풀고 있던 열아홉의 내게로 소리없이 기척없이 다가온 그 향기는 그렇게 내 영혼의 후각을 가만히 두드리기 시작했다.

나는 숨죽이고 앉아 향기의 주인이 나타나길 기다렸다.

이윽고 다가오는 발소리, 휘몰아치는 향기.

"저, 실례합니다."

이번엔 목소리였다. 향기의 목소리가 지척에 와 멈추었다. 밝고 투명한 울림이었다. 향기는 고요한 설렘에 숨죽이고 있는 나를 향해 불쑥 목소리로 자신을 바꾸었다.

"누굴 찾아오셨나?"

활짝 열어젖힌 출입문 옆에 놓인 의자에 앉아 있던 수학 선생이 고개를 바깥으로 빼며 방문객을 맞이하고 있었다. 나는 고개를 숙인 채 문제를 풀고 있는데다가 목소리의 주인은 열린 문 바깥 어딘가 보이지 않는 곳에 서서 선생과 이야기를 나누고 있었으므로 여전히 그 모습은 볼 수 없는 채였다.

"여기가 서 선생님 댁 맞습니까?"

예의바르고 선량한 말투였다.

"맞소만."

수학 선생은 여전히 자리에서 몸을 일으키지 않은 채로 고개를 빼 방문객을 응대하고 있었다.

"아!"

그의 짧은 탄성을 들었다. 무언지 낭패한 듯한 그리고 곧 자리를 뜨려는 듯한 그의 몸짓을 그 외마디에서 느낄 수 있었다. 나는 다급해졌다. 향기와 목소리만으로 다가왔다가 사라지려는 그가 누구이길래.

"누구시오? 내가 서 선생이오만."

"아무래도 제가 집을 잘못 찾아온 것 같습니다. 죄송했습니다."

깊고 그윽한 성량을 가진 목소리였다. 이제 그는 가려는가.

"안녕히 계십시오."

반쯤 몸을 돌린 듯했다.

"어이, 젊은이, 혹시 피아노 가르치는 서 선생 찾아오셨나?"

"아, 네."

그의 목소리 끝에 미소가 묻어나는 것이 보이는 듯했다.

"이 동네에 서 선생이 둘이라서 그냥 서 선생을 찾아선 헷갈려. 피아노 선생, 수학 선생, 이렇게 확실하게 해줘야 한다구."

"아, 네 그렇군요. 제가 몰랐습니다."

수줍음 타는 그가 느껴졌다. 목소리만으로 그 사람의 감정을 그토록 낱낱이 읽을 수 있는 것일까.

"골목을 나가서 왼쪽 언덕을 따라 좀 올라가면 학원이 나올 거요. 아주 찾기 쉽지."

"정말 감사합니다. 그리고 실례가 많았습니다. 안녕히 계십시오."

그의 발자국이 대문을 향해 떠나갔고 수학 선생은 그의 뒤에 대고 큰 소리로 말했다.

"괜찮소. 그 서 선생이 이 서 선생 친구니까."

그렇게 배웅을 하고 우리에게로 다시 고개를 돌린 수학 선생이 갑자기 생각난 듯 내 이름을 불렀다.

"서정령, 네 집에 온 손님 아니냐!"

내 집에 온 손님, 내게 온 사람.

그의 향기가 내게 스며들 때 이미 그는 내게로 온 사람이었다.

그리고 그 여름날, 열아홉의 나는 이미 전날의 내가 아니었다. 스스로 세상에서 제일 늙었다고 느끼고 있었던, 그리하여 아무런 꿈도 희망도 품지 않으려 했던 내게 찾아온 아직 향기와 목소리뿐인 그 어떤 존재로 하여 나의 내면은 전혀 다른 세계를 맞이한 후였다.

수업이 끝날 때쯤 아니, 그 이전부터 집을 향하는 내 마음이 떨리고 있었다. 그는 누구일까. 아직도 집에 있을까.

수업이 끝나고 우리가 채 방을 나서기도 전에 다음 팀이 우르르 밀려들어왔다. 여드름으로 얼굴을 뒤발한 남학생들의 몸에서 눅눅한 냄새가 확 끼쳤다. 장마철이었다.

바깥으로 나서니 하늘이 컴컴하게 비구름으로 뒤덮여 금방이라도 굵은 빗줄기가 쏟아질 것만 같았다. 하지만 이미 다음 팀의 수업이 시작된 터라 우리는 집을 향해 달리는 수밖에 없었다. 골목은 한 차례 퍼부어질 소나기를 피해 부지런히 돌아간 사람들 탓에 한산했고 하늘은 점점 더 낮게 땅으로 내려오고 있는 중이었다. 나는 걸음을 빨리해 집을 향하고 있었다.

드디어 툭툭 굵다란 빗방울이 몸에 닿기 시작하더니 땅으로 번져 나갔다. 가방을 머리에 이고 이번엔 하는 수 없이 뛰기 시작했다. 그때 맞은편 언덕에서 우산을 쓰고 내려오던 키 큰 남자가 나를 향해 소리쳤다.

"혹시 정령이 아니냐?"

순식간에 하늘과 땅 사이를 가득 메운 비의 홍수. 나는 어느새 그의 우산 속에 들어와 있었다.

"정령이 맞지?"

빗줄기는 땅을 때리며 튀어올라 신발 속으로 마구 스며들었다. 번쩍 번개가 빛나더니 우르릉 쾅, 천둥이 하늘을 갈랐다. 집은 지척에 있었지만 마치 재앙에 홀로 버려진 듯 무서웠다. 그가 가지고 온 또 하나의 우산은 미처 펼쳐볼 엄두도 내지 못하고 우리는 그가 쓰고 온 우산 속에 붙어서서 집을 향해 다급하게 걸었다.

"두 분 다 레슨중이라 내가 대신 우산을 가지고 가던 참이었어. 좀 더 일찍 나왔어야 했는데. 워낙 갑자기 쏟아지는 바람에, 다 젖었지?"

그 사람이었다.

처음의 그 향기, 그 목소리의 바로 그 사람이었다. 그 향기와 목소리만으로 그의 형상을 그려보지는 못했건만 그를 처음 본 순간 이미 내가 너무도 오래 그려왔던 듯 낯설지 않았다. 큰 키의, 나를 내려다보고 있는 얼굴에 환한 미소가 피어나 있었다. 사위가 컴컴한 악천후마저도 그의 미소를 가리지는 못했다. 눈과 입을 비롯한 얼굴 전부가 나를 향해 반가움을 표현하고 있는 그의 미소를. 마치 마음속 등불이 얼굴에 밝혀진 듯 그는 환하고 따스하게 미소짓고 있었다.

"우리 처음이지?"

앞을 가로막는 장대비를 가르고 걸으며 그는 목소리를 높였다. 흡사 노래를 부르는 것 같았다.

"난 정령이를 잘 아는데 아마 정령이는 날 모를 거야. 그렇지?"

"누구세요?"

당신은 누구세요? 비의 홍수처럼 기습적으로 내게 찾아온 당신은 누구신가요. 나는 떨리는 마음으로 묻고 있었다.

"나, 희령이 외삼촌이야."

희령이 외삼촌.

"누이 결혼식 때 정령이를 보고 싶었는데 그때 안 왔었지?"

아버지 아내의 동생.

"이사하기 전엔 몇 번 다녀갔었는데 그때마다 정령인 못 보겠더군."

아버지가 새로이 이룬 가족에게는 무관심했었다.

"이렇게 극적으로 상봉하려고 그 동안 못 만났던 건가?"

노래하듯 목청을 높여 쉬지 않고 말을 걸어오는 그 사람.

"고3이라 힘들지? 정령이 공부하던 아까 거기에 내가 갔었는데. 집을 잘못 찾아가는 바람에 말이야. 정령인 공부하느라고 정신 없었겠지만."

비는 쉬이 그치지 않았다. 번개와 천둥은 더 잦아지며 온통 사방을 시커멓게 암흑으로 만들어갔다. 그 순간 구름 속 어디에 태양이 있다는 것을 믿을 사람은 아무도 없을 것이었다.

그의 우산 속에서 그의 눈부신 미소를 받으며 집으로 돌아오는 동안 내 마음은 나를 빠져나가 우산 밖의 비와 번개와 천둥과 바람에 함께 섞여 갈 곳을 잃고 허둥댔다.

열아홉 살의 여름날, 그는 내게 왔다.
형체도 소리도 없는 텅 빈 설렘의 향기로 다가와 노랫소리와 같은 울림의 목소리로 나를 두드리다 기어이 암흑과도 같은 폭우 속으로 나를 던져넣었다.

흠뻑 비에 젖어 돌아와 젖은 몸을 씻고 이층 내 방에 틀어박힌 나는 그날 내내 아래층에는 내려가지 않았다. 손님을 맞아 특별한 저녁상이 차려지고 집 안은 여느 때와 달리 부산스러웠지만 식욕을 거세당한 내겐 음식 냄새조차 역겨웠다. 먹는 것뿐만이 아니었다. 일상의 무념무상했던 행위들조차 내게 고통을 달라고 요구했다. 고통 없이는 아무것도 할 수 없었다. 일어나 어두운 방에 불을 켜는 일마저 엄두를 낼 수 없을 만큼 아득하게 여겨졌다.

컴컴한 방에서 새우처럼 웅크린 등을 벽에 붙이고 앉은 채로 나는 그대로 멎어 있었다. 나는 생각할 수도 느낄 수도 없었다. 쉴새없이 쏟아지는 굵은 빗소리마저 들리지 않았다면 나는 내가 살고 있는 세상으로부터 유체가 이탈된 듯한 착각에 빠져들고 말았을 것이다. 어쩌면 그것이야말로 그 순간 간절하고도 유일한 나의 소망이 아니었을까.

식구들이 차례로 올라와 잠긴 내 방 앞에서 기척을 내다가 잠들었나, 하고 내려갔다. 그것은 흔한 내 버릇이었다. 집 안에서 남처럼 스스로를 격리시키는 지독한 자폐.

그러나 그는 올라오지 않았다. 손님이었으므로.

그는 가족이면서 손님으로 내게 왔다. 아직 만나보지도 못한 나를 위해 우산을 가져왔던 그에게 나는 오직 가족으로서였을 것이다.

내게 사랑이 그렇게 오리라고 상상해본 적이 있었던가. 내가 읽었던 책 속의 헤아릴 수 없는 다종다양한 사랑 중에서 과연 내가 꿈꾸었던 사랑이 있었던가. 나는 그것을 꿈꾸지 않았다. 믿지 않았던 까닭이다.

내가 꿈꾸었던 것이 있다면 오직 남다른, 이 세상에는 존재한 적이 없었던, 이 세상을 다 살도록 이루지 못할지도 모르는 그런 것이었는지도 모른다. 아, 그러나 이루지 못할 꿈이야말로 열아홉에 이르도록 나를 살게 한 진정한 꿈이었음을 뒤늦게야 깨달을 수 있었다.

나를 급습한 사랑 앞에서 나는 내가 흔한 사랑을 꿈꾸지 못하고 믿지 않았던 것은 내 스스로 감히 꿈꾸어볼 수 없는, 상상조차 해볼 수 없는 그런 사랑에의 두려움에 갇혀 있었던 때문이라는 것을 알았다. 정녕 사랑이 존재한다면 나 자신을 송두리째 구원해주리라, 그것만이 사랑이리라 믿었으므로 나는 사랑을 꿈꿀 수 없었던 것이다. 아니, 그것은 꿈이었을 뿐이다.

사랑이란 이룰 수 없고 이루어지지 않을 꿈이며 그래서 구원이었던 열아홉의 나.

그러나 정작 그것은 제일 먼저 나를 부수기 시작했다. 그것은 무형의 정신이 아니라 너무도 분명한 대상, 평범하기 이를 데 없는 한 인간의 얼굴을 하고 있었다.

허나 왜 그였을까. 세상의 수많은 평범한 인간 중에서 내게 단 하나의 존재가 되어버린 그를 어떻게 설명할 수 있을까. 설명할 수 없다. 그것은 그 어떤 예감도 동반하지 않고 어느 날 놀랍도록 순간에 나를 향해 날아왔으며 나는 급류에 휩쓸리듯 무력하게 허물어지고 말았다. 그것이 운명이라면 나는 운명의 걷잡을 수 없는 물살에 이미 휩쓸려버린 후였다.

온 밤을 나는 비에 갇혀 울었다.

붕괴되어버린 나 자신을 향한 눈물이었다. 그러나 결코 슬픔은 아니었다. 어쩌면 나는 내가 무너지기를 그토록 오래 기다려왔던 것인지도 모른다. 열아홉에 이르도록 나를 지탱하고 있던 내 안의 지독한 나를 치워버리기를 기다려왔던 것인지도 모른다.

그 밤에 나는 내 안에서 무너져내린 내가 나를 두고 떠나가는 것을 느꼈다.

다음날 새벽, 비의 세례를 받고 씻긴 세상에 나는 첫발을 내딛 듯 나갔다. 식구들 중 아무도 일어나지 않은 이른 시각이었다. 밤 사이 내게 찾아온 놀라운 변화를 겪고서 맞이한 첫날이었다.

아직 잠에서 깨어나지 않은 집을 나서 좁고 긴 마당을 지나 대문간에 이르렀을 때 마침 대문으로 들어서는 그와 마주쳤다. 그는 운동을 하고 돌아오는지 고르지 못한 숨소리를 내며 나를 맞았다.

"안녕, 잘 잤어?"

마치 오래 함께 살아온 식구처럼 아무렇지도 않은 그.

"어제는 비를 맞아서 피곤했나봐. 저녁도 먹지 않고 잠들었다고 식구들이 걱정하던데. 괜찮아?"

땀이 솟은 조금 붉은 기운을 띤 얼굴엔 예의 그 환한 미소가 가득 번져 있었다. 아름다웠다. 아름다운 그를 마주치는 순간 전날의 고통마저 사소한 것이 되어 날아가는 것 같았다.

"괜찮아요."

"그런데 매일 이렇게 일찍 학교에 가나?"

"아니요, 할 일이 좀 있어서."

"어제 일찍 자느라고 못 했구나. 그럼 어서 가봐."

그에겐 사람에게서 어둠을 걷어내는 힘이 있었다. 그 앞에 서면 마치 빗줄기에 씻겨내린 세상처럼 몸도 마음도 맑아지는 걸 느꼈다.

"어제 고마웠어요."

"에이 무슨, 우산도 다 소용없었는걸."

내게 씌워준 우산이 아니라 우산을 씌워준 그의 존재로 인해 나의 생이 이제 달라지리라는 걸 그가 어찌 알까.

"오늘 가세요?"

용기를 내어 물었다. 짐짓 아무렇지도 않게.

"아니, 좀 오래 있을 것 같아. 괜찮을까?"

"네? 네."

"그럼 저녁에 봐."

그가 들어간 자리에 서서 그의 향기를 깊고도 깊은 호흡으로 들이마셨다.

한 사람의 실체를 통해 이제 나는 끝없는 설렘의 세계로 들어서고 있었다. 오랜 내가 빠져나간 내 안에 그의 존재가 자리한 그 순간부터 나는 오직 그를 통해서만 나를 느끼게 될 것이었다.

세상에 존재하는 모든 관계를 믿지 못하였던, 그리하여 스스로 지독한 자폐를 불러들이지 않고는 생을 지탱할 수 없었던 나는 열아홉 살에 이르러 비로소 타인의 존재를 향해 나를 열기 시작한 것이다.

처음이었고 절대적이었으며 완전한 존재를 향해서였다.

열아홉 살 여름이었다.

12

선.

그의 누이는 그를 부를 때 선아, 하고 불렀다.

아버지는 어이, 선, 하고 그를 불렀다. 집 안 어딘가에서 그의 이름이 불리는 소리를 들으면 그의 선량한 눈빛과 눈부신 미소가 이름을 따라 피어올랐다. 그를 담기에 딱 맞는 그릇처럼 아름다운 외자 이름 선.

혼자 있을 때 가만히 소리내어 불러보던 이름, 선. 조용히 소리내어 그 이름을 부르면 그는 멀리에 있다가 내게 오는 것이 아니라 내 안에서 가만히 빠져나오는 것이다.

"아재라고 불러라."

그가 집에 온 이튿날 저녁, 식탁에서 아버지는 그를 내게 인사시켰다. 어린 희령이와 재령이는 그들의 외삼촌에게 달라붙어서 떨어질 줄 몰랐다. 아이들은 그를 향해 아재란 호칭을 입에 달고 다녔다.

한번도 그를 아재라고 불러본 적은 없다. 부르지 않을 수 없을 때는 그의 이름을 붙여 선이 아재라고 불렀다.

선이 아재는 그해 여름 한철을 내 곁에 머물렀다.

군복무를 마치고 갓 돌아온 그에게 누이는 유일하게 남아 있는 가족이었다. 여학교를 겨우 마쳤을 뿐인 그의 누이가 중학교에 들어갈 아이까지 딸린 스승과의 파격적인 결혼을 요구하고 나섰을 때부터 그의 집안은 흔들리기 시작했다. 누이는 집안에 하나뿐인 딸이었을 뿐만 아니라 누구든 감탄을 자아낼 만큼 아름다운데다 또한 헌신적인 성품을 지녔었다. 그들 가족을 절망에 빠뜨린 것은 누이가 선택한 결혼 그 자체보다 누이의 변화였다. 세상의 그 누구보다 딸을 사랑했던 아버지가 앓아눕고 가족들이 눈물로 호소하는 와중에 그의 누이는 집을 나가 남자의 아이를 제 몸 속에 들여놓았던 것이다.

그들 가족은 그토록 사랑했던 딸을 떠나보내고 나서 생의 의욕마저 잃고 말았다. 몇 해 지나지 않아 아버지의 죽음을 맞은 그들 가족은 생의 돌파구를 찾아 이 땅을 떠나기로 했다. 대학에 입학하자마자 군에 입대해버린 막내아들을 남겨두고 어머니를 비롯한 형들 가족은 먼저 간 친지가 자리를 잡고 사는 남미의 어느 나라로 아주 떠나버렸다.

혼자 남아 군복무를 마친 그는 우선 학교부터 졸업하기로 했고 복학까지의 남은 기간을 지내기 위해 누이의 집을 찾은 것이었다. 그에겐 누이가 이 땅에 남아 있는 유일한 혈육이기도 했지만 처음 누이가 집안에 파문을 일으켰을 적에도 그만은 식구들 중 비교적 누이에게 호의를 갖고 있었다. 그때 그는 고등학생이었다.

모든 일에 수동적이기만 하던 얌전한 누이를 그토록 변화시킨 그 어떤 힘에 대해 신비로움마저 느끼고 있었던 소년은 그때부터 결혼의 꿈을 이룬 누이에게 드나들며 그 생의 신비를 풀어보고 싶었는지도 모른다.

그가 와 있던 열아홉 살의 그해 여름,
전과 달라진 일상은 아무것도 없었다. 나는 여전히 입시를 앞둔 고3의 신분에 갇힌 채 시간을 뛰어넘을 수 없었다.
그러나 열아홉의 내가 맞이한 그 사람, 선은 내가 건너뛸 수 없는 시간, 내가 갇혀 있는 공간을 전혀 다른 세계로 바꾸어놓았다. 나는 어제 지나던 길 위에서 어제의 나와는 다른 나를 만나고 있었다.
열아홉의 겉늙어버린 나는 황폐한 내 영혼에 물처럼 스며든 그로 인해 한 번도 예감해보지 못한, 꿈꾸어보지 못한 시간을 맞이한 것이다.

그가 온 이후 나의 아침은 전보다 일찍 시작되었다.
나는 새벽 운동에서 돌아오는 그의 발소리로 잠에서 깨어나곤 했다. 그는 아침마다 내 덜 깬 의식을 가만가만 헤치고 들어와 자신의 존재가 내게 얼마나 간절한 대상인지 살며시 확인시켜주는 것이다.
잠에서 깨어나면 나는 그가 있는 세상에서 함께 맞이하는 아침을 보기 위해 일어나 마당이 내려다보이는 창으로 다가간다. 이층의 내 방 창에 비스듬히 비껴서면 내 시야 속으로 채 걷히지 않은 푸르스름한 새벽빛에 감싸인 그가 계단을 밟고 올라오는 모습이 서서히 들어온다.
아직 자라지 않은 치켜깎은 짧은 머리에 챙이 달린 파란 모자를 눌러쓰고 왼편 어깨엔 옆으로 기다란 흰 테니스 가방을 메고 있다.

그는 아마 컴컴한 새벽에 테니스 코트를 향해 집을 나섰으리라. 그의 오른손엔 대문 앞에 막 배달된 신문과 우유가 들려 있다. 계단을 다 올라와 마당에 들어선 그는 마당 한귀퉁이 담벼락 밑의 수돗가로 간다. 라일락 나무의 잎과 가지가 무성하게 담벼락 바깥까지 뻗어나간 수돗가에 테니스 가방과 신문, 우유를 내려놓고 그는 물을 틀어 세수를 한다. 마당 한귀퉁이에 설치해놓긴 했으나 거의 방치되다시피 했던 수돗가는 그의 세면장이 되면서부터 아침마다 눈이 부시다. 선 채로 허리를 구부려 얼굴을 씻느라 재빠르게 움직이고 있는 그의 흰 팔뚝에 푸르스름한 새벽빛이 밀려나고 있다. 그가 실내의 욕실이나 뒤뜰의 수돗가를 이용한다면 나는 아침마다 그의 모습을, 그의 팔뒤꿈치에 경쾌하게 쫓겨가는 새벽의 뒷모습을 볼 수 없을 것이다.

세수를 마친 그는 고무호스를 수도꼭지에 끼워 마당의 담벼락을 돌아가며 나무들에 물세례를 준다. 라일락, 단풍나무, 목련, 키 작은 회양목 들까지 그의 물세례를 받아 화들짝 깨어난다. 그는 고무호스의 끝을 손가락으로 막쥐고서 분무기에서 물이 뿜어져나오듯이 나무에 골고루 물을 뿌려준다. 그가 쏘아대는 물줄기는 내가 선창 앞의 후박나무 타원형 잎사귀에까지 날아와 마치 빗방울처럼 후드득 잎사귀를 적신다. 나는 깜짝 놀라 몸을 벽에 바짝 붙이고 옆으로 서서 그의 모습을 지켜본다.

나무에 물 주기를 끝내고 나서 그는 평상에 걸터앉아 조간신문을 펼쳐든다. 어느새 아침 햇살이 마당을 헤집기 시작하고 나뭇잎에 맺힌 물방울은 눈부시게 반짝거린다.

그는 아침마다 그토록 아름다운 시작을 기적처럼 내 눈앞에 행해놓고 조용히 앉아 신문을 본다. 그 순간엔 그도 나무와 땅, 하늘과 꽃들처럼 그가 내게 보여준 자연의 일부인 듯 손댈 수 없는 신성함을 담고 있다. 그는 가까이 있으나 가까이 할 수 없는 아름답고도 경이로운 빛을 뿌리며 그렇게 내 앞에 있다.

그를 바라보는 것만으로도 나는 나를 가득 채우고 있었던 미움과 외로움이 스러진 자리에서 은밀하고도 숨가쁘게 피어나는 신생의 열망으로 몸을 떤다. 그는 내게도 기적을 행한 것일까.

하루 중 그와 함께 자리할 수 있는 유일한 시간을 누리기 위해 나는 이제 아침식사를 거르지 않는다. 매일 아침 식탁에서 식성 좋은 그의 밥 먹는 모습을 보는 것이 내겐 크나큰 기쁨이다. 그가 온 이후로 우리집의 아침 식탁은 아연 활기를 띤다.

"누나, 이 나물 이름이 뭐지?"

그는 그의 입으로 가져가는 흔하디흔한 음식의 재료에도 애정을 담뿍 표현한다.

"산에서 나는 건가? 참 향기롭네."

식탁에 올라 있는 숨죽은 산나물은 그에 의해 향기를 내뿜는 특별한 반찬이 된다. 소담스럽게 숟가락질 하는 그의 모습을 바라보노라면 나는 왠지 슬퍼진다. 마치 허기진 아이를 먹이고 있는 어머니가 된 심정인 것도 같다. 식탁에서의 그는 언제나 내가 돌봐야 할 어린아이처럼 천진스럽게 느껴진다.

누군가를 먹이고 돌보고 싶은 간절하고도 충만한 모성애를 그는 그렇게 열아홉의 내게서 길어올려준다. 늘 누군가를 갈망하고 누군가에게 보상받고 싶었던 열아홉의 나는 이제 누군가를 감싸고 누군가에게 나를 바치고 싶은 열아홉이 되어가고 있었다.

누군가는 세상에 유일한 사람, 그 사람, 선이다.

아침식사가 끝나면 그는 그의 누이를 대신해 설거지도 하고 집안일을 기꺼이 거든다. 새벽 운동과 집안일, 복학 준비를 위한 공부, 그 사이에서 그는 균형을 잃지 않고 자신의 최선을 바친다. 그는 무엇을 하든 지극히 사소한 일에도 자신을 기꺼이 바칠 줄 아는 사람이다.

아침식사를 마치고 그가 아버지에게 하는 말을 들었다.

"매형, 저도 피아노를 배울 수 있을까요?"

"자네가?"

집과 나란히 잇대어 들인 피아노 학원은 아버지와 그의 누이가 함께 운영하고 있었다. 인근에서 가장 명망을 얻고 있는 학원은 교습생들로 넘쳐났고 아버지는 그곳에서 교습생들을 가르치는 한편 희령이를 키워가고 있었다. 방음 처리된 일인용 연습실이 죽 붙어 있는 학원을 밤이면 그가 청소했고 또 거기서 잠을 잤다. 연습실을 청소하다 건반을 눌러보았으리라.

"쟤, 어렸을 때 바이엘은 뗐어요."

그의 누이가 대꾸를 못 하고 있는 아버지에게 장난은 아닐 거라는 듯 그렇게 말했다.

"그래? 그럼 오전 한가한 시간에 연습해보라구."

이제 그의 일과가 하나 더 보태어졌다. 그리고 나는 그를 위해 할 수 있는 일을 드디어 찾았다. 내가 그보다 잘할 수 있는 오직 한 가지였다. 그러나 그럴 기회는 오지 않을 것이었다. 나는 이미 피아노를 떠나 있었던 것이다. 학원 쪽으로는 아예 발걸음도 하지 않은 지 오래였다.

이 년 전 지방신문사 주최의 콩쿠르에 나가기 위해 두 달 남짓 밤낮으로 연습한 것이 마지막이었다. 피아노를 배우고 싶다는 그의 말을 들었을 때 나는 손가락 끝에서 되살아나는 건반의 감촉을 느꼈다. 피아노를 향한 그런 순수한 이끌림은 처음이었다.

그 여름밤, 나는 연습실의 방음벽을 뚫고 새어나오는 피아노 소리를 듣고 있었다. 바이엘 교본을 따라 서툴게 건반을 누르는 소리는 끊어졌다가 잠시 후에 다시 이어지고 그러다가 멈춰 서 머뭇거리며 누를까 말까 망설이다가 또다시 이어지곤 했다.

집과 맞붙은 학원은 내 방에서 제일 가까웠다. 그렇다 해도 연습실과는 꽤 떨어져 있었고 방음시설이 잘 되어 있는 편이라 여간 귀기울이지 않고는 들을 수 없는 소리였다. 그러나 나는 밤마다 그 소리를 들었다. 조심스럽기 그지없는 그의 연습 소리가 점점 더 가까이 들려왔던 건 매일 밤 내 귀가 그 소리 쪽으로 끌려가고 있었기 때문이었을까.

아침마다 나무에 물을 뿌려주고 늦은 밤이면 피아노 앞에 앉아 바이엘 교본을 놓고 손가락 연습을 하는 남자.

열아홉의 그 여름밤, 아련한 피아노 선율을 따라 그는 내게 한 남자로, 맨 처음의 이성으로 그렇게 다가오고 있었다.

열아홉의 내게 그는 다만 그의 존재 자체로 완벽한 남자였다. 그의 보여지는 외면과 느껴지는 내면, 그리고 그 둘이 조합해내는 그의 이미지는 그 자체만으로 충족된 전부가 되어 나를 사로잡았다. 아니 열아홉의 내 영혼이 그에게 사로잡혔다.

열아홉에 이미 세상에서 가장 늙었다고 느끼고 있었던 나. 그러나 이제 나는 모든 것을 처음인 듯 새로이 받아들일 것이었다. 내가 지나온 불행했던 시간들조차 그를 만나는 데 바쳐졌으므로 의미를 얻을 수 있을 것이었다.

나는 그를 만나고 나서야 내가 얼마나 나의 불온한 과거에 짓눌려 있었나 깨달을 수 있었다. 어머니에게 내달려 벌컥 문을 열어젖히며 '왜 날 낳았어?'라고 표독스럽게 물을 때 나는 복원되지 않을 과거의 시간에 갇혀 영영 헤어나오지 못할 것 같았다. 나는 내가 아닌 내 부모에 의해 놓쳐버린, 보상받을 길 없는 내 시간을 돌려달라고 그토록 패악을 부렸던 것이다. 그것이 복원되지 못할 시간임을 알기에 더욱더 절망적으로 광증에 휘둘렸던 것이다. 어쩌면 그것은 생을 이어가는 동안 내내 치유될 수 없는 병의 지독한 균처럼 내 안에 도사리고 있을 것이기도 했다.

그를 만나지 못했다면 나는 시간의 다른 모습을 끝내 볼 수 없었을 것이다. 흉측하게 토막난 시간들을 이어 유장하고 아름답게 복원시키지 못했을 것이다. 그래서 그 시간이 그와 함께 존재하는 지금의 이 시간으로 이어져 흐르는 놀라운 경험을 하지 못했을 것이다. 아, 오래고 오랜 상처에 새살이 돋아나는 것과 같은 기적이 내게 찾아오리라고는 꿈꿔보지 못했을 것이다.

열아홉의 나는 새로이 태어났다. 그를 느끼고 확인하기 위해 내 모든 감각은 처음인 듯 그렇게 열리기 시작했다.

새벽녘 대문에서 마당으로 이어지는 돌계단을 밟아 올라오는 그의 발소리를 듣기 위해 내 귀는 열렸고 열린 내 귀에는 그의 발소리뿐만 아니라 그의 발에 채여서 튀어오르는 돌멩이 구르는 소리까지 들렸다.

그의 깊고 선한 눈과 입가에 번진 미소를 보고 있는 내 눈에는 그에게 살몃 드리워진 투명한 꽃그늘까지 보였다.

그가 지나간 자리에 눈을 감고 서서 공기중에 남겨진 그의 체취를 맡을라치면 그의 체취를 둘러싸고 있는 온갖 향기가 내 후각을 스쳐갔다. 마당 한귀퉁이에 붉게 피어난 장미향, 장미 뿌리를 덮고 있는 흙의 냄새, 방금 그가 읽다가 덮어둔 책의 묵은 종이 냄새까지.

여름밤 내 귀에 들려오는 서툰 피아노 소리.
손가락을 하나하나 눌러 울리는 단절음이 내 가슴에 종소리처럼 저릿하게 파문을 던진다. 그의 전부는 내게 기쁨이면서 동시에 슬픔이 된다. 그는 늘 곁에 있으나 아련한 존재이고 충만하면서 또한 공허한 대상이다.
캄캄한 방에 누운 나는 불현듯 불안에 휩싸인다. 그는 누구일까. 나는 음악을 듣듯 꿈을 꾸듯 그의 허상에 도취되어 있는지도 모른다.
나는 그를 견딜 수 없을 정도로 열망하고 있지만 그것은 언제나 나의 내면에서 발원되어 나의 내면에 그대로 갇혀 있을 뿐 그의 실체를 향해 터져나가본 적 없는 열망이다.
처음 그를 만나 그의 존재를 느끼는 순간부터 그는 내게 금지된 대상이었다. 그러나 그 짧고도 절망적인 깨달음에 앞서 그의 존재는 이미 내 안에 들어와 있었다. 마치 빛에 휩싸이듯.
나는 금단의 대상인 그를 실체가 아닌 추상의 존재로 만들어서라도 내 안에 들여놓으려 한 것이 아닐까.
간헐적으로 들려오는 저 소리의 주인은 과연 그의 실체일까.

나는 불 꺼진 방에서 나의 몸을 일으켜 계단을 내려가고 있다. 처음으로 그의 실체를 확인하러 가는 길이다. 그가 우리집에 온 지는 여러 날이 지났지만 그때까지 대문에서 스치듯 부딪친 것 외에 한 번도 그와 단둘이 마주해본 적은 없다.

이제 나는 지척에 있을수록 더욱 아련했던 그의 실체를 마주 보고 그가 떠나간 자리가 아닌 그와 마주한 자리에서 그의 체취를 맡으리라.

집과 연결된 뒷문을 통해 학원 건물로 들어가는 나.

집 한켠의 마당이었던 좁은 땅에 지어진 이층짜리 건물은 어둠에 휩싸여 있다. 아래층 작은 연습실의 문들은 모두 닫혀 있고 이층 그의 연습실에서 새어나온 불빛이 계단 위쪽에 흐릿하게 걸쳐 있다. 연습에 몰두한 그는 아래층의 기척을 알아채지 못하는지 서툴지만 진지하게 계속 건반을 누르고 있다.

아래층의 어둠 속에서 얼마나 서 있었을까. 내 눈은 점점 어둠에 익숙해지고 바닥에 나뒹구는 헝겊 슬리퍼들이 보인다. 어둠 속에 있다고 의식되지 않을 만큼 작은 실내가 내 시야에 자연스럽게 들어온다.

나는 한 대뿐인 그랜드 피아노가 놓인 아래층 연습실로 들어간다. 그리고 자리에 앉아 피아노 뚜껑을 연다. 희고 검은 건반들이 손가락의 촉각 아래 광대무변한 세계를 여는 열쇠들처럼 가지런히 누워 숨죽이고 있다.

건반을 어루만지듯, 꿈결 속을 헤매듯, 나의 전부를 손가락 끝에 실어 소나타 속으로 들어간다.

1악장, 아다지오 소스테누토. 가만가만 소리를 억누르며 누군가의 영혼으로 숨죽여 다가간다. 아직은 행복을 표현하는 것조차 두렵기 그지없다. 격정의 순간은 가슴속에 감춰두고 손가락 끝으로 달빛을 헤치며 조심조심 다가간다. 그러나 곧 이어 닿을 수 없는 영혼에의 열정이 온몸을 타고 손가락 끝으로 내달린다.

"브라보."

격정에 휩싸이기 직전에 연주를 멈추고 망연히 앉아 있는 내 등뒤에서 들려오는 소리. 어둠 속에서 튀어나온 소리건만 나는 전혀 놀라지 않는다. 연주하는 동안 내내 그 소리의 주인을 느끼고 있었던 것 같다.

"미안해요. 1악장밖에 몰라요."

나는 피아노 뚜껑을 덮으며 등뒤의 그에게 말한다.

"〈월광〉은 1악장이 압권이지. 아마 〈월광〉이란 제목도 1악장에 붙인 제목이 아닐까."

"좋아하세요? 〈월광〉."

우리는 여전히 서로를 바라보지 못한 채 어둠 속에서 이야기하고 있다. 그러나 어둠은 느껴지지 않는다. 오히려 이야기 나누기 딱 좋을 만큼의 조명 속에 있는 듯한 편안함마저 느껴진다.

"베토벤은 전부 다 좋아해. 지금 내가 들은 〈월광〉은 어느 연주가의 것보다 대단했어. 혼자 듣기 아까울 정도야."

나는 비로소 피아노 의자에서 몸을 돌린다. 내 앞에 우뚝 선 그의 실루엣. 몸을 돌리는 순간까지도 그의 실체를 볼 수 있으리라 기대하지 않았던 듯 갑작스러운 그의 모습에 숨이 턱 멎는다. 어둠 속에서 내 앞에 자신의 실체를 드러낸 그의 모습은 손을 내밀면 닿을 듯 가까이에 와 있다.

"왜 피아노를 그만뒀는지 궁금해지는데."

그는 모른다. 방금 연주를 끝낸 〈월광〉 1악장이 내가 연주할 수 있는 전부라는 걸.

아버지는 지방신문사 주최 피아노 콩쿠르를 계기로 내게 마지막 시도를 하려 했다. 두 달 동안 밤낮으로 연습하고 또 연습했다. 아버지가 내게 거는 마지막 기대였듯이 어쩌면 나 역시 나를 걸어보는 최후의 기회라 여겼는지도 모른다.

"베토벤이 불멸의 여인 줄리에타에게 바치는 곡이니 극진한 사랑을 담아서 연주해야 해. 사랑하는 사람의 영혼을 두드린다는 느낌으로."

아버지는 주문을 외듯 반복했다. 극진한 사랑? 나는 알 수 없었다. 표현할 길이 없었다. 밤낮으로 치열하게 연습을 거듭했지만 아버지를 단 한 번도 만족시키지 못한 채 콩쿠르가 닥쳐왔다.

"그만하면 됐다. 가서 그렇게만 하면 된다."

콩쿠르 당일 아침, 최종 연습을 마친 내게 아버지는 처음으로 격려의 사인을 보냈다. 그러나 그날 나는 콩쿠르에 나가지 않았다. 더 이상 연습할 시간이 남아 있지 않은 내게 보인 아버지의 거짓 표정 뒤에서 아버지의 절망을 보고 만 것이다. 아버지의 마음을 채우지 못하는 연주를 누구 앞에서 할 것인가. 내가 피아노를 시작한 것은 오직 아버지와 이야기하고 아버지와 교감하고 아버지를 기쁘게 하기 위해서였을 뿐이다. 나는 이제 피아노를 사이에 두고 아버지와 무언의 대화를 나누지도 못하며 나의 연주는 아버지를 절망에 빠뜨릴 뿐이다.

그것으로 피아노와는 끝이었다. 아버지도 더이상 내게 강요하지 않았다. 어린 희령이 천재성을 보이기 시작하던 때였다.

생각해보면 내 스스로 음악에 빠져 기쁨을 느껴본 기억은 없다. 내 연주에 아버지가 기쁨을 느끼면 그때 나도 잠시나마 기쁨을 느꼈을 뿐이다. 하지만 더 많은 날을 나는 아버지를 우울하게 하고 괴롭혔다. 한숨짓게 했다. 나는 아버지를 위해서라도 피아노를 치고 싶지 않았다. 그러나 아버지 역시 괴로울망정 나를 놓아주지 않으려 했다.

하지만 희령이는 달랐다. 마치 그 아이는 아버지와 내게 음악은 그렇게 만들어지는 것이 아니고 이렇게 태어나는 것이야라고 말하는 것 같았다. 죽어도 희령을 따라갈 수 없었던 나는 마지막이라도 근사하게 장식하고 싶었다. 〈월광〉 1악장을 기막히게 연주하고 나서 내 생에서의 피아노 뚜껑을 닫고 싶었다. 콩쿠르 입상은 아버지를 위한 마지막 선물이 될 것이었다. 하지만 불행히도 그것마저 실현시키지 못한 채 피아노를 아주 떠났던 것이다.

아버지가 내게 끊임없이 주문하던 극진한 사랑을 가슴에서 손가락 끝으로 흘려보내기까지는 두 달의 연습에 다시 몇 년의 시간이 더 필요했던 것인가.

어둠 속에서 그에게 이야기를 들려주는 동안 불을 켜야겠다는 생각도 어둠이 어색하고 불편하다는 생각도 들지 않는다. 어둠은 그저 우리를 둘러싼 자연스런 배경이겠거니 여겨진다. 그의 얼굴을 좀더 잘 보고 싶다는 갈증도 느끼지 못한다. 어둠 속에서 움직이는 그의 실루엣과 목소리는 그 순간 그의 전부이기에 더할 수 없이 충만하다. 그의 깊고 선한 눈빛, 얼굴 가득한 미소는 볼 수 없으나 차라리 손 내밀면 닿을 수 있는 그의 실체를 낱낱이 확인할 수 없는 게 다행스럽다.

그 누구의 방해도 받지 않고서, 빛조차 물리치고서 다만 내 몸과 마음의 감각이 전부 깨어나 온전히 그의 존재를 느끼는 순간이다.

그의 존재를 확인하는 순간 나는 비로소 완성되는 나 자신을 함께 느낀다. 열아홉에 이르도록 내 생을 관통해온 지독한 상실감은 채워지고 내가 세상에 던져진 이유, 생이 나를 버리지 않았던 이유를 벅차게 깨닫는다.

"그럼 정령인 무얼 전공할 생각이야?"

그가 진학 상담을 받는 삼촌처럼 묻는 게 나는 싫다.

"모르겠어요."

"몰라? 이제 얼마 안 남았는데."

무얼 전공할 것인지 어느 대학에 진학할 것인지 그건 내게 별로 의미가 없다. 미래의 시간은 나를 어느 다른 공간에 데려다놓을 것이다. 이제 그런 변화가 내 생에 무슨 의미가 있을 것인가.

나는 그에게 말하고 싶다.

우리는 그런 일상적인 삶을 말해선 안 돼. 우리는 이제부터 세상에 존재하지 않는 아주 특별한 관계를 맺어야 해. 이건 내 운명이야.

그러나 나는 아무것도 말하지 못하고 피아노 의자에서 일어선다. 일어나면서 몸을 돌리다 내 팔뚝이 여전히 피아노 옆에 선 채로 있던 그의 몸을 살짝 건드린다. 그의 몸, 뼈와 피와 살로 이루어진 그의 살아 있는 몸이 내 몸으로 전해진다. 불에 덴 듯 뜨거움을 느낀다. 황급히 출입문을 열고 현관으로 향하는 내 등뒤에서 그가 다시 어른처럼 말한다.

"조심해서 올라가라."

쫓기듯 밖으로 나서 밤하늘을 올려다본다.

만월이다.

13

그 도시,

그 도시를 생각한다. 인구 이십만 남짓의 작고 조용한 도시, 어디
에서나처럼 사람이 사는 오래된 집과 새 건물이 뒤섞여 있고, 집과
집 사이로 난 좁은 길을 따라가면 어디에선가 큰길이 나타나고, 학
교가 있고, 시장이 있고, 나무와 산 그리고 강이 흐르는 그 도시를
생각한다.

그러나 그 도시가 그저 사람들이 모여 사는 평범한 여느 도시와
다른, 내겐 너무도 많은 것을 함축한 공간으로 자리잡은 것에 대해
어떻게 설명할까. 그래서 누구나 그 도시를 부를 때 쓰는 그 도시의
이름을 내가 차마 부르지 못하는 것을, 아무렇지도 않게 마치 기차
의 종착역을 말하듯이 누구나 알고 있는 그 도시의 이름을 내가 소
리내어 부르지 못하는 것을 무어라 설명해야 할까.

그 도시의 안개에 대해 말할까. 자고 나면 창문 앞까지 자욱이 밀

려와 있던 안개, 손을 뻗으면 닿을 수 있는 곳의 물체마저도 분간할 수 없을 만큼 도시를 휘감고 놓아주지 않던 그 물의 미립자들에 대해 말할까.

그것은 마치 한치 앞도 알 수 없는 우리네 삶의 모호하고도 불확실한 미래에의 영상처럼 온 밤 내내 도시에 덧씌워져 스무 살의 나를 불러내 몽유의 몸짓으로 헤매게 하지 않았던가.

스무 살의 내게 그 도시는 그저 사람들의 삶이 담긴 하나의 용기로서가 아니라 사람의 삶을 변화시키고, 사람의 영혼을 움직이는 살아 있는 공간으로서 사람의 삶을 지배하고 있었던 것은 아닐까.

그 도시에 스무 살의 내가 있었다.

결혼과 함께 새로운 삶을 시작하는 아버지를 따라 처음 그 도시에 발을 디뎠을 때의 열네 살에서 스무 살에 이르기까지 나는 죽 그 도시에 살고 있었다. 고향은 아니었다. 하지만 그 도시는 스무 살에 이르도록 어쩌면 내가 가장 오래 살았던, 고향이나 다름없는 곳이기도 하였다.

그럼에도 불구하고 그곳에 살기 시작한 열넷에서 스물에 이르기까지 지독한 자폐에 갇혀 있던 내게 도시는 아무런 의미도 주지 못했다. 아버지의 새로운 가정이 점점 견고해지는 그 도시에서 나는 꿈을 버려야 했고 내게 그래도 꿈이 남아 있었다면 도시를 탈출하는 것뿐이었다. 그것은 아버지의 가정과 그 도시의 외곽에서 병들어 앓고 있는 어머니, 그 모두로부터의 탈출을 꾀하는 것이기도 했다. 그리고 내가 도모하던 탈출의 시기는 스무 살이었다.

내 존재를 구성하고 있는, 신경 가닥처럼 미세하게 연결되어 있는 기억과 기억의 줄을 끊어버리고 전혀 다른 나를 향해 도시를 벗어나보리라 막연히 꿈꾸었던 나.

그러나 스무 살의 나는 여전히 그 도시에 남았다. 도시는 그대로
인데 나는 예전의 내가 아니었다. 그 도시는 비로소 고향처럼 자폐
를 깨고 나온 나를 품어주었다. 나는 그 도시의 안개주의보가 빈번
히 발효되는 기후에서, 그리고 거리와 산과 나무에서 마치 나의 내
면을 보는 듯했다.

스무 살에 나는 그 도시의 미션계 대학에 입학했다.
도시의 한가운데 우뚝 선 산 중턱에 위치한 사원 같은 캠퍼스였
다. 강의실과 연구실, 기숙사가 산을 뒤로 하고 나란히 일자형으로
도시를 향해 서 있었다. 차분하고 절제된 분위기의 잿빛 수녀복을
입은 교수들이 강의실 복도를 걸을 때면 캠퍼스는 폐쇄된 수녀원을
연상시키기도 했다. 학생 중에도 어린 수녀가 종종 눈에 띄었다. 나
는 입학과 함께 기숙사에 입사해 집으로부터 독립했다.
스무 살이었다.

집, 내게도 집이 보금자리이던 때가 있었던가. 외적인 구조물로서
의 집이 아닌, 인간과 인간의 결합이 축조해내는 영원불변의 성소.
어머니가 떠나고 한 귀퉁이가 무너져내린 우리의 집을 아버지와
어린 내가 간신히 떠받치고 있을 때에도 언젠가 어머니가 돌아와
우리의 집이 아름답게 복원되리라는 간절한 소망을 버리지는 않았
었다. 아니 오히려 그 간절함이 한쪽의 허물어진 귀퉁이를 더 단단
히 받쳐주고 있었는지도 모른다. 아버지마저 내 곁을 떠나고 홀로
보육원에 남겨졌을 때에 나는 보육원이라는 그 새로운 집의 구성원

이 되기를 완강히 거부하였다. 그러면서 나는 어머니와 아버지가 돌아와 함께 살게 될 우리집을 나 혼자의 힘으로 위태롭게 떠받치며 끝내 꿈을 버리지는 못했다. 그 꿈은 밤마다 거친 파도가 나를 집어삼킬 듯한 그곳에서 나를 키운 유일한 양식이기도 했다.

돌아온 아버지가 새 아내를 맞아들이기까지 그렇게 나는 가련한 꿈을 끝내 버리지 못해 끌어안고 있다가 그만 생의 그 어처구니없는 얼굴 앞에서 그것을 어쩌지 못해 쩔쩔매야 했다. 오, 이것을 어디에 버릴 것인가. 더이상 내게 머물 수 없는 이것, 누구에게도 줄 수 없는 이것, 어디에 버린단 말인가.

아버지의 결혼식을 앞두고 가출을 감행했다가 돌아온 나는 무섭게 앓았다. 전신이 고열에 시달리며 땀에 젖어 죽음에 이르도록 앓았다. 링거를 꽂고 누워 며칠씩 사경을 헤매는 내 병상을 눈물로 지킨 사람은 아버지의 새 아내였다. 열세 살의 나는 너무 일찍 버려야 하는 내 꿈을 마지막으로 다시 한번 끌어안고 뒹굴며 그렇게 열병에 떨고 있었던 것이다. 차마 버릴 수 없는 그것을 가슴에 품고서.

혹독한 열풍이 열세 살 계집아이의 몸을 뒤흔들어놓고 떠나갔을 때 아이는 마침내 몸도 마음도 싸늘해져 있었다. 끝내 버릴 수 없어 아이가 안고 놓지 않으려던 꿈은 아이의 여린 몸 속에서 그 사이 산산이 부서진 채 낱낱의 파편이 되어 깊숙이 박혀버린 뒤였다.

그 이후 새로운 도시로 떠나와 잘 가꿔진 집과 그 안에서의 안락한 일상이 꿈을 버린 내게 보상처럼 주어졌지만 꿈을 잃은 집은 더이상 집이 아니었다. 생애 처음 집다운 집에서 살게 되었건만 그때부터 내게서 집은 없어졌다. 꿈이 흩어지면서 집은 사라지고 그리고 허물어진 한귀퉁이의 복원을 위한 끝없는 기다림도 함께 무용해졌다. 아마 그때부터였을 것이다. 허울뿐인 집을 벗어나려 탈출을 꿈꾸기 시작한 것이.

스무 살이 되어 아버지의 집을 떠나 기숙사로 거처를 옮기면서 비로소 나는 어머니로부터도 떠나올 수 있었다.

세상에서 가장 늙어버렸다고 느꼈던 열아홉을 넘어서 스무 살이 되었을 때 나는 전혀 새로운 내가 되어 있었다. 내 생의 한가운데 들어와버린 그 사람, 선은 그렇게 나를 바꾸어놓았다. 다시는 복원될 수 없도록 허물어진 지 오래인 폐허에 나는 다시 집을 짓기 시작했다.

흔치 않은 집이었다.

들어가 살 수 없는, 바라만 볼 뿐인 집, 세상의 그 어느 집보다 높은 곳에 아름다운 집 한 채를 나는 짓기 시작한 것이다.

그를 만난 그 도시에서, 서울의 대학에 복학한 그가 고향삼아 찾아오는 그 도시에서 나는 집을 떠나 나의 새 집을 짓기 시작한 것이다.

고즈넉하기 이를 데 없는 금욕적인 학교와 기숙사에서 나는 스스로 수녀원의 그이들처럼 내가 지은 내 집에 나를 봉헌하는 삶을 살아가리라 꿈꾸기 시작했다. 하느님께 일찌감치 자신을 전부 바친 수녀들처럼 나는 그 도시에서 스무 살 나의 미래를 그 사람에게 바치기로 한 것이다.

갓 스무 살의 나는 도시가 한눈에 내려다보이는 기숙사의 창에 서서 사람들의 세속적인 생을, 그들의 흔한 사랑을 비웃었다.

그것을 사랑이라고 불러야 할까.

170

세상에 아직 태어나지 않은 다른 언어는 없을까. 그러나 굳이 그것을 남들처럼 사랑이라고 불러야 한다면 나는 그 사람을 미처 알기도 전에, 그 사람을 맞닥뜨린 그 순간에 이미 사랑에 빠져버렸다. 사랑이란 상대로 인한 나의 변화를 일컫는 말이 아닐까. 어제와 똑같은 세상이 그에 의해 전혀 새롭게 펼쳐졌고 나는 그 새로운 세상에 새로운 느낌으로 다가갔다. 그리고 새로워진 세상의 중심에는 그가 있었다. 세상은 어쩌면 그의 존재가 발하는 후광에 물들어 조금 다르게 보였을 뿐이었는지도 모른다. 하지만 나는 다시 꿈꾸기 시작했고 그에게 바치려는 비극적인 나의 미래마저도 벅차기만 했다. 그와 맺어질 수 없으므로 평생 수녀처럼 그에게 종신하는 삶을 기꺼이 택할 것이었다.

높다란 산 중턱의 기숙사에서 세속을 발 아래로 굽어보며 나는 비로소 그에게 탐닉할 수 있었다. 그가 내 곁에 없었으므로 내 사랑은 더욱 자유로웠고 바닥 모를 깊이까지 언제라도 그에게로 몰두할 수 있었다.

그와 함께 있을 때는 다스릴 수 없을 정도로 치열하고 혼돈스럽던 감정들마저 혼자가 되어서는 슬픔이 묻어나는 감미로움으로 나를 달래주었다. 다른 누구도 필요치 않았다.

학기 초부터 무리지어 혹은 짝을 지어 기숙사와 강의실로 몰려다니고 주말이면 썰물처럼 우르르 빠져나가는 신입생들 틈에서 나는 홀로 지내는 데 점점 익숙해져갔다. 산 중턱에 홀로 떠 있는 작은 섬처럼.

그곳에서 미주를 만났다.

미주도 섬처럼 홀로 떠다녔다. 하지만 그녀는 나와는 다른 혼자였다. 뭐랄까. 너무 빼어나서 누구도 쉽게 접근할 수 없는 그런 존재였다. 남들보다 목 하나는 더 큰 미주. 그녀의 고등학교 동창들이 켈리라고 부르는 바람에 어느새 미주 대신 켈리로 더 많이 불리고 있는 미주. 그레이스 켈리를 닮았다고 붙여진 별명이었다. 내 눈엔 그레이스 켈리보다 더 고혹적인 미주였다. 그레이스 켈리의 우아함과 기품에 누구도 흉내낼 수 없는 도발적 매력까지 한몸에 갖춘 미주.

그녀는 6인실 기숙사에서 나와 한 방을 쓰는 불문과 신입생이었다. 같은 방을 쓰고 있는데다 교양과목 시간엔 함께 수업을 받기도 하고 또 워낙 두드러진 인물이라 처음부터 알고는 있었지만 왠지 쉬이 가까워지지 못한 채 봄을 다 보냈다.

어느 늦은 저녁, 남들이 다 식당에 내려가도록 혼자 기숙사 방에 남아 있던 내게 다가와 함께 밥 먹으러 가기를 청하며 미주는 먼저 나를 불러주었다.

"얘, 너스, 밥 먹으러 가자."

내 책꽂이에 꽂힌 전공서적을 일별했던 모양이었다.

"내 이름은 서정령이야."

식당으로 함께 걸어가며 내가 말해주었다.

"정령? 숲속의 요정 같다, 얘."

미주는 텅 빈 저물녘의 복도가 울리도록 까르르 웃었다.

"얘, 내 이름은 너무 밋밋해. 이미주."

"켈리라고 부르더라."

"그건 싫어."

미주는 얼굴을 일그러뜨리며 말했다.

"미안해. 그렇게 부르지 않을게."

높다란 산 중턱의 사원 같던 캠퍼스에서 서로 다른 섬처럼 떠돌던 우리는 그렇게 봄을 다 보내고서야 짝이 되었다.

그러나 내가 미주에게 쉬이 마음을 드러내지 않았듯이 미주 역시 깊고 깊은 그녀의 심연을 좀처럼 드러내지 않았다.

내가 미주의 손에 이끌려 기숙사 건물의 옥상을 처음 구경한 것은 초여름밤이었다. 도시의 야경이 한눈에 조망되는 옥상 난간에 기대어 미주는 담배를 피워물었다. 밤이면 슬며시 사라졌다가 돌아오곤 하던 이유를 알 것 같았다.

담배를 피우고 있는 미주와 함께 난간에 기대어 별빛처럼 흩뿌려진 도심의 불빛을 내려다보았다. 불빛 속 저마다에는 안락과 평화, 웃음소리, 그리고 꿈이 담겨 있으리라. 나와는 무관하다고 생각되었던 것들, 그래서 더욱 사무치는 불빛이었다.

"저어기 저 불빛 중에 우리집도 있어."

나는 미주에게 우리집이라고 말했다. 지척에 집을 두고 기숙사로 들어온 내게 미주는 그다지 놀라지 않는 것 같았다.

"여기서 내려다보니까 사람들의 삶이란 게 별을 닮은 것 같다는 생각이 들어. 탄생과 성장, 그리고 죽음에 이르는 인간의 삶 속에 담긴 고통과 행복, 꿈과 슬픔, 기쁨과 기다림의 보이지 않는 것들의 형상이 바로 저 별빛을 닮은 불빛으로 반짝이는 거 같지 않니?"

야경을 내려다보며 내 마음속에 고인 생각들이 미주 곁에서 자연스럽게 말이 되어 나왔다.

"넌 시적인 애로구나. 그렇다면 인생이란 별처럼 아름다운 거니?"

미주가 한숨짓듯 담배연기를 내뿜고 나더니 사뭇 냉소적인 어투로 말했다. 나는 대답하지 못했다.

"난 서울에서 왔어."

난간에서 돌아서며 미주가 한 말이었다.

"알고 있어."

입학 직후부터 미주는 워낙 유명했다. 출중한 외모 탓이었다. 그래서인지 미주에 대한 신상정보는 급속히 파급되었다.

"뭘 알아?"

미주가 되물었다.

"네가 서울에서 왔다는 것."

"또?"

"켈리라고 불린다는 것."

"또?"

"공부를 아주 잘했는데도 쓸데없이 지방으로 내려왔다는 것."

"또?"

"이게 다야."

하지만 누구나 다 아는 것말고도 조금은 더 미주를 알 것 같았다. 말로 표현할 수 없을 뿐이었다.

밤중에 슬며시 기숙사 방을 빠져나갔다가 들어와 내 침대 발치를 스치는 미주의 몸에서 끼쳐지던 바람의 냄새를 맡았을 때부터였을까. 아니면 다중적인 얼굴을 언뜻 뚫고서 지나가는 미주의 공허함을 보았을 때부터였을까. 흰 캔버스에 채색된 그림처럼 화려하고 다양한 표정을 짓고 있지만 완강한 흰빛 천과도 같은 생래적인 고독이 그녀의 표정 밑바닥에 짓눌려 있는 것을 나는 보았다.

"넌 내가 왜 이 학교에 온 줄 아니?"

비슷한 사람들끼리는 쉽게 서로를 알아보는 법이다. 나는 처음부터 내가 미주를 알아보았다고 생각한 것일까. 너도 집이 싫어서 여기까지 온 거겠지.

"난 저 굴뚝이 좋아서 왔어."

지금까지의 우리 대화를 시시한 것으로 만들며 느닷없이 일탈적인 발언을 하는 미주의 시선을 따라 올려다본 곳에 정말 높다랗게 굴뚝이 솟아 있었다. 마치 밤바다의 등대처럼 우뚝 솟아 있는 굴뚝은 건물의 뒷산보다도 더 높아 보였다. 어둠 속에 하얗게 드러난 굴뚝의 몸체를 가리키며 미주가 말했다.

"예쁘지?"

콘크리트 회벽으로 마감된 네모 반듯한 건물 옥상에 위로 갈수록 좁아지는 원통형으로 솟아 있는 굴뚝은 마치 회색빛 건물의 숨구멍처럼 보였다. 그 순간 건물은 굴뚝으로 인해 생명을 부여받아 살아 있는 듯 보였다.

"그런데 넌 저 굴뚝을 언제 처음 보고 이 학교로 온 거니?"

참 궁금했다.

"고3 때 학교 도서관에서 각 대학 홍보자료를 보고 있었어. 무조건 지방에 있는 대학교를 죽 훑고 있었거든. 어디로 가야 할지 갈피를 잡지 못하고 그냥 캠퍼스를 구경삼아 보고 있었어. 그러다가 저 굴뚝을 본 거야. 산을 배경으로 초라한 건물이 나란히 서 있는 사진에서 굴뚝을 봤어."

"단지 저 굴뚝 때문에 이 학교로 온 거라구?"

"사진을 보고 바로 내려와서 저 굴뚝을 확인하고 그 자리에서 결정했어."

조금 가까이 다가갔다 싶었는데 미주는 뒷걸음질치며 내게서 다시 멀어져가는 것 같았다.

"그럼 넌 밤에 저 굴뚝을 보러 옥상에 올라오는 거니?"

"밤에 봐야 더 예쁘거든."

밤이면 슬리퍼를 끌고 기숙사 방을 빠져나갔다가 한참 만에 돌아오는 미주의 몸에서는 담배 냄새인지 굴뚝에서 뿜어져나오는 연기 냄새인지 모를 매캐한 기체의 잔향이 남아 있었다. 그것은 가까워지면 가까워질수록 훌쩍 뒷걸음질치는 그녀 삶의 미스터리처럼 언제나 그녀 주변을 감돌고 있었다.

미주와 나는 많이 같고 또 많이 달랐다. 그러나 대학에 입학해 남들이 자유롭고 활기에 넘치는 시간을 보내고 있을 때에도 스스로 외부로 통하는 문을 걸어잠그고 한 사람의 영혼에 무섭게 집중해 있던 내게 미주는 유일한 소통의 상대였다. 미주에게 나도 그런 대상이었을까.

우리는 집을 벗어나겠다는 일념으로 수녀원 같은 학교의 기숙사로 스스로 걸어들어온 이제 갓 스물의 처녀들이었다. 산허리에 얹힌 건물은 외관부터가 절제미를 추구하듯 간결하고 소박했으며 지리적으로도 외부와 단절되어 있는 터라 대부분의 처녀아이들은 그곳을 숨막혀했고 그래서 주말이면 병영을 탈출하는 병사들처럼 일사분란하게 기숙사를 빠져나갔다. 집이 아닌 그곳을 집삼은 나와 달리 미주는 늘 어딘가로 떠돌았다. 집에 다녀오는 남들과 달리 미주는 금요일 저녁과 일요일 밤 사이 내가 모르는 어느 곳을 헤매다 돌아와 다시 침대에 몸을 뉘었다. 그럴 때의 미주는 또다시 내게서 훌쩍 뒷걸음질치며 물러나고 있는 것만 같았다.

그것을 상처라고 부를 수 있을까.

가까이 왔다가 다시 물러나는 그 사이의 보이지 않는 허방. 그 깊

176

고도 아득한 공허. 내가 미주에게 끌린 것도, 그리고 문득 나 자신 뒷걸음질로 물러난 것도 미주가 드러내는 다양한 무늬의 표정 뒤에 숨은 바닥 모를 슬픔 때문이 아니었을까. 마치 두레박 줄을 한없이 늘어뜨려도 길어올려지지 않는 텅 빈 우물처럼.

미주는 참 남달랐다. 그녀의 아름다움은 독특하고 전위적이어서 아무도 흉내낼 수 없었다. 길고 마른 몸매에 그녀가 직접 바느질한 세상에서 하나뿐인 보라색 망토를 걸치고 자크 프레베르의 시를 불어로 암송하며 복도를 걸을 때의 미주는 천상에 한 발을 걸쳐놓은 모습이었다. 슬리퍼를 끌면서 시를 읊조리며 어둑신한 긴 낭하로 멀어져가는 미주는 마치 혼은 다른 데 두고 깃털 같은 가벼운 몸으로 떠다니는 오필리어를 닮아 있었다.

그녀의 빛나는 외모도 돌출적인 행동도 상처입은 영혼을 감추지는 못했다. 아니, 그래서 더욱 아름다웠다.

스무 살의 가을날 새벽 미주와 함께 들어갔던 숲을 잊을 수 없다.

캠퍼스의 후문 쪽으로 난 언덕길 양 옆은 빽빽한 침엽수림이었다. 아무도 지나다니지 않는 그 길은 가을이 되면 침엽수의 바늘 같은 잎들이 수북이 떨어져 덮여 마치 황금빛 양탄자를 깔아놓은 듯 푹신해졌다. 생전 후문 출입을 하지 않던 처녀아이들도 가을이면 그 양탄자를 밟아보려 한번쯤 후문으로 향하곤 했다.

그 가을날 새벽 가만히 나를 흔들어 깨우는 미주에 이끌려 언덕길의 푹신한 침엽수 낙엽을 밟으며 산책길에 나섰다. 채 어둠이 물러가지 않은 가을날 새벽이었다. 미주와 나는 담요를 망토처럼 두르고 한 번도 가본 적 없는 숲속으로 들어갔다. 한여름엔 마치 녹색의 정글처럼 시야가 꽉 막혀 있던 숲이었는데 이제 그곳은 숲이랄 것도 없이 텅 빈 채, 잎을 모두 떨궈낸 훌쩍 키 큰 맨몸의 나무들 사이로 낙엽들만 늪처럼 쌓여 있을 뿐이었다.

그 청정하던 초록의 바늘잎들은 다 어디로 갔을까. 터질 듯 탱탱한 수분을 가득 머금고서 감히 만지지도 못하도록 푸르른 기세를 떨치던 날카로운 이파리는 어디로 갔을까. 바싹 마른 누우런 잎의 시체 더미는 새벽 이슬에 젖어 발 아래로 푹푹 꺼져내렸다.

우리는 늪을 헤엄치듯이 무거운 발걸음을 옮기며 말없이 새벽의 숲을 거닐었다. 아니 무언가를 찾고 있었다고 해야 옳으리라. 그런데 무엇을?

숲속은 주인이 비워두고 떠난 집처럼 적막하고 쓸쓸했다. 그 텅 빈 숲을 우리는 말없이 걷고 또 걸었다. 발이 다 젖도록. 한참 만에 미주가 먼저 내뱉은 말.

"아무것도 없네."

미주도 나와 같은 걸 찾고 있었을까.

"그렇지?"

스무 살의 우리는 숲속에서 무엇을 찾고 있었을까. 숲속에 움막을 짓고 숨어살고 있을지도 모를 세상에서 버림받은 한 남자? 깊고 깊은 곳에 감춰진 작은 호수? 한 떨기 이름 모를 꽃?

우리는 동이 트기 전에 숲을 빠져나왔다. 아무런 비밀도 캐내지 못하고서.

담요를 뒤집어쓰고 텅 빈 숲을 음울히 거니는 동안 우리의 상처입은 영혼은 달래지고 있었을까.

14

이듬해 가을,

미주는 홀연 사라져버렸다. 미주가 사라진 걸 알았을 때 나는 제일 먼저 그 숲속으로 걸어 들어가보았다. 언덕길에서 들여다본 숲은 뿌연 보랏빛을 띠고 있었다. 미주가 만들어 입고 다니던 망토의 엉겅퀴꽃 빛깔이었다. 그러나 미주는 그곳에 없었다.

미주의 실종으로 학교는 분분한 소문과 난무하는 억측으로 들끓었다. 바라만 보기에도 벅찰 정도의 빼어난 아름다움과 접근을 허용치 않는 남다른 개성으로 신비감마저 두르고 다니던 미주의 실종은 그래서 저마다의 상상력을 부추기기에 더할 나위 없이 흥미로운 사건이었다.

하지만 흔적이 될 만한 것은 아무것도 발견되지 않았다. 홀연히 그 아름다운 몸만 사라져버린 것이다.

아침에 잠에서 깨어 미주의 빈 침대를 보았을 때 나는 맨 먼저 미주가 사라져버린 걸 알았다. 미주의 빈 침대를 보는 일이란 흔한 일 상이었건만 그날 아침의 그 빈 침대에는 여느 날과 다른 무언가가 서려 있었다. 주인이 다시는 돌아와 누울 것 같지 않은 유품처럼 아침 햇살 아래 덩그러니 비어 있었다.

방을 드나드는 식구들은 미주의 빈자리를 심상한 듯 지나쳤지만 나는 왠지 그 빈 침대를 바라보기가 전 같지 않았다. 강의시간에도 식사시간에도 미주의 빈자리에 신경쓰는 얼굴들은 없었다. 미주는 그 동안 지나치게 유별난 행동으로 오히려 모두에게서 그녀 자신을 향한 관심을 둔화시키는 데 성공한 것 같았다. 아무도 사라진 미주에 대해 관심을 기울이지 않았다.

오직 나 혼자 허둥거렸다. 강의실에서 복도에서 식당에서 아무나 붙잡고 물었다.

혹시 미주 못 봤니? 미주 어디 있는지 아니?

아무도 말해주지 않았다.

걔? 어디 있겠지. 강의 한두 번 빼먹어?

미주? 저 아래 '빅토리아'에서 지아이하고 노닥거리고 있는 거 아냐?

나는 '빅토리아'를 향해 학교 앞 언덕길을 숨가쁘게 달려내려갔다. 다방 간판을 달고 있으면서도 발이 내려다보이지 않을 정도의 어두운 실내 조명, 귀청이 찢어질 만큼 볼륨을 높여 틀어대는 록 음악으로 아무나 드나들 수 없는 클럽 분위기의 '빅토리아'였다. 게다가 근처 미군 캠프의 흑인 병사들이 자주 드나드는 곳이라 문을 열고 들어서는 순간 전혀 색다른 세계 속에 휩싸이게 하는 그런 곳이었다.

미주는 그 컴컴한 토굴 속 같은 곳에서 터질 듯한 음악에 몸을 맡긴 채 흔들어대거나 흐느적거리며 앉아 있곤 했다.

'빅토리아'에 들어서면 마치 영화관에 들어섰을 때처럼 입구에서 잠시 적응의 시간을 거쳐야 했다. 시내 다방들 중에서 스커트 길이가 가장 짧다는 '빅토리아'의 웨이트리스들 중 하나가 내게 다가와 자리를 안내했다. 흑인 병사들의 무릎에도 스스럼없이 앉는 그녀들이었다. 낯익은 그녀는 껌을 질겅질겅 씹으며 내가 묻기도 전에 먼저 소리를 질렀다.

"켈리 왜 같이 안 왔어요?"

"네?"

"켈리 그 학생 요새 통 안 오더라. 보고 싶으니까 놀러 오라고 해요."

그녀는 악을 쓰듯 소리를 지르고 갔다. 얼굴을 맞대고도 의사소통이 어려운 곳이었다.

미주는 '빅토리아'에도 없었다. 나는 머리가 울리도록 시끄럽고 컴컴한 그곳에 앉아 미주가 즐겨 마시던 대로 유리잔에 내온 뜨거운 홍차에 설탕을 듬뿍 넣어 마셨다.

미주는 어디로 갔을까. 미주의 부재를 확인한 지 채 하루도 지나지 않았건만 나는 미주가 아주 멀리 가버린 것을 알았다. 흔적도 없이. 미주야 어디 있니?

마치 물에 적셔야 드러나는 은밀한 암호처럼 어느 순간 내게 자신을 드러냈던 미주. 나 역시 미주에게 그렇게 내 자신을 드러내지 않았을까. 불에 그을려야 드러나는 그림처럼.

더이상 미주를 찾아볼 곳이 없었다.

대학에 입학해 미주를 만나고 기숙사의 옆 침대에서 거의 한 식구처럼 지내온 지 일 년 반이 되었건만 나는 미주에 대해 아는 것이 별로 없었다. 미주가 사라진 지 사흘이 지나자 학교에서는 실종사건으로 단정짓고서 그 동안 미주와 가장 밀착되어 있었던 내게서 무언가를 알아내려 했으나 내가 알고 있는 것이란 학교에 비치되어 있는 신상명세카드의 내용보다 나을 것이 없었다.

미주와 나는 남들이 보기에 늘 붙어다니는 짝이었던 데 비해 서로에 대해 그다지 많은 이야기를 나누지는 못했다. 밤이면 기숙사 옥상에 올라가 담배를 피우는 미주 곁에서 야경을 내려다보거나 어두운 '빅토리아'에서 절규하는 듯한 음악을 사이에 두고 말없이 앉아 있다 돌아오곤 했을 뿐이다. '빅토리아'는 대화를 나눌 수 있는 환경이 되지 못했다. 그것이 미주가 '빅토리아'를 좋아하는 이유이기도 했다.

내가 미주에 대해 알고 있는 것들이란 미주를 찾는 데 단서가 될 수 있는 것과는 거리가 멀었다. 누구에게도 설명할 수 없는, 나만이 느낄 수 있었던, 연기처럼 흩어져버리고 말 그런 것들이었다.

그것은 뭐랄까. 어느 날 갑작스럽게 늙어버린 듯한 미주의 얼굴에서 내가 본 시간의 주름 같은 것이 아닐까. 미주의 얼굴에 쌓여 있는 시간에는 안으로 깊숙이 주름이 패어 있었다. 그 주름은 깊은 소용돌이처럼 시간 속에 숨겨져 있다가 돌연 시간의 수면 위로 떠올라 아무도 모르게 언뜻 미주의 얼굴을 늙은이로 만들어놓곤 했다. 나는 어쩌다 '빅토리아'의 컴컴한 조명 아래 마주 앉은 미주의 얼굴에서 그것을 볼 수 있었다. 지극히 짧은 순간이었다.

세상 모든 것을 하찮게 여기면서도 한순간의 일상에 유별나게 집착하거나 그 누구도 마음을 기울이지 않는 것에서 극한의 느낌에 빠져들던 때의 미주는 어쩌면 그 시간의 주름 속에 깊이 파묻혀 살고 있는 중이었는지도 모른다. 미주의 아름다움을 선망하고 일탈적인 행위를 화제에 올리면서도 미주에게 더 가까이 다가오지 않으려 했던 이들은 그래서 미주를 나보다 더 잘 알고 있었던 게 아닐까. 결코 다가와 스며들 수 없는 미주의 견고한 세계를 이미 알고 있었던 게 아니었을까. 그것을 나만 모르고 있었던 건 아니었을까.

어느 날인가 '빅토리아'에서 광란의 음악에 몸을 맡기고 앉아 있던 미주가 내게 악을 쓰듯 소리 질러 물었던 그 말.

"정령아, 너 사랑하는 사람 있지?"

"뭐?"

"이루어질 수 없는 사랑이라도 되니?"

내 안에 억눌려 있던 그리움이 '빅토리아'에서 울려대는 흑인음악처럼 나를 뚫고 터져나왔다. 높고 거룩한 곳에 영원히 간직해두려 했던 사람을 향한 멈출 길 없는 욕구가 나를 타고 넘쳐나왔다.

"어떻게 알았니?"

"내 눈은 못 속여."

나는 마치 고해하듯이 미주에게 그 사람에 대해 이야기하기 시작했고 이야기하면서 내가 얼마나 그 사람의 존재를 누군가에게 알리고 싶어했는지 비로소 깨달을 수 있었다. 내 안에 갇혀 있던 그 사람의 존재를 누군가에게 드러내기는 처음이었으므로 나는 떨리는 음성으로 내 마음에, 내 가슴에, 내 혈관에 가득 차 있는 그 사람을 불러내 미주 앞에 세워야 했다.

그러나 처음으로 세상에 내놓은 내 이야기를 다 듣고 난 미주의 반응은 냉소, 그뿐이었다.

"한마디로 통속이구나."

내가 가장 두려워했던 말, 어쩌면 이 말을 듣는 것이 두려워 나는 그 사람을 내 안에 가두어두었던 것인지도 모른다. 아, 삶의 저 갈데없는 통속성의 한복판에 나는 내몰리고 말았다.

"너, 통속이라고 말했니?"

스피커를 타고 터질 듯 울려대는 흑인음악은 마치 폭풍우를 몰고 올 천둥소리처럼 내 귓전을 두드려대고 있었다.

"하긴 사랑이란 게 다 통속이긴 하지만."

미주는 떨고 있는 내 영혼 따윈 아랑곳하지 않았다.

그날 나는 미주를 홀로 '빅토리아'에 남겨두고 나와버렸다.

통속이라고? 사랑도 그 무엇도 아닌 통속이라고?

나는 혹 손쉬운 상대에의 병적인 집착을 사랑으로 착각했던 것은 아닐까. 미주의 말대로 스스로의 도취에 빠져 미처 통속의 덫을 피하지 못한 것이 아닐까.

열아홉의 생애 처음으로 나의 감성과 나의 정신 전부를 열어 그의 존재를 받아들일 때 우리 사이에 가로놓인 관계의 그 통속성에 장애를 느끼지 않았다 말할 수 있을까.

하지만 그것이 처음부터 내 의지와는 다른 곳에서 진행되었음을 알고서도 통속이라고 말할 수는 없었으리라. 그것은 흔한 사랑의 속성인 탐색도, 망설임도, 기교도 없이 곧장 내 영혼으로 스며들었다. 내 영혼은 입 벌려 불덩이를 삼키듯 그것을 받아들였을 뿐이다. 그것이 내게로 들어와 내 자신과 일체를 이루기까지 단 한치의 여유도 준비도 나는 갖지 못했다. 나는 고스란히 나를 그것에 내주어야 했을 뿐이다. 나는 그것에 사로잡혀 나를 잃었다. 상처의 집과도 같았던 지독한 나를 잃고 새로운 나를 찾았다. 나는 그 순간부터 세속의 내가 아니었다. 이런 나를 두고 미주는 통속이라고 말했다.

저녁의 언덕길을 따라 학교로 걸어올라가며 나는 피할 수 없는 내 사랑의 통속성이 참 쓸쓸했다. 그리고 그 누구도 아닌 미주로부터 확인되고 만 그 말이 나를 더 견디기 힘들게 하였다.

그 이후부터였을 것이다. '빅토리아'로 발걸음하지 않은 것이.

미주를 찾으러 '빅토리아'에 갔을 때 미주 역시 그 이후로 '빅토리아'를 찾지 않았다는 걸 알았다. 미주는 어디로 갔을까.

미주의 실종 나흘째 되는 날, 나는 학교를 방문한 미주의 어머니를 만났다. 미주의 어머니가 서울에서 이름난 이들이 드나드는 고급 술집을 운영하고 있다는 소문은 이미 미주의 입학과 함께 떠돌았었다. 미주의 어머니는 마치 영화배우처럼 검은 선글라스를 쓰고 학교에 나타났다. 미주의 빼어난 외모의 내력을 한눈에 짐작할 수 있을 만큼 두드러진 아름다움을 지닌 사십대의 부인이었다.

이제 미주의 실종은 공공연한 사건이 되어 교내뿐 아니라 작고 조용한 도시 전체로 퍼져나가고 있었다. 도시에 자욱이 떠돌다 홀연 날아가버리는 실체 없는 안개처럼 미주의 몸은 보이지 않는데 수많은 미주가 도시를 떠돌고 있었다.

학교 관할 파출소에서는 미주 주변의 남자들을 조사하는 중이라 했고 미주는 강압적인 힘에 의해 감금되어 있거나 어쩌면 그보다 더한 불행에 빠져 있을지도 모른다는 억측이 점점 확신으로 자리잡아가는 중이었다.

미주의 어머니는 학생처에서 오랜 시간을 보낸 뒤 사감의 안내를 받아 기숙사를 찾았다. 그녀는 누가 가르쳐주지도 않았는데 비어 있는 미주의 침대 모서리를 잡고 쓰러질 듯 주저앉았다. 사감이 나

를 인사시키고 방에서 나가자 미주 어머니는 일어나 침대 위에 걸
터앉으며 내게 말했다.

"니가 정령이로구나."

"네."

"얘, 정령아 우리 미주가 어디 갔니?"

"……."

"착한 넌 알 거 아니니. 우리 미주가 널 착하다고 그랬지."

가까이에서 본 미주 어머니는 곧 쓰러질 듯 탈진해 보였다. 거의
분장에 가까운 짙은 화장을 하고 있었으나 지친 표정마저 감추지는
못하고 있었다. 그녀는 미주의 침대 시트를 손바닥으로 쓰다듬다가
미주의 베개를 품에 끌어안고서 얼굴을 파묻었다.

"내 아가. 미주야."

그녀는 마치 아기를 품에 안고 달래주듯이 베개를 끌어안은 몸을
앞뒤로 흔들어댔다. 그리고는 아기를 조심스레 누이는 엄마의 손길
로 베개를 가만히 내려놓고 내게 물었다.

"우리 미주가 잘 가던 데가 어딘지 날 좀 안내해주겠니?"

나는 미주의 어머니를 안내해 옥상으로 올라갔다.

가을 저녁의 옥상은 참 황량했다. 미주와 나는 늘 발 아래 아득한
집들마다 불이 켜지는 시각에 옥상에 오르곤 했다. 불 하나가 밝혀
질 때마다 그곳에 담긴 사람들의 생이 확인되었다. 고통과 절망과
슬픔뿐일 수도 있는 생, 그러나 그런 생이라고 해서 행복한 다른 불
빛과 구분되지는 않았다. 불 밝힌 집들은 행복과 불행의 그 극한대
립을 무색케 했다. 우리는 그 시각 옥상에 올라 그 무수한 불빛을
그윽히 내려다보며 어쩌면 행복도 불행도 그닥 다른 것은 아닐 것

이라는, 그저 사람들 생의 아름다운 무늬일 뿐이라는 생각을 무슨 성자의 깨달음처럼 하고 싶었던 것인지도 모른다.

그러나 처음으로 환한 시각에 올라가 옥상에서 내려다본 도시의 촘촘한 집들은 하나같이 고단한 모습을 하고 있었다.

"우리 애가 여길 좋아했단 말이니?"

미주의 어머니는 황량하기 이를 데 없는 옥상에 올라서서 절망적인 표정을 지었다.

"아가, 미주야, 어디 있니?"

그녀는 옥상 난간에 매달려 허공중에 대고 딸을 불렀다.

"애, 정령아, 우리 미주가 살아 있겠지?"

그 말을 듣는 순간 가슴에 쏴아 하고 찬바람이 들이닥쳤다. 한 번도 미주의 실종을 죽음과 연관시키지 않았던 내게 갑작스레 죽음이 유력한 현실로 다가서는 순간이었다.

"넌 알고 있을 테지. 우리 미주는 상처가 깊은 애란다."

내가 모르는 미주의 상처.

"그 망할 놈의 상처는 병원에서도 못 고쳤어. 지금도 약을 먹잖니. 그런데 이번엔 약을 타러 내려오질 않았더구나. 약 없이도 지낼 만한가 싶어 잠시나마 기뻤지 뭐겠니."

가끔 약을 입 안에 털어넣던 미주. 두통약이야, 만성 편두통이거든.

"팔 년이나 지났는데도 그 망령이 우리 앨 놔주지 않는구나."

팔 년? 열세 살?

"그때나 지금이나 난 참 바보였어. 그게 미주를 위하는 일인 줄 알았으니까. 우리 미주를 제대로 키우고 싶어서 흉내내본 가정이었는데."

아, 미주야.

"넌 알고 있지?"

난 대답하지 않았다. 너무도 참담한 비밀이 드러나려는 순간 알고 있었던 것도 같은 착란에 휩싸였다.

"남자란 족속을 믿지 마라. 나보다도 미주를 위해서 그 인간을 선택했던 거였어 맹세코. 가진 건 없었지만 점잖은 인격 하나가 우리 애의 아버지로 쓸 만했거든. 처음부터 얼마나 애를 이뻐했는 줄 아니. 우리 미주도 금방 따르고 좋아했지. 켈리란 이름도 그놈이 지어 줬어. 개같은 놈."

그토록 미주를 이뻐하던 아버지란 이름의 남자. 짓밟힌 미주. 팔 년째 그 악몽에서 헤어나오지 못하고 있는 미주. 주말이면 악몽을 잠재우기 위해 약을 타러 가야 했던 미주.

"애야, 우리 애가 돌아오면 따뜻하게 맞아주고 우리 애를 위해 함께 기도해다오. 그럴 거지?"

미주를 위해 무엇을 기도할까. 팔 년여 지옥 같은 생을 이어온 그녀가 다시 돌아와 씻은 듯 새로이 생을 다시 시작할 수 있기를, 미주의 마음에 평화가 깃들이기를. 진정 미주를 위한 기도는 무엇일까. 나는 미주를 위한 기도를 찾지 못해 혼란스러웠다.

너무 아름다워서 가까이 다가갈 수 없었던 너. 그토록 깊은 상처를 감추고서 짐짓 세상의 고통쯤 가벼이 넘나들 수 있을 듯 파격의 행위도 서슴지 않던 너. 그것이 지독한 상처를 견디는 너의 방식이었니?

마치 세상을 살아보지도 못하고서 세상에 달관한 듯, 사랑을 다 아는 듯하던 너는 그것에 다가가기 겁이 나 그렇게 헛헛하게 헤맸던 거였니?

학생처와 사감 그리고 파출소에까지 불려가 참고인 조사를 받으며 미주의 평소 행동, 미주의 평소 생각, 미주와 함께 나눴던 이야기, 미주와 함께 갔던 장소, 마지막으로 미주를 본 곳 들에 대해 끊임없이 대답을 반복해야 했을 때 나는 내가 미주에게 무슨 잘못을 저질렀길래 이런 수모를 당해야 하나 괴로워했었다.

이제는 알 것 같았다. 내가 미주에게 얼마나 잘못했는지.

처음 옥상으로 나를 데리고 올라갔을 때부터 미주는 자신의 상처를 내게 드러내 보이고 싶었던 것인지도 모른다. 밤이면 늘 혼자 올라 담배를 피우고 내려오던 그곳에 나를 불러들인 이유, 그것은 혼자가 아닌 둘을 원했기 때문이다. 자신을 드러내 보일 누군가가 필요했기 때문이다. 그러나 나는 미주에게 아무것도 들어주지 못했다. 상처의 독이 온몸으로 번져가고 있는 미주를 알아채지 못했다. 그런 미주에게 내 사랑을 고귀하다, 아름답다 해달라고 시위했던 나.

미주야, 용서해줘.

옥상 난간에 기대어 화장한 얼굴이 얼룩지도록 울고 난 미주의 어머니는 선글라스를 다시 꺼내 썼다. 그리고는 옥상을 다시 한번 둘러보며 혼잣말로 물었다.

"우리 애가 뭐가 좋아서 여길 그렇게 자주 올라왔을까?"

"미주는 저 굴뚝을 좋아했어요."

"굴뚝이라니?"

"저기 저 굴뚝을 좀 보세요."

내가 손을 들어 가리키는 곳을 바라보던 미주 어머니는 마른 짚단이 쓰러지듯 풀썩 옥상 바닥에 주저앉아버렸다.

"아가아······."

쓰러진 미주 어머니는 절규하듯 굴뚝을 향해 팔을 벌려 돌아오라는 손짓을 하며 울부짖었다.

나흘 만이었다. 검게 그을린 미주의 시신이 발견된 것은.
내 나이 스물한 살에 처음으로 죽음의 실체를 보았다. 내가 만났
던 인간들 중 가장 빼어난 형상을 소유했던 미주를 통해서였다.

육신의 아름다움이 절정에 이르렀을 때 죽음은 은밀하고도 날카
로운 교신을 보내 미주를 깨운다. 모두 잠든 밤, 고통이 죽음의 메
시지를 받고서 주인을 인도한다. 하얀 면 레이스의 잠옷자락을 나
풀거리며 옥상으로 오르는 미주. 죽음의 부름을 받은 그녀의 몸과
의식은 이승과 저승의 경계를 넘나들고 고통의 기억은 점점 하얗게
탈색되더니 이윽고 몸에서 빠져나가 눈앞에서 형해가 되어 산산이
부서진다. 몸도 마음도 구름 위에 떠올려진다. 굴뚝 꼭대기로 오르
는 쇠난간을 잡고 사뿐사뿐 천상을 향하는 미주. 새하얀 면 레이스
가 떨어지려는 꽃잎처럼 파르르 흔들린다. 처음 보는 순간 이번에
야말로 죽음이 제대로 보낸 메시지였음을 감지케 하던 예쁜 굴뚝.
매일 밤 불러주기를 두려움에 떨며 갈망하던 죽음의 집.
컴컴한 입을 벌려 그녀를 부르고 있는 그곳에 올라선 미주. 공기
조차 틈입할 수 없을 만큼 팽팽하게 조여 있던 고통의 줄이 타앙 끊
기며 하늘의 별 하나가 파란 불꽃을 지상으로 떨어뜨린다. 그 순간
생의 절벽에서 저도 모르게 비틀하는가 싶더니 컴컴한 죽음의 집으
로 몸을 날리는 미주. 새하얀 꽃 한 송이 어둠 속으로 흔적 없이 빨
려들어가고 만다. 흰 동백이 봉오리째 툭 생을 버리듯이.

미주에게 죽음은 구원이었을까. 그래서 밤이면 높다란 굴뚝을 올

려다보며 예쁘다 말했던 것일까. 자신을 고통과 함께 집어삼켜줄 그것을 바라보며. 블랙홀과도 같은 뜨거운 어둠 속으로 빨려들어가며 미주는 구원받았을까. 손톱이 다 빠지도록 벽을 긁으며 미주의 의식은 죽음과 생, 어느 곳에 있었을까. 미주의 시신은 손톱이 다 뭉개져 있었다.

죽음이 그토록 삶에 밀착되어 있었음을 나는 스물하나에 알았다. 삶에 교묘하고도 은밀히 끼어들어 의식 바깥에 존재하는 척하다가 어느 순간, 삶을 꺾고 우리 앞에 그 음험한 모습을 드러내 걷잡을 수 없이 삶을 교란시키고 전복시키는 죽음. 나는 그것을 그때 보았다. 그것을 모르는 삶이란 얼마나 공허한 것인가.

미주의 시신은 단 하루 병원의 영안실에 안치된 다음 불태워졌다. 그 하룻동안 검은 옷을 입은 낯익은 처녀아이들이 찾아와 흰 국화꽃 한 송이씩을 미주의 영전에 바치고 돌아갔다. 사진 속의 미주는 한쪽 입꼬리를 치켜올리며 웃음짓고 있었다. 이제 그들과 미주 사이엔 시간이 흐르지 않았다. 미주의 고통을 나눌 수 있는 시간으로 되돌아갈 수 없게 된 처녀아이들은 사진 속의 미주를 바라보며 어깨를 들썩였다.

미주의 주검을 확인하고 나서 실신한 채 병원으로 실려간 미주 어머니의 대리인으로 온 사내가 사후처리를 능숙히 도맡아 했다. 삼십대의 남자는 미주의 외가 쪽 먼 친척이면서 미주 어머니의 일을 돕고 있는 사람이었다.

많지 않은 조문객이 모두 다녀가고 사내와 내가 우두커니 앉아 지키고 있는 빈소에 뒤늦게 나타난 젊은 남자가 있었다. 검은 싱글 차림으로 분향을 하고 꿇어앉아 한참 동안 일어설 줄 몰랐다. 여느 조문객들과는 다른 사람이었다.

마치 미주의 영혼과 깊고 깊은 대화를 나누는 듯한 그의 거동에는 슬픔을 압도하는 보이지 않는 강한 힘이 실려 있었다. 이윽고 자리에서 일어난 그와 얼굴을 마주했을 때 나는 그 보이지 않는 어떤 힘이 어디서 비롯되었는지 알 것 같았다. 처연한 슬픔 속에서도 숨죽여지지 않는 그 알지 못할 힘은 짙은 눈썹과 대상을 흡입해들일 듯한 강렬한 눈빛 사이에서 뿜어져나오는 그 시선에 있었다. 한번 붙들리면 온전히 벗어나기 힘들 것 같은 처음 대하는 시선이었다.

연기에 그을린 미주의 시신이 얼음 같은 냉동고 속에 누워 있는 그 밤을 나는 그들 두 남자 사이에서 참으로 힘겹게 건너야 했다. 냉동된 채 뻣뻣이 굳어버린 미주의 시신은 미주가 벗어버리고 떠난 허물에 불과할 터이지만 이제 밤이 지나면 그마저도 흔적 없이 태워지고 말 것이었다. 그 화형의 의식을 기다리며 우리는 꼬박 밤을 밝혔다. 죽은 자에 바치는 산 자의 진혼의식을 치르는 그 밤, 우리 셋은 마치 죽음의 유사체험을 하듯 서로 아무 말도 나누지 않았다.

태어나 스물한 해를 살았던 세상의 가을에 미주는 그렇게 떠나가고 있었다. 미주의 시신이 누운, 수액이 채 마르지 않은 해말간 관을 싣고 화장장으로 가는 길엔 끝도 없이 코스모스가 피어 하늘거리고 있었다. 가느다란 줄기에 얹혀 애처롭게 피어난 꽃잎이 무리지어 바람에 흔들리고 있는 길을 지나며 문득 미주의 모습을 본 것도 같았다. 불구덩이에 던져지기 전 이미 관에서 빠져나온 미주의 혼이 거기 떨리는 얄따란 꽃잎 사이를 누비고 다니는 듯했다.

꽃다운 미주를 집어삼킨 불은 거칠 것 없이 활활 타올랐다.

높다란 굴뚝의 정상에 올라서 몸을 날리는 순간, 미주가 꿈꾸었던 것은 저 폭발하는 화산의 끓어넘치는 용암 속으로 던져져 흔적 없이 사라지는 완전한 소멸이 아니었을까. 타오르는 불더미에 몸을 던져 산 채로 다비장을 치르고 싶었던 것은 아니었을까.

그러나 깊고 깊은 어둠 속으로 미끄러져 내려가 끓는 용암도 타오르는 불꽃도 없는 가스만 가득한 협곡에 갇혀 죽어지지 않는 질긴 생명에 진저리치며, 방금 떨어져내린 아득한 그곳을 천상인 듯 바라보며 열 손톱이 짓이겨지도록 부질없이 기어오르고 또 기어오르는 처절한 몸부림을 했을 미주.

한 뼘도 오르지 못할 높은 곳을 향해 피투성이 손톱을 긁고 또 긁으며 나를 불렀을 미주. 정령아, 나 좀 꺼내줘. 자신의 소멸을 쉽게 꿈꾸었던 죄가로는 너무 참혹하다 울부짖지 않았을까.

그렇게 가물가물 의식을 잃어가는 순간 미주가 마지막으로 본 것은 뻥 뚫린 아득한 동그라미 속으로 쏟아지는 푸른 별빛 하나 아니었을까. 그 최후의 순간에 미주는 구원받았으리라. 나는 믿고 싶었다.

비로소 불 속에 던져진 미주가 남김없이 타고 있는 동안 두 남자는 화장장 뜰 한켠에서 술을 마시고 있었다. 소주병을 하나씩 들고 물을 마시듯 병째 들이켜고 있었다.

두 사람 중 젊은 남자가 혼자 떨어져 앉아 있는 내게로 다가와 술병을 내밀었다.

"한 모금 마셔볼래요?"

지옥 같은 밤을 함께 보내는 동안 서로 한마디도 나누지 않았다. 나는 말없이 술병을 받아 한 모금 입 안에 흘려넣었다. 목젖이 불에 데인 것처럼 뜨거워지는 걸 느꼈다. 술병을 건네며 그를 보았다. 불꽃을 내쏘듯 눈이 붉게 충혈되어 있었다. 울었구나. 와락 술병을 내게서 낚아채며 그가 한 말이었다.

"미주는 잘 죽었어요."

이상하게도 그렇게 말하는 그에게서 그가 품고 있던 알지 못할 힘의 정체 하나가 다시 드러나는 걸 느꼈다. 분노였다. 극도의 분노. 생에 대한, 살아 있는 모든 것들에 대한 타오르는 분노, 이미 생의 무대에서 사라져버린 미주에게마저 분노를 버리지 못하고 있는 남자.

그는 처음부터 내가 아는, 내가 보아왔던 사람들과는 참 많이 다른 사람이었다. 마치 자아가 곧바로 표출된 듯한 겉모습도 흔치 않은 형상을 하고 있었지만 그보다 그 형상이 내포한 내면세계에서 느껴지는 남다름이었다.

그는 얼핏 보기에도 생명력이 끓어넘치는 남자였다. 그러나 인간의 생명력이 분노에서 동력을 얻어 그토록 이글거릴 수 있다는 것을 나는 스물한 살의 그때 그를 통해 처음 알았다. 미주의 죽음으로 극도의 허탈 상태에 빠져 있던 내게 그의 존재는 그렇게 충격적으로 다가들었다. 그는 뭐랄까, 생과 죽음에 대해 전혀 다른 의식을 가진 독특한 존재였다.

나는 그와 대화할 방법을 알지 못했거니와 그런 그와는 대화하고 싶지도 않았다. 나는 그 앞에서 내내 침묵했다. 그러나 그는 술병을 든 채로 분노의 목소리를 이어갔다.

"미주하고 가깝게 지냈다면서 그렇게 미주를 몰랐어요? 미주는 살아 있다고 볼 수 없었어. 미주에게 생명은 죽음을 꿈꿀 수 있다는 것일 뿐, 아무것도 아니었지. 미주는 여러 차례 자살을 시도했어요.

이번이 네번째라구. 미주는 죽기 위해 살았던 거야. 어때요, 잘 죽었죠?"

그의 붉은 눈동자 속에서 미주의 시신이 불타오르고 있는 걸 본 듯했다.

불가마에서 나온 미주의 희디흰 뼈는 몇 조각 되지 않았다. 무심해 보이는 인부는 우리가 보는 앞에서 습골하여, 작은 쇠절구에 부순 미주의 뼛가루를 나무 상자에 넣어 건네주었다.

미주의 먼 친척 사내가 운전하는 차를 타고 우리는 강으로 갔다. 차를 강둑에 세워두고 미주를 잘 죽었다고 말한 그와 내가 나무 상자를 안고 함께 강가로 내려갔다. 상자를 열어 뼛가루를 한 움큼 집어 강에 흩뿌렸다. 미주의 맨 마지막 모습으로 남은 뼛가루는 따뜻하고 부드러웠다. 미주를 느끼기 위해 숨을 들이마셨지만 아무 냄새도 없었다.

상자에 남아 있는 마지막 뼛가루를 강에 쏟아붓고 나서 빈 상자를 강물에 띄워보낸 뒤 그는 아직 미주의 뼛가루가 남아 있는 손을 내밀어 내게 악수를 청했다. 그의 손을 잡았다. 살아 있는 손바닥의 감촉을 느끼기 전에 다시 만져지는 미주의 죽음.

"서정령이지?"

그가 내 이름을 확인한 다음 자신의 이름을 말했다.

"나, 유태성이야."

그, 유태성이었다.

15

스물네 살이 되어 꽃을 들고 태성과 함께 미주의 유골이 뿌려진 겨울 강을 다시 찾게 될 때까지 나는 다시 한번 내 생을 뒤흔들어놓는 죽음을 겪어야 했다.

어머니의 죽음이었다.

미주의 죽음을 겪은 뒤 이 년이 채 못 되어 나는 어머니를 잃었다. 죽음은 수많은 언어로 표현되지만 어머니의 죽음을 맞은 내게 잃었다는 표현만큼 적절한 말은 없었다. 그것은 마치 나를 위해 준비된 죽음의 말인 것 같았다.

나는 스물셋의 겨울에 어머니를 잃었다.

어머니의 죽음을 당하고서 내 스스로 어머니를 잃었다고밖에 표현할 수 없었던 데에는 어머니를 놓쳐버린, 어머니를 지키지 못한 내 잘못에 대한 뼈저린 후회가 담겨 있음이다.

나는 마흔일곱의 젊은 어머니를 놓쳐버린 것이다.

되찾은 어머니와 제대로 모녀의 관계를 복원해보기도 전에 나는 어머니를 잃고 만 것이다.

대학에 입학해 아버지 집을 떠나 기숙사로 들어갈 때 어머니는 몹시 서러워했다. 멀리 떠나가는 것도 아니었는데 그랬다.

"정령아, 이것아 니가 에미한테 이럴 수 있어? 이 에미가 그렇게 용서가 안 되더란 말이냐. 죽어가는 에미 소원 한번 들어주는 게 그리도 싫더란 말이냐. 이 매정한 것아."

그것이 어머니의 마지막 꿈이었음을 나는 뒤늦게야 알았던 것이다. 그러니까 어머니는 우리 모녀만으로 생애 마지막 가정을 꿈꾸었던 것이다. 그즈음의 어머니는 이북의 고향에 두고 온 외할머니를 자주 떠올렸다.

"우리 엄마가 보고 싶어. 너무 보고 싶어."

혈육이라면 갈 수 없는 그곳에 모두 있었다. 그 옛날 가출을 감행할 때 다시는 가족을 만나볼 수 없는 혈혈단신이 되어 적막한 세상을 바람처럼 떠돌 자신의 운명을 짐작이나 했을까. 어머니는 자신을 유독 편애하던 외할아버지나 함께 자란 자매들보다 외할머니를 못 견디게 그리워했다. 대학에 들어가면 당연히 자신과 함께 살아줄 것이라 믿고 기대했던 딸이 기숙사로 들어가 살겠다고 하자 어머니는 서럽게 울며 자신의 어머니를 찾았다.

"아이고, 엄마, 내가 잘못했어. 엄마 가슴에 못을 박고 집을 뛰쳐나온 내가 죽일 년이야."

병든 어머니의 소원을 뿌리칠 때 죽음이 그리도 가까이 와 있는 줄 알았던가.

처음 내 앞에 모습을 드러냈을 때 어머니는 이미 병이 깊어 있었다. 어머니의 손가방 속 내용물은 거의 전부가 약봉지였으며 식당에서 밥을 먹고 나면 그 자리에서 얼른 약봉지 하나를 까서 입 안에 털어넣곤 했다.

"무슨 약이야?"

물을라치면 어머니는 늘 같은 대꾸를 보냈다.

"이 에민 오래 못 산다."

처음에 충격적이었던 이 말은 끊임없이 반복되는 사이 빛을 잃어갔고 예사로이 죽음을 말하는 어머니를 나는 더이상 믿지 않았다. 믿기는커녕 생명마저 미래의 담보로 삼는 어머니의 그 술수가 역겹기까지 했다. 그러면서 죽음을 친구처럼 곁에 두고 살아가는 어머니에 의해 나는 차라리 죽음에 둔화되어가고 있었는지도 모른다.

어머니의 말대로라면 자신의 남은 생을 버렸던 딸과 함께하기 위해 나를 찾은 것이었다. 딸에게 죽음과 이별을 안겨주기 위해 다시 찾은 것이나 다름없었다. 내가 어머니의 말을 믿지 않았던 것은 이런 어머니에의 부정에 다름아니었을 것이다.

어머니는 죽음을 약봉지처럼 끼고 살았다. 누구에게나 미구에 닥칠 죽음이지만 죽음을 대하는 어머니의 태도는 남달랐다. 어머닌 자신이 망가뜨린 삶의 최후의 방편으로 죽음을 기다리고 있었는지도 모른다. 어머니의 몸에서 완치가 불가능한 만성 신장병이 진행되는 동안 어머니는 육신의 죽음에 앞서 자신의 생을 정리하는 제의적인 죽음을 먼저 기다리고 있었는지도 모를 일이다. 혹은 죽음은 저 멀리 낭떠러지 끝에 꽂힌 푯대처럼 어머니의 생을 버티어주는 피할 수 없는 지침이 아니었을까. 끊임없이 병원을 드나들며 깊어가는 병을 확인하고 투약을 받으면서 한편으로는 주술적인 예언을 내뱉으면서 죽음과 친밀해지려 했던 어머니. 이미 죽음 따윈 받아들일 준비가 마련된 듯 쉽사리 얼마 못 살 것이라 예언하던 어머니.

하지만 나는 죽음에 무덤덤한 어머니 생의 이면에 숨어 있는 치열한 생에의 욕구는 미처 보지 못했었다.

내가 믿지 않았던, 믿지 않으려 했던 어머니의 단명이야말로 어머니 자신의 생을 바꿔놓는 데 결정적인 작용을 해주었는지도 모른다. 혼자 몸으로 떠돌며 병고에 시달리던 어머니는 자신의 남은 생이 그리 길지 않을 것이란 예감에 이르렀을 때에야 비로소 남은 생을 한번 뿌리내려 살아보리라 했을 것이다. 자신의 내면에서부터 까닭없이 발원하곤 하던 바람은 얼마나 많은 관계를 휘젓고 상처내었던가. 어느 날 문득 치솟곤 하던 충동의 불길은 또한 얼마나 그녀 자신을 소진시켰던가.

죽음이 가까이 왔을 때 자신의 미친 듯한 생이 비로소 멈추게 된 걸 감사해하지는 않았을까. 그녀 생의 주인이었던 미친 바람이 그녀 자신을 언제 어떻게 휘두를지 몰라 차마 찾지 못하고 있던, 세상에 단 하나뿐인 혈육, 사무치도록 아픈 존재였던 딸을 만나볼 용기를 그녀는 죽음에서 얻을 수 있었으리라. 아, 죽을 수 있다면 내 딸을 만나도 되겠지.

어머니는 죽음이 가까이 있어서 생을 이어갈 수 있었다. 끊임없이 죽음을 불러 확인하면서. 허나 그것이 절벽 끝에 선 어머니의 위태롭기 그지없는 삶이었음을 나는 끝내 알지 못했다.

그토록 갈망하던 어머니가 꿈처럼 내 앞에 나타난 그 순간부터 어머니를 마음껏 미워하고 어머니를 벗어나려 했던 나.

이제 더이상 어머니가 내 곁을 떠나지 못할 것이란 확신이 없었어도 그럴 수 있었을까. 나는 어머니가 더는 달아날 수 없다는 것을 알았다. 그러나 그런 어처구니없는 생의 확신이 죽음에서 연유했다는 것까지 알지는 못했다. 어머니로부터 죽음보다 무서운 이별을 겪었던 나로서는 어머니가 아무렇지도 않게 내뱉는 믿지 못할 죽음 따위는 별것 아니었다. 약봉지의 흰 분말을 입 안에 털어넣고 나서 얼마 못 살 것이라 천연덕스럽게 말하는 어머니를 보며 내가 두려워했던 건 이별이지 죽음은 아니었다. 다시 나를 떠나기 위해 모종의 준비를 하고 있는 듯한 어머니가 미웠을 뿐이었다.

어머니와 함께하는 불안하고 위협적인 그 시간 속에 죽음이 도사리고 있는 줄은 몰랐던 나. 혹 알고 싶지 않았던 건 아니었을까.

혹한의 겨울이었다. 눈이 많이 내리는 도시의 응달엔 거뭇하게 먼지 앉은 눈이 수북이 쌓여 있었다. 그 사람, 선이 학교로 나를 찾아온 그날은 한파가 몰아닥쳐 온 도시가 꽁꽁 얼어붙어 있었다. 기별을 받고 나가보니 감색 하프코트 차림의 그가 코트 깃을 올리고 찬 바람을 맞으며 서 있었다.

느닷없이 나를 찾아온 그의 행동에 의아해할 법도 하련만 나는 그저 나를 찾아준 그와 마주하고 감격에 겨웠다. 내가 꿈꿔왔던 그 순간이었다. 우리를 둘러싸고 있는 세속에서 빠져나와 다만 한 남자인 그와 마주할 수 있기를 그토록 갈망해왔던 내 앞에 그는 살을 에이는 겨울바람을 맞으며 서 있었다. 혹 그와 마주칠까 주말에도 집에 내려가길 삼갔었다. 심상하게 그를 대해야 하는 고통보다 보고 싶은 욕구를 다스리는 편을 택했었다.

"정령아."

그는 추위에 살갗이 언 탓인지 붉은 기운을 띤 얼굴로 내 이름을 부르며 다가왔다.

열아홉에 그를 만난 이후 그는 서울에서 나는 기숙사에서 지내며 어쩌다 집에서 마주치는 것이 전부였지만 그는 언제나 오래도록 함께 해온 듯 내게 친밀감을 유지했다. 조카 희령이에게 하듯 나를 가족으로 받아들인 그의 의도된 태도였으리라.

내 앞에 그토록 가까이 다가선 그의 얼굴이 왠지 낯설어 보였다. 내 이름을 부르고 다가와서 멈춰 서 있는 그를 들여다보며 비로소 그가 낯설게 느껴진 까닭을 알았다. 그의 얼굴에서 표정으로 살아 있던 미소를 찾아볼 수 없었던 것이다. 미소를 잃은 그의 얼굴은 처음이라 너무 낯설었다. 그 어떤 고통도, 갈등도, 슬픔도 기꺼이 이겨낸 듯한 강하면서도 부드러운 미소가 떠난 그의 얼굴은 처음 보았다.

"정령아, 나랑 같이 가자."

그가 미소를 잃은 얼굴로 내게 한 말이었다.

"어디로?"

나는 여전히 아무것도 깨닫지 못한 채 조심스럽게 물었다.

"가보면 알아. 들어가서 코트만 걸치고 나와."

그가 시키는 대로 기숙사로 올라가 코트를 입고 내려오며 비로소 불길한 예감에 휘감기기 시작했다. 성큼성큼 앞장서 걸어가는 그의 뒤를 종종걸음으로 따라 나가자 학교 앞에 그가 타고 온 택시가 우리를 기다리고 있었다. 택시는 우리를 싣고 빙판으로 변한 언덕길을 위태롭게 내려갔다.

"집에 무슨 일 있어요?"

겨우 그에게 물어본 말이었다. 그는 대답하지 않았다. 언덕을 내려선 택시는 도심으로 들어가지 않고 외곽으로 빠지더니 돌연 서울 쪽으로 향하고 있었다.

"정령아, 어머니가 병원에 계셔."

택시가 얼어붙은 강을 끼고 달릴 때 그가 한 말이었다. 어머니, 누구?

"우리 엄마?"

그가 어떻게 어머니를 알았을까. 아버지의 가족들에게 어머니의 존재는 철저히 무관한, 무시해도 좋을 그런 존재였다.

"어머니가 병을 앓고 계셨던 건 알고 있었지?"

"오, 엄마아."

나는 그제야 내가 어디로 가고 있는지 알았다. 그가 내 손을 잡아주며 나를 달래기 시작했다.

"괜찮아, 다 괜찮아. 놀라지 마."

차가 서울의 종합병원에 도착하기까지의 두 시간 남짓, 나는 그대로 멈춰 있었다. 어머니에게 닥친 위기는 곧바로 내 생을 위협하고 있었다. 어머니의 존재는 바로 나 자신이었으므로.

그 옛날, 어머니의 존재를 확인할 길이 없었을 때, 어머니의 생사조차 알지 못했을 때에도 나는 내가 만든 가상의 존재인 어머니를 내 안에 품고 살았었다. 내가 만든 어머니는 내가 부르면 살아나고 내가 버리면 사라지는 나에 의해 조종되는 그런 존재였다. 내가 외로우니 나를 위로해줘, 내 분노를 받아줘, 내가 옳다고 말해줘, 끊임없이 내 요구를 들어주는 나만의 존재로서의 어머니를 그렇게 내 마음속에 들여놓고서 세상의 모녀들에게 맞섰던 나. 비록 현실의 세계에 존재하지 않는 어머니였으나 세상의 그 어떤 어머니보다 나를 더욱 따뜻하게 품어주는 완전한 존재였다.

그러나 어느 날 어머니는 내 앞에 실체를 드러내고 말았다.

어머니는 완전하지 않았다. 세상의 그 어떤 어머니보다 불완전했다. 어머니의 출현은 잊혀졌던 불완전한 나의 어머니를 되살려내었다. 어린 생명에게 젖을 물려 키우고 돌보길 거부했던 어머니, 아이의 기억 속에 부재했던 어머니, 초조를 혼자 겪게 했던 어머니.

내 그리움을 받아 먹으며 그 존재감을 키워갔던 가상의 어머니는 불완전한 실체의 출현과 함께 연기처럼 사라져버렸다. 나는 혼란스러웠다. 완전한 어머니와 함께 꿈꾸었던 내 존재의 완전성마저 유린당해버린 것이었다. 나는 불완전한 어머니의 불완전한 딸에 지나지 않았던 것이다.

혼돈의 첫번째 표현은 즉각 미움으로 나타났다.

나는 어머니의 실체를 확인한 순간부터 어머니에게 미움을 쏟아붓기 시작했다. 미움은 어머니를 향한 내 유일한 감정처럼 어머니와 나 사이에 쉬지 않고 흘렀다.

아, 그러나 그것은 어머니의 존재에 대한 끊임없는 확인에의 편집증적이고도 서툰 내 방식이 아니었을까. 갈망하고 갈망하였던 절대적인 존재에의 벅찬 소유에 대한, 그리고 믿을 수 없는 현실에 대한 원초적인 확인의 몸짓이 아니었을까. 또한 이미 오래 전 포기하였던, 그래서 가상의 세계로 남겨둔 모녀의 관계를 현실에서 복원할 수 있게 된 전율할 듯한 기쁨에의 액막음과도 같은 것, 내게 익숙지 않은 생에 대한 두려움의 표현, 그것이 아니었을까.

그러니까 어머니를 향한 그 맹렬한 미움은 표현하지 못했던, 표현할 수 없었던, 표현할 줄 몰랐던 사랑에의 다른 얼굴이었음이다. 너무 오래 사랑하지 못했으므로 나는 사랑에 서툴렀으며 그래서 내 사랑은 미움의 얼굴을 하고 저 먼저 달려나간 것이었다. 이런 나를 어머니는 남김없이 다 받아주었다. 어머니는 마치 내 미움을 받아주기 위해 내 앞에 나타난 듯 다 받아주었다. 그것이 사랑의 다른 얼굴임을 어머니는 알고 있었던 것일까.

"우리 엄마, 죽는대요?"
숨죽여 멈춰 있던 내가 그에게 물었던 말. 그러나 그는 대답하지 않았다.
"아, 무서워. 무서워 죽겠어."
기운이 다 빠져나간 몸에 떨림이 일기 시작했다. 나는 와들와들 떨고 있었다.
"정령아, 괜찮아, 괜찮아."
나를 잡은 손에 힘을 주며 그는 자꾸 괜찮다고만 말하고 있었다.
나는 정말 무서웠다. 이 에민 오래 살지 못한다고 했던 어머니의 그 말, 내가 대학에 들어갈 때 마지막 소원이라며 함께 살자 했던 어머니.
이제는 어머니에게 말하리라. 어머니를 미워한 것이 아니었다고. 어머니가 있었으므로 내가 있었다고. 어머니가 내 곁에 없을 때에도 한 번도 어머니를 잊어본 적이 없었다고. 어머니는 내 안에서 나 자신의 일부로 살아 있었다고. 왜 날 낳았냐고 어머니를 괴롭혔던 것은 나를 낳아준 어머니를 확인하고 싶었기 때문이었다고. 아, 할 말이 너무도 많았다.

긴 겨울길을 달려온 택시가 우리를 종합병원 중앙현관 앞에 내려놓고 떠나자 나는 현관의 유리문을 향해 뛰기 시작했다. 그때 그가 뒤에서 내 팔을 붙잡았다. 잡힌 팔이 아플 만큼 그의 손아귀에 억센 힘이 들어 있었다.

"정령아, 놀라지 마. 그쪽이 아니야, 저쪽이야."

그가 가리키는 곳을 보았다. 화살표 모양의 나무 팻말에 씌어진 검은 글씨, 영안실이었다.

"다 끝났어, 정령아."

그는 그 순간 나를 진공상태에 밀어넣듯 그의 품에 안았다. 인파로 넘쳐나는 대학병원의 중앙현관 앞이었다. 그는 마치 나의 슬픔을 그의 온 힘을 다해 막아보려는 듯 나를 그의 품에 가두어 안았다. 치받치는 울음도 턱에서 멈추었고 눈도 귀도 입도 그에 의해 닫혔다. 일순 세상은 정지하였고 감당할 수 없는 슬픔조차 숨을 죽였다.

얼마나 흘렀을까. 그의 몸에 밀착된 내 몸은 그의 심장이 뛰는 소리를 들었고 그의 혈관에 흐르는 피의 온기를 느끼기 시작했다. 그는 온몸으로 호흡을 불어넣듯 꺼져가는 나를 다급하게 끌어안았던 것이다.

영혼이 빠져나간 육신을 어머니라 부를 수 있을까.

마지막 순간까지 죽음과 맞서 사투를 벌인 듯 흙빛으로 변색되어버린 얼굴, 처들린 턱, 미처 다물지 못한 입, 누군가 감겨주었을 눈. 죽은 어머니의 얼굴엔 삶과 죽음의 경계에서 어머니가 치르었을 고통이 극명하게 남아 있었다. 생전엔 죽음도 별거 아니라는 듯 그토록 죽음과 노닐더니.

"엄마아."

나는 시신을 덮고 있는 흰 천을 들추고 어머니를 쓰다듬기 시작했다. 차가운 얼굴을 만져내려가 어머니의 옷섶으로 손을 집어넣어 젖을 찾아냈다. 어머니의 젖엔 미지근한 온기가 아직 남아 있었다. 갓 태어난 내게 초유를 흘려넣어줬을 어머니의 젖가슴을 움켜쥐고 나는 드디어 엉엉 울기 시작했다.

어머니의 죽음은 내 안에서 들끓고 있던 이름 지을 수 없는 모든 감정들을 함께 죽이고 이미 죽어 있던 것들은 재생시켰다. 참혹한 순간이었다.

"엄마, 미안해. 내가 잘못했어."

나는 미친 듯이 어머니를 불렀다. 얼어가는 육신에서 멀리멀리 날아가고 있는 혼을 향해 내 말을 들어달라고 울부짖었다.

"정령아, 어머니는 눈감기 전 너에게 미안하다고 말하고 가셨어."

어머니의 유언이었다. 왜 날 낳았냐고 패악을 부릴 때마다 내게 번번이 하던 그 말, 생전의 어머니가 내게 가장 많이 했던 말이었다.

이제 우리는 죽음을 통해 일체가 된 것인가. 끊임없이 서로를 부인하고 상처입히며 그러나 끝끝내 버리지는 못하고 되돌아와 고통스러운 확인의 시간 앞에서 애태우던 우리.

어머니는 언 땅에 묻혔다. 말년의 어머니가 나를 찾아와 홀로 살던 호젓한 농가에서 멀지 않은 산 중턱에 죽은 어머니의 집이 마련되었다. 서울로 가는 국도가 내려다보이는 나지막한 산 중턱이었다. 얼음이 켜켜이 섞여 있는 흙을 파헤치고 그곳에 어머니를 뉘었다.

제어할 수 없는 열정에 휘둘려 곧고 아늑한 길을 버리고 벼랑 끝까지 달려갔다 되돌아오곤 했던 어머니, 이제 더이상 어디에도 갈 수 없게 된 어머니. 아니, 육신을 버린 어머니는 연기처럼 가벼이 자유로이 더 넓은 세상을 떠다닐 것이다. 그러다 어느 순간 내게 살며시 깃들여 나를 어루만질 것이다.

나의 어머니.

16

　어머니를 묻고 산에서 내려와 아버지 집으로 갈 때까지 줄곧 내 곁에는 그가 있었다. 그는 어머니의 죽음을 알리러 내게 왔을 때부터 장례를 마치도록 한순간도 내 곁을 떠나지 않았다. 그러나 나는 그가 내 곁에 있다는 사실조차 의식하지 못한 채 어머니를 땅에 묻기까지의 시간을 견디어냈다. 그는 내 생애에서 가장 길었던 그 며칠간을 내 곁에서 또하나의 내가 되어 나와 함께 견디고 있었던 것이다.

　맨 처음 어머니의 사망을 내게 알리는 순간 충격에 휩싸인 나를 자신의 품에 안아 전신의 호흡을 불어넣어주었던 그는 그렇게 며칠씩 내 곁에서 그림자처럼 소리없이 나와 함께 시간을 공유하였다. 그 시간 속에서 넘쳐흐르던 내 슬픔, 절망, 고통까지도 그는 함께 느꼈을까.

　그는 무슨 인연으로 내 어머니의 임종까지 지켜야 했을까.

어머니는 의식을 잃기 직전 아버지에게 연락을 취했고 결국 어머니의 최후는 아버지 아내의 손에 넘겨지고 만 것이었다. 마지막으로 어머니를 병원으로 옮기고 사태를 수습하는 실질적인 보호자 노릇을 했던 사람은 그 사람, 선이었다. 뒤이은 장례에서 매장까지 그가 없었다면 어찌 되었을까. 아버지는 뒤에서 모든 비용을 부담하면서도 끝끝내 모습을 드러내지 않았다.

그와 함께 지친 몸을 이끌고 산에서 내려오며 그제야 나는 그의 존재를 의식할 수 있었다. 동시에 그가 있어 극치에 이른 나의 슬픔이 광포해지지 않았음을 깨달을 수 있었다. 그는 기척내지 않고 가만가만 그러나 쉬지 않고 내 곁에서 슬픔을 누그러뜨리는 센 힘으로 나를 구원한 것이다. 나는 그의 손을 잡고 험한 길을 건너온 것이다.

그는 천성이 선한 사람이라서 고통받는 누구에게나 헌신했으리라. 허나 그에게 구원받은 나는 누구와도 나눌 수 없는 절대적인 대상으로서 그를 받아들이고 있었다.

산에서 내려오며 그가 모를 절실한 내 마음을 담아 그에게 말했다.

"고마웠어요."

그는 나를 아버지 집으로 데려다주고 떠났다.

"더운물에 목욕하고 푹 자."

그 역시 지친 얼굴로 떠나면서 내게 해준 말이었다.

그마저 떠나자 거의 공포에 질릴 정도의 상실감이 휘몰아쳐왔다.

더운물에 몸을 씻고 죽은 듯이 잠에 빠져들었다가 깨어났을 땐 시간도 공간도 감각마저도 낯설게 느껴졌다. 내가 어떤 현실에 놓여 있는가 깨닫기까지에는 시간이 필요했다. 나는 내가 쓰던 옛날 방에 누워 있었다. 어스름 저녁빛에 낯익은 내 물건들이 하나 둘 눈에 들어오기 시작했다.

"애썼다."

아버지의 목소리였다. 몸을 일으켜 침대에 비스듬히 기대자 침대 맡에 앉아 있는 아버지의 얼굴이 드러났다. 엷은 어둠이 덧씌워져 표정이 지워진 얼굴이었다.

"아버지."

아버지와 나 사이에 들어찬 어둠 탓인지 멀리 있는 아버지를 부르는 기분이 들었다. 확인되지 않는 존재를 향한 어색하고 주춤거려지는 그런 기분이었다. 그 옛날 언젠가처럼.

보육원에서 아버지에게 보낼 녹음 테이프에 녹음을 하기 위해 마이크를 잡고 보이지 않는 아버지에게 말할 그때처럼.

릴 테이프는 적막을 담고 숨가쁘게 돌아가는데 나는 마이크를 잡고서 마냥 침묵하고 있었다. 신부님은 안타까운 얼굴과 손짓으로 자꾸 말을 권유했지만 내 입은 터질 줄 몰랐다. 겨우 아버지, 만 불러놓고 다시 입을 닫고 있으려니 빈 테이프만 돌아가는 녹음기를 눌러 끈 신부님이 새로운 제안을 했다. 할말이 없으면 노래라도 한곡 부르렴. 아버지가 좋아하던 노래 말이야. 신부님이 다시 테이프를 작동시키고 내게 마이크를 주었을 때 내 입에서는 자동인형처럼 노래가 터져나왔다.

새파아란 수평선 흰구름 흐르네. 오늘도 즐거워라 조개잡이 가는 처녀들. 아버지가 내게 가르쳐준 노래, 〈진주조개잡이〉였다.

사무치게 그리운 이름, 아버지를 불러보았지만 거기에 아버지는 없었다. 없는 아버지에게 무슨 말을 할까. 너무 막막하고 부끄럽고 억지스러운 그 상황이 싫었다. 눈앞에서 내 감정 따윈 아랑곳없이 돌아가는 테이프에 화가 나서 나도 모르게 나온 노래였다. 아버지만 불러놓고 말은 한마디도 못한 채 노래만 테이프에 담아 아버지에게 보냈었다.

마치 눈앞에 없는 아버지에게 말해야 했던 그때처럼 아버지를 불러놓고 한참 동안 빈 테이프 돌아가는 소리와 같은 침묵의 시간을 흘려보냈다.

"오래 잤어요?"

"꼬박 하루는 잤나보다. 잘 잤다."

우리는 얼굴을 마주 대고 있었으나 서로의 표정을 살펴볼 수는 없었다. 어둠이 얼굴의 굴곡을 메워버려 어두운 흑백사진처럼 윤곽이 흐릿해져버린 탓이었다. 그러나 아버지도 나도 불을 켤 생각은 하지 않았다. 우리는 아주 오래 전으로 돌아간 것 같았다.

생의 많은 나날을 나는 아버지와 둘이서 보냈다. 아버지와 둘이었을 때의 우리는 서로를 구분할 수 없을 만큼 일체가 되어 살았다. 자폐에 가까운 내 성격도 아버지에게서 물려받은 것일 만큼 그것은 유전자를 통한 것이라기보다 아버지와 함께 일체가 되어 살며 자신도 모르게 나누어 가진 아버지의 일부일 것이다.

어머니가 어린 나를 두고 떠나버린 뒤부터 아버지와 나는 마치 감정을 거세당한 듯 오래도록 정신적인 불구로 살아왔다. 우리는 우리 마음의 지극한 상태를 표현하지 못하면서 살아왔다. 서로에게 아프다고 말하면 아픔이 더욱 커지고 그 상처가 쓰리게 헤집어질 터이기에 그랬던가.

우리는 그렇게 살아왔다. 우리를 설명할 수 없는 사람들의 숲에서 섬처럼 떨어져나와 고립된 채 그러면서도 서로에게 한없이 조심스러운 삶이었다. 표정을 읽거나 말을 통하지 않고서도 아버지의 마음을 느낄 수 있었던 때였다. 점점 짙어지는 어둠 속에서 나는 그때의 아버지를 느끼고 있었다.

"엄마가 너무 불쌍해요."

어머니는 우리와 함께하는 세상을 떠나고 나서야 우리의 대화에 올려질 수 있었다. 금단의 존재였던 어머니.

그러나 아버지는 침묵을 풀지 않고 있었다.

어머니는 혼수상태에 빠지기 직전 자신의 최후를 예감하고서 아버지에게 연락을 취한 뒤 의식을 놓았다. 자신의 죽음을 수습해줄 사람으로 아버지를 지목한 것이다. 그것은 떠나는 자의 유일한, 최후의, 누구도 거역할 수 없는 권한이었을까. 아버지는 죽어가는 어머니를 병원으로 옮기도록 신속히 조처했고 회생을 위해 최선을 다 바쳤다.

그 역시 죽음에 대한 예의라 여기며 받아들인 것이리라.

아버지와 나를 버리고 떠돈 세월 동안 어머니의 신상에 어떤 변화가 있었는지 누구와 어떤 관계를 맺었는지 우리는 알지 못한다. 다만 나말고 다른 소생을 두지 않은 것만을 확인했을 뿐이다. 그러나 아버지와 내가 겪었던 고통 속에 어머니도 함께했었음이 어머니의 죽음과 함께 비로소 우리에게 드러났다. 어머니는 죽음에 이르러 아버지를 찾음으로써 우리와 다른 공간에 살고 있었을망정 자신의 시간만은 다른 그 누구와도 아닌 오직 우리와 함께 겪어왔음을 보이려 했던 것이다.

나를 세상에 내놓은 어머니와 아버지의 파행적인 사랑은 그렇게 끝났다. 어머니의 부재가 불러왔던 우리의 불행도 어머니의 죽음과 함께 종결된 것일까. 죽음을 연습할 수만 있었다면 우리는 좀더 완전에 다가갈 수 있었을까. 어머니의 죽음이 내게 일깨운 것은 돌이킬 수 없는 인간의 불완전성, 그것이었다. 불완전한 존재였던 우리는 왜 그토록 완전을 꿈꾸며 괴로워했던 것일까. 죽음에 앞서 자각했더라면 서로를 향한 가없는 연민으로 고통에서 좀더 자유로울 수 있지 않았을까.

"아버진 아직도 엄마가 미워요?"

얼마나 오래 우리는 이 말을 참았던지. 채 미움이라는 말을 배우기도 전에 아버지와 어머니는 어린 내게 미움을 가르쳤다. 가버린 엄마와 남아 있는 아버지 사이에서 나는 미움으로 물든 생을 살았다. 외부와 일체의 관계를 끊고 단절된 생을 살아가는 아버지의 분노는 내 삶을 주눅들게 하였다. 아버지, 엄마가 밉지? 아버지에게 쉴새없이 마음속으로 속삭인 이 말은 나마저 미워할지도 모를 아버지에 대한 어린 내 방어의 주문에 지나지 않았다.

이제 나는 비로소 소리내어 아버지에게 물어본다. 엄마가 미웠지? 아버지의 삶을 망쳐놓은 건 내가 아니고 엄마였지? 어린 내가 얼마나 확인하고 싶어했던 말이었던가.

"미워해본 적 없다."

기적처럼 뜻밖의 말이었다. 죽음에 바치는 헌사일까.

"미워하지 않았다. 미웠다면 내 자신이 미웠지. 네 엄마는 미움이

뭔지도 모르는 여자였어. 아무것도 모르는 여자였지."

"정말이에요?"

"미워했다면 넌 태어나지도 않았겠지. 너는 네 엄마와 내가 젊고 아름다웠던 시절에 만들어낸 생명이야. 이건 누구도 부정할 수 없는 진실이다."

오, 사랑의 그 다양한 표현방식이라니.

"믿을 수 없어요."

"그래, 믿을 수 없는 건 네 엄마였어. 그 사람은 평범한 인간으로서는 믿을 수 없는 행동을 하고 생각을 했지. 평범한 사람이 아니었어. 그 점에 끌렸었지만 감당하기 힘들었다. 나는 남자로서 가장으로서 좌절한 거지 네 엄마를 미워한 게 아니야."

나는 아버지가 아닌 한 남자의 고백을 듣고 있었다.

"죽은 사람한테 미안하구나."

17

이듬해 2월 나는 대학을 졸업했다.

어머니를 잃은 스물네 살이었다. 강당에서 식을 끝내고 교정으로 나오자 희끗희끗 눈발이 날리고 있었다. 겨우내 도시의 어디서든 쌓여 있는 눈을 보아서인가 흐릿한 작은 눈송이가 먼지 같아 보였다.

아버지와 아버지의 가족들, 그리고 그 사람이 나를 기다리고 있었다. 교정이 비좁을 만큼 빽빽이 모인 인파와 그들의 팔에 안긴 색색의 꽃무더기들, 카메라 셔터 터지는 소리와 함께 와르르 쏟아지는 웃음소리들, 그 위로 사뿐사뿐 내려앉는 눈송이 속에서 나는 마치 홀로 섬에 떠오른 듯 막막해져 있었다.

어머니를 잃은 상실감은 메워질 길 없었고 그는 너무도 멀었다. 그는 내게 꽃다발을 건네주며 얼굴이 활짝 피어나도록 웃음을 지어 보이고 있었지만 그의 빛나는 미소에 나는 전처럼 쉽게 행복해지지 않았다. 그들 속에 함께 자리한 그는 그 어느 때보다도 아득히 먼 사람 같았다. 가장 가까이에 있으므로 그만큼 멀리 물러나버린 사람이었다. 내 가족과 함께 웃음짓고 있을 때의 그는 내가 닿을 수 없는 너무 먼 곳의 사람이었다. 그는 마치 내게 그것을 시위하듯 환하게 웃음짓고 있었다.

그는 언제나 손을 뻗으면 닿을 수 있는 곳에 있으나 내가 감히 벗겨낼 수 없는 몇몇 겹의 장막을 두르고서였다. 보이지 않으므로 벗겨낼 수 없는 장막이었다. 나는 그를 가까이에서 볼 때마다 오늘처럼 그것을 확인해야 하는 고통을 받을 것이다. 그러나 그를 볼 수 없다면 그것은 또 얼마나 가혹한 형벌일 것인가.

기쁨과 고통 사이에서 영원히 평화를 얻지 못할 생을 등뒤에 짊어진 스물넷의 나는 향기로운 꽃다발을 가슴에 안고서도 막막하고 외롭고 두려운 시간 앞에 서 있었다.

샛노란 튤립과 붉은 장미, 흰 백합 다발을 그득하도록 가슴에 안고서 기쁨 없이 사진을 찍고 건성건성 축하를 받느라 주변이 어수선한 사이 저만치 인파와 꽃다발 너머로 꽃 한 송이 들지 않고서 검은 외투 차림으로 서 있는 남자를 보았다. 아니, 나를 향하고 있는 그의 쏘는 듯한 눈길에 붙잡히고 말았다고 해야 하리라.

유태성이었다.

그는 내게서 멀찍이 물러서 있었지만 수많은 인파 너머에서 내게 지속적으로 그 강렬한 눈빛을 보내며 나의 전부를 관찰하고 있었을 것만 같은 표정이었다. 마침내 나와 눈이 마주쳤을 때에도 그는 흔들리는 기색 없이 그대로 그 자리에 붙박여 있었다. 그러나 그의 전신에서 유일하게 제어되지 않는 그 눈빛은 나를 향해 소리치고 있는 듯했다. 너를 보러 왔노라.

나는 숱한 인파를 헤치고 그에게로 이끌려 갔다. 그 자리에서 내게로 주파수를 맞춰놓고 나를 흡인하고 있은 지 얼마 만이었을까. 그러나 그는 내가 그의 앞으로 다가갈 때까지도 그 자리에 꼼짝 않고 있었다.

"언제 왔어요?"

두번째 만남이었다.

"축하합니다."

그의 인사였다. 하지만 축하해주러 온 사람 같지는 않았다. 검은색 일색으로 코트 깃을 올리고 손엔 검은 장갑까지 끼고 있었다.

아, 그는 미주를 위해 온 것이었다. 이 자리에 있었어야 할 미주. 저 현란한 빛깔의 꽃들도 미주의 팔에서는 초라했을 것이다. 그 누구보다 아름답고 화려한 모습으로 단연 이 모든 인파의 시선을 한몸에 받았어야 했을 미주.

그는 그 자리에 서서 검은 가운을 입은 졸업생들을 보며 그 속에서 미주를 찾고 있었을 것이다. 몸을 뚫어 마음마저 빨아들일 듯한 그의 강렬한 눈빛이 검은 가운들을 헤치며 찾고 있었던 대상은 내가 아닌 미주였던 것이다.

이 년이 더 지났건만 그는 그때까지도 미주를 떠나보내지 못하고 있었다. 순간 스물넷의 막막한 내 영혼은 그의 눈빛에 사로잡혀버렸고 비로소 그 눈빛이 뿜어져나오고 있는, 그의 깊은 곳에 도사리고 있는 지독한 무엇인가를 보았다. 지독한 사랑, 지독한 집착, 지독한 소유욕. 그 누구의 것과도 비교될 수 없는 태성의 내면이 그의 눈빛만큼이나 곧장 내게로 전해졌다. 그것은 차라리 구원과도 같았다.

"미주한테 가는데 같이 갈래요?"

스물넷의 2월 어느 오후, 생애 그 어느 때보다 풍성한 꽃다발을 안은 내 가슴은 막막한 시간들에 짓눌려 어찌할 바를 모르고 나는 간절히 그 사람, 선을 바라보았다. 활짝 웃고 있는 얼굴에서 나를 향한 마음을 느껴보려는 간절함이었다. 우리의 심상한 일상 너머 그 사람과 나만의 가슴 저린 소통을 확인하기 위해 내 온 마음을 열어두고서.

그러나 그는 내 마음의 눈길을 외면하고 있었다. 받아주지 못하는 그의 괴로움까지도 나를 쓸쓸하게 하는 줄 모르고서.

가운을 벗은 나는 교정에서 가족들을 돌려보내고 태성에게로 갔다. 태성의 검은 외투 어깨에 희끗희끗 눈발이 먼지처럼 묻어 있었다.

우리는 시외버스를 탔다. 버스는 줄곧 겨울 강을 끼고 달렸다. 하늘은 회색빛으로 낮게 내려와 강 건너편에 이어지는 능선마저 때이른 어둠의 그늘에 묻어두고 있었다.

버스가 강과 산을 끼고 달리는 동안 우리는 아무런 말도 나누지 않았다. 바람이 부는지 아직 얼음이 채 풀리지 않은 강에 흰 분말을 뿌려놓은 듯 눈가루가 분분히 날아오르고 있었다. 둥둥 떠다니는 두터운 얼음장 위에 사뿐 내려앉아 있던 눈가루들은 가벼운 바람 한자락에도 포르르 날아오르며 차가운 강물 속으로 곤두박질쳤다. 뽀얗게 날아오르는 눈가루의 하얀 분말은 미주 몸의 마지막 모습과 흡사했다. 그토록 아름답던 형상의 마지막 모습.

태성도 그것에서 미주의 모습을 본 것일까. 그 역시 강 쪽으로 면한 차창에서 시선을 거두지 못하고 있었다.

우리는 물을 가둬둔 댐의 입구에서 내려 긴 강을 따라 걸었다. 미주의 유골을 뿌리기 위해 처음 찾았던 강둑을 향해서였다. 이미 강을 따라 저 먼 어느 바다로 흘러가버렸을 미주의 뼛가루. 그것을 처음 뿌렸던 자리가 무슨 의미일까. 그래도 우리는 함께 미주를 기억할 곳이 그곳뿐이기에 그곳을 찾아가고 있었다. 능선의 빛깔은 점점 더 짙어지는 중이었다.

"이쯤인 것 같은데."

태성이 앞서서 강둑을 내려가며 말했다. 그를 뒤따라 내려갔다. 마른 풀과 흙과 물이 뒤섞여 낮게 가라앉아 있던 냄새가 그곳으로 내려서는 내게 와락 끼쳐왔다. 마치 이 년여 전의 죽음이 아직 그대로 그 자리에 남아 있는 듯한 느낌, 미처 떠나지 않은 미주의 혼이 봉인되어 있다 낯익은 우리를 맞아주려 깨어나는 듯한 순간.

"맞아요, 여기예요."

태성의 옆에 섰다. 우리의 기억은 일치했다. 혹은 미주의 혼이 보내는 신호였을까.

나는 가슴에 남겨가지고 온 꽃다발을 펼쳐 꽃송이들을 하나하나 강에 던지기 시작했다. 노오란 튤립 송이는 물 위에 떠다니는 얼음에 부딪혀 흘러가지 못하고 제자리에서 빙빙 돌았다. 다시 흑자줏빛의 장미를 한 송이 강에 던졌다. 미주가 특히 좋아하던 꽃이었다. 꽃잎이 비로드처럼 부드러우면서도 도도한 기품이 서린, 한편 관능적인 자태의, 봉오리가 큰 장미였다.

그때 곁에서 묵묵히 바라만 보고 있던 태성이 와락 장미 다발을 낚아채 송두리째 강에 내던졌다. 던지는 힘의 강도가 얼마나 셌던지 얼음에 부딪혀 부서진 낱낱의 붉은 꽃잎이 방금 흘린 핏자국처럼 희디흰 눈 위에 날아가 점점이 찍혔다.

그 선혈을 바라보고 있는 나,
그리고 폭풍처럼 덮쳐오는 태성.

18

무대 위에서 누군가를 기다리고 있는 검은 피아노.

낮은 조명이 육중한 피아노의 발 밑에 깔린 나무 바닥을 따뜻하게 비추고 있다. 무대를 올려다보며 연주자가 나오기만을 기다리고 있는 청중들.

이윽고 무대 왼편에서 걸어나오는 연주자, 그리고 청중석에서 쏟아지는 박수 소리.

마룻바닥에 드리워 있던 조명이 점점 올라가자 검은 피아노의 미끈한 모습이 남김없이 드러나고 이어서 조명은 다시 피아노를 향해 걸어오는 연주자에게로 빛을 뿌리고 있다.

흰 새틴 드레스를 입은 젊고 아름다운 연주자가 청중을 향해 고개 숙여 인사를 하고 나서 잠깐 얼굴을 들어 청중을 바라본다.

긴 머리를 반쯤 올려묶어 모두 등뒤로 넘긴 얼굴.

서희령, 내 동생 희령의 얼굴이었다.

자신감이 넘치는 도도한 얼굴에 엷은 미소까지 띠고 있지만 나는 그 얼굴 뒤의 몽환적인 표정을 보았다.

　그것은 무아의 세계에 빠져들기 직전의, 자기를 버리고 도취되어 가고 있는 희령만의 표정이었다. 어린아이였을 적부터 피아노 앞에 앉을 때면 희령이 짓곤 하던 표정. 얼마 만인지.

　여름이었던가.

　뉴욕에서 채 스물이 되지 않은 희령을 만난 이후 처음이었다. 국제 무대에 데뷔해 활발한 연주활동을 벌여나가는 피아니스트 서희령의 소식은 간간이 뉴욕까지 들려왔었다. 신문의 문화면에서 우표만한 작은 사진을 통해 희령의 얼굴을 보기도 했었다.

　하지만 그 작은 흑백사진 속에서 매번 내가 찾아낸 것은 아버지였지 희령이 아니었다. 우리는 아버지를 함께 나누어 가진 자매였지만 내게 희령은 아버지를 빼앗아간 존재이기도 했다. 태어나면서부터 내 손길이 가 닿기도 전에 예쁘고 사랑스런 아기는 아버지의 품에 늘 안겨 있었고 그러다가 자연스럽게 아버지의 무릎을 타고 앉아 피아노의 건반을 두드리기 시작했다.

　그애는 내 동생 희령이 아니었다. 아버지의 전부이자 하나뿐인 딸 희령이었다.

　희령이 피아노 의자에 앉았다.

　흰 드레스의 등뒤에 덧대인 너울이 희령의 등에서부터 의자 너머로 비상을 꿈꾸는 날개처럼 범접할 수 없는 우아한 자태로 늘어뜨려졌다.

　건반 위로 손을 들어올리고 있는 희령, 어깨에서 손까지 이어지는 팔의 곡선이 눈부신 대리석의 흰빛으로 빛나는 순간 연주는 시작되었다.

내게도 현실의 불이 꺼지며 천상의 세계가 내려와 휘몰아치기 시작한다. 질풍노도의 열정에 휩싸인 희령의 몸이 뒤흔들리면서 등뒤에 늘어뜨린 날개가 비상하려는 듯 마구 펄럭거린다.

베토벤의 소나타 23번, 〈열정〉이었다.

아버지가 내게 그토록 가르치고 싶어했던 소나타였다. 네가 이 곡하나만 제대로 연주할 수 있게 된다면 피아노를 그만두어도 좋다, 고 한 그 곡이었다.

희령은 연주회를 베토벤의 소나타로 전부 채우고 있었다. 아버지가 평생 숭배하였던 작곡가, 베토벤이었다.

아, 저애, 희령이는 피아노를 사랑하는구나. 미치도록. 악기에 저처럼 혼을 싣는다는 것은 사랑이 없다면 불가능한 일일 것이다. 그 옛날 텅 빈 강당에서 피아노를 연주하는 아버지를 훔쳐볼 때에도 저랬었지. 피아노를 상대로 깊고도 뜨거운, 광적인 사랑에 빠지지 않고는 저 소리를 낼 수 없어. 악보를 앞에 놓고 아버지가 내게 안타까이 하던 말, 느껴봐, 느껴보란 말이다. 나는 느끼지 못했다. 느낄 수 없었다. 나는 내게 갇혀 있었다.

신은 내게 자신의 고통을 아름다움으로 바꿀 수 있는 예술적 재능을 주지 않았다. 나는 피아노 앞에 앉으면 절망에 몸을 떨어야 했을 뿐 시간도 내 고통을 아름다움으로 바꾸어주지는 않았다.

그러나 나를 두려움에 떨게 하였던 건 내게 부재한 예술적 재능보다 아버지에게서 버림받는 고통이었다. 나는 실패한 아이, 버림받은 아이란 두려움에 갇혀 나를 여기까지 끌고 온 것이다.

오, 아버지.

아버지는 나를 구해주고 싶어서 내게 피아노를 가르쳤던 게 아니었을까. 증오와 두려움에 갇혀 떨고 있는 어린 나를 구하려 피아노 앞에 앉혔던 게 아니었을까. 그리고 내게 끊임없이 말했으리라. 느껴봐, 느껴봐. 타인의 고통, 슬픔, 절망도 느껴봐. 내 불행에서 나를 건지려 그토록 생을 바쳤던 아버지. 왜 깨달음은 이다지도 늦는 걸까.

희령이 연주를 마치고 피아노 앞으로 걸어나와 허리를 깊숙이 숙여 인사하자 객석에서 일제히 브라보가 터져나왔다. 청중들은 두 손을 높이 들어 연주자에게 박수 갈채를 보냈다. 혼신을 다한 연주에 대한 열광적인 반응이었다.

피아노에 기어올라가 건반을 갖고 놀기 시작하면서부터 이십여 년을 훌쩍 뛰어넘은 지금까지 저토록 아름다운 연주를 만들어내기 위해 희령이 바친 시간을 나는 알고 있다. 그리고 그 시간에 함께했던 아버지.

희령의 연주가 펼쳐지고 있는 동안 내내 나는 아버지의 망령에 들려 있었다.

아버지는 지금 세상에 없지만 나는 그 어느 때보다 보이지도 들리지도 않는 아버지를 가까이에서 느끼고 있었다. 마치 아주 오래 전으로 되돌아간 것처럼. 아버지에 이르러 나는 색다른 죽음을 경험했다.

그 겨울 뉴욕에 몰아닥친 한파와 폭설은 거의 재앙에 가까웠다. 사람들은 집 안에 꼼짝없이 갇혀야 했고 집 앞에 세워둔 차는 눈더미에 파묻혀 둥그런 지붕의 형체만으로 위치를 짐작할 수 있을 뿐이었다. 이틀째 폭설이 쌓인 도로는 인적이 끊긴 눈벌판이 되어 적막하기조차 했다. 뉴스에서는 종일 강설량을 시시각각 보도하며 호들갑을 떨고 있었지만 나는 왠지 눈 속에 갇혀 있는 시간이 아늑했다. 이국 땅에 와서 처음으로 느껴보는 평화로움이었다. 그때까지도 문 밖의 이국 생활에 부적응증을 보이는 이방인이었던 나는 낯선 일상이 멈춰버린 그 시간의 틈에서 차라리 감미로운 휴식을 즐기고 있었다.

그리하여 제설차가 굉음을 지르며 순백의 도로를 짓밟아올 땐 내아늑하고 달콤한 시간이 짓밟히는 것 같은 불길함에 사로잡히고 말았다. 불길함이 내 가슴 한가운데를 관통하는 순간에 그 거대한 괴물이 내가 사는 작은 아파트 앞에 둔중한 총알 소리를 내며 멈춰 서는 것이 창으로 내다보였다. 이어서 높다란 차량의 조수석에서 우주복을 닮은 비닐 작업복에 장화를 신은 사람이 뛰어내렸다. 그가 멘 낯익은 가방을 보지 못했다면 제설 작업 인부쯤으로 여겼을 것이다. 그는 우편배달부였다.

아파트 현관에 우편물을 꽂아두고 나왔는지 사라졌던 우주인이 다시 나타나 몸집만큼 위협적인 엔진 소리를 내며 서 있던 노란 제설차에 뛰어올랐고 곧이어 차는 설원을 가로질러 눈 덮인 협곡을 만들며 사라져갔다.

나말고도 여러 세대가 거주하고 있는 아파트였음에도 악천후를 뚫고 그가 가져온 우편물이라면 내 것일 것만 같은 불길함이 또 한번 나를 덮쳤다.

224

새하얀 눈벌판에 어둠이 내리고 짙푸른 색유리를 댄 듯 창 밖이 캄캄해질 때까지도 나는 내려가 우편함을 확인하길 망설이고 있었다.

죽음이란 그런 것이었다. 그것은 보이지도 않고 들리지도 않는 곳에서 내게 교신을 보내고 있었다. 그것이 죽음인지도 아직은 모르면서 나는 일상에서 유리되어 그것에 휩싸여가고 있었다.

어둑신한 복도와 계단을 걸어내려가 마침내 우편함에 꽂힌 편지를 확인했을 때 두터운 숄에 감싸인 내 몸에 싸늘한 냉기가 싸아 하고 번지는 것을 느꼈다. 단 한 번 아버지에게로 엽서를 띄웠을 뿐 연락을 끊다시피 하고 지내온 내게 배달된 편지의 발신인은 서희령이었다.

하지만 편지를 쓴 사람은 희령이 아니었다. 희령의 어머니, 아버지의 아내였다.

정령에게.

이 편지를 받으면 먼저 나를 용서해주기 바래.

너무도 놀랍고 급작스러운 일을 당하고서 넋이 나갔었다.

그리고 전화 연락도 끊어버린 너를 몹시 원망했다.

이제는 다 끝났다.

선생님이 떠나셨다. 아직도 믿을 수 없다.

참변이었지만 떠나시기 얼마 전 장난처럼 죽으면 화장해달라고 하셨다.

선생님 뜻대로 해드렸다.

유골은 곳곳에 골고루 뿌려드렸다.

네 어머니 무덤가에도 몇 줌 뿌려드렸다. 좋아하시던 바다에도 듬뿍 뿌려드렸다. 네 곁으로 더 가까이 가셨겠지.

창졸지간에 붙들려 가시느라 유언도 없으셨다.

남기신 것 정리되는 대로 네 몫을 보내겠다.

지금은 이것밖에 쓸 수가 없다. 가신 분을 위해 우리 서로 용서하자.

희령 모.

아버지는 그렇게 떠났다. 주검을 확인하지는 못했으나 이제 아버지는 이 세상 사람이 아니었다. 나는 이제 고아가 된 것이다.

그러나 알 수 없는 것은 무너져내리는 슬픔 속에서도 내 아버지를 되찾은 듯한 안도의 느낌이 나를 위로하고 있었다는 것이다. 그것은 이미 오래 전, 아버지의 인생이 새롭게 시작되었을 때 내 스스로 아버지를 내게서 떠나보낸 이후, 아버지가 부재하는 생을 연습해온 덕분이었을까. 어린 희령이 아버지를 앗아간 이후 더욱더 아버지와의 기억을 지우려 했고 마침내 아예 아버지를 멀리 떠나온 내게 이미 현실의 아버지는 부재하지 않았던가.

육신의 소멸이 그 존재감을 되돌려주는 기이한 죽음의 경험을 나는 한 것이다. 나는 아버지를 잃은 슬픔에 꺼억꺼억 목놓아 울면서도 저 멀리서 나를 찾아온 아버지를 느끼고 있었다. 아버지가 남기고 간 젊디젊은 아내 역시 그걸 느끼고 있었음이 냉정을 가장한 편지에서 읽혔다.

온 세상이 눈에 덮인 그 밤 마치 인간의 기쁨과 슬픔, 절망과 고통, 생과 사마저도 눈더미에 싸여 안온하게 느껴지는 그 밤을 보내고 다음날 낮 전화기를 들어 오래 잊고 있던 번호를 눌렀다.

태평양 너머 지구의 반대편으로 신호음이 보내졌다. 그곳은 지금

밤이 찾아왔으리라. 창 밖은 흰 눈에 반사된 햇살이 온 마을을 눈이 부시게 채우고 있었다. 마을은 비로소 사람이 살고 있었던 예전처럼 깨어나 소란스러워졌다. 그들은 재앙을 견디어낸 자들끼리의 기쁨과 안도와 감사의 마음이 담긴 표정과 목소리로 인사를 주고받으며 집 앞의 눈을 치우느라 분주했다. 그 사이로 아이들과 개들이 소리를 질러대며 마냥 뛰어다니고 있었다.

"여보세요."

신호음이 울린 지 한참 만에 들려오는 소리, 그녀였다.

"저예요."

"흐흑."

울음부터 터뜨리는 그녀. 나는 수화기를 귀에 대고 그녀의 울음을 오래 들어주었다.

우리가 처음 만났을 때 겨우 나보다 여섯 살인가 일곱 살 위였던 그녀. 해맑고 가녀린 인상이어서 미워할 수도 없었다. 아무도 그녀가 아버지의 상대가 되리라곤 상상도 하지 못했었다. 그녀의 어디에 그런 열정과 생의 무모함이 숨어 있었을까. 부모에게까지 상처를 입히고야 만 자신의 파괴력을 그녀는 알았을까. 수업이 끝나고 모두 돌아간 텅 빈 저녁시간, 복도에 울리는 피아노 소리를 따라간 음악실의 창으로 음악 선생님의 연주를 넘겨다보며 그녀는 무얼 꿈꾸었을까.

"울지 마세요."

울음을 그칠 줄 모르는 그녀에게 내가 말했다. 채 마흔도 되지 않은 젊은 미망인에게.

"미안해. 아직도 믿어지지 않아. 믿을 수 없어. 넌 믿을 수 있니?"

"아니, 믿어지지 않아요."

"그래, 차라리 보지 않은 게 다행이야. 얼마나 참혹했는지."

우리는 잠시 말을 멈췄다. 그러나 이내 그녀는 다시 울기 시작했다. 이번엔 격렬하고도 폭발적이었다.

그녀는 내 어머니와 아버지의 생에 어떤 역할을 했던 것일까. 아버지에게 그녀는 어떤 존재였을까. 나는 아버지를 두고 그녀를 질투하거나 미워해본 적이 없다. 그건 내 어머니도 마찬가지였다. 아버지가 그녀와 새로운 인생을 시작한 뒤 홀연 나타난 어머니는 아버지의 소식을 듣고 내게 말했었다. 고마운 여자구나.

내가 아버지를 두고 질투하고 미움을 느꼈던 건 희령이었지 그녀가 아니었다. 그녀로 인해 생겨난 희령이었지만 그녀를 향한 담담한 마음에 변화는 일어나지 않았다. 처음부터 나는 그녀의 운명을 예감했던 것이었을까.

"어떻게 돌아가셨어요?"

나는 흐느끼고 있는 그녀에게 물었다.

"교통사고를 당하셨어. 그날따라 기사가 나오질 않아서 학원 버스를 손수 몰고 눈길을 달리셨어."

"그러면?"

"아니, 선생님 혼자 당하셨어. 학생들은 몇 안 탔지만 모두 경상이야. 오직 그 생각만으로 사고와 맞서셨던 게 분명해. 그러느라 온몸이 다⋯⋯ 흐흑."

아버지를 죽음으로 몰아갔던 눈은 다시 내가 사는 곳으로 찾아와 전에 없이 무서운 기세로 쏟아져내리며 내게 아버지의 죽음을 암시하려 했던 게 아니었을까. 이제 눈은 그쳤고 바깥은 씻긴 듯 눈부셨다.

"죄송해요. 전 아무것도 몰랐어요. 제가 나빴어요."

"넌 왜 이렇게 연락을 끊고 살아야 하니. 내가 그렇게 밉니? 선생님이 널 얼마나 그리워하신 줄 아니? 넌 정말 나쁜 딸이야. 내가 아무리 미워도 선생님께는 그러면 안 되잖아. 선생님이 널 어떻게 키우셨는데. 왜 이렇게 미워하면서 살아야 하니, 왜? 왜?"

그녀는 내게 울부짖고 있었다.

"미워한 게 아니었어요."

"아니야, 넌 미워했어. 우리 전부를 다 미워했어. 그러니까 그렇게 떠난 거야. 그리고 인연을 끊을 작정으로 연락도 끊어버렸지. 아니야? 말해봐. 아니야?"

어떻게 그녀에게 말할까. 내 안에 숨어 있는 그 사람의 존재를 어떻게 설명할까. 당신의 동생을 사랑하노라, 말할까. 표현할 수 없는 사랑이 내 생을 여기 이곳에 유기해버린 거라 말할까.

"선생님께서 봄에 널 만나러 가시겠다고 계획하신 것 넌 모를 거야. 희령이 학교 문제로 거기 가시기로 했지만 선생님 마음은 너한테 가 계셨어. 유난히 마음이 들떠 계셨어. 평소 같았으면 그렇게 쉽게 운전대를 잡지도 않으셨을지 몰라."

그녀는 나를 원망하고 있었다. 아니, 원망을 퍼부을 사람이 필요했으리라. 생의 참담한 지경에 놓인 그녀에게는 자신말고도 자신의 생을 버려놓은 누군가가 있어야 했으리라.

"미안해요. 제가 다 잘못했어요."

나는 그녀에게 빌었다. 그 옛날, 해맑은 모습을 하고 내 앞에서 수줍은 미소를 짓고 있던 그녀를 향해 나의 죄를 빌었다. 아버지의 죽음이 나를 키워놓은 것일까.

객석에 불이 꺼지고 무대 위에 다시 희령이 등장했다. 스물여섯의 희령. 가냘픈 자신의 어머니를 닮지 않은 풍만한 몸매의 곡선을 흰 새틴 드레스 위로 당당히 드러내며 피아노를 향해 걸어가는 희령. 등뒤에 탐스런 꽃처럼 피어난 리본에서 흘러내린 너울이 피아노를 향해 걸어가고 있는 그녀의 뒤에 펼쳐져 그녀는 마치 무대 위의 여왕인 듯 우러러 보인다.

내가 열네 살이었을 적에 태어난 아이.

아이는 태어나는 순간부터 그 자체로 풍요로웠다. 분홍빛 피부, 새까만 보석처럼 빛나는 눈동자를 가진 아기를 처음 들여다보는 순간 열네 살의 나는 나 자신이 세상의 밝은 데로 나온 듯했었다. 아이의 몸은 나날이 자라났지만 그 어느 순간이라도 더할 수 없는 아름다움으로 넘쳐났다. 아이는 자라나면서 점점 그 아름다움마저 무색케 하는 놀라운 재능으로 사람들을, 아버지를 행복에 겹게 만들어주었다. 아이의 아름다운 몸 속엔 무한한 잠재력이 숨어 있을 것만 같았다. 아이의 재능을 신의 능력처럼 믿는 아버지를 어린 희령이는 한 번도 배반하지 않았다.

희령이는 지방도시의 교향악단과 협연하는 최연소 연주자로 무대에 데뷔했고 뒤이어 숨가쁘게 연주 경력을 쌓아나갔다. 수많은 사람들을 놀라게 하고 기쁘게 했지만 매번 그 누구보다 첫번째로 감격하곤 했던 사람은 아버지였다. 어린 희령이 아버지를 구원했던 것이다.

희령이 다시 베토벤을 연주하기 시작했다. 〈발트슈타인〉. 피아노 소나타 21번. 알레그로 콘 브리오.

아버지의 부음을 받은 이듬해 여름, 내게 왔었던 희령.

이제 막 세계 무대에 진출하기 위해 아버지의 손을 잡고 비행기를 타려던 때 아버지를 잃었던 내 동생. 어쩌면 생에서 가장 아버지를 필요로 했던 순간에 그애는 아버지를 잃었던 것인지도 모른다. 그때 그애는 내가 보아왔던 희령이 아니었다. 나는 그때 처음으로 절망에 빠진 희령을 보았다. 그애는 피아노를 그만두겠다고 말했었다.

　희령의 연주를 들으며 나는 울고 있었다. 그리고 무대 저 높은 곳의 희령을 향해 속삭였다.

　희령아, 미안해. 내가 어리석었어.

　아버지를 잃고 희령이 나를 찾아왔을 때, 그때 나는 희령에게 용서를 구했어야 했다. 그러나 그러지 못했다. 그러지 못했을 뿐만 아니라 나는 희령에게서 희령이 아닌 다른 누군가를 미친 듯이 찾고 있었다. 훌쩍 커버린 희령을 대하는 순간 그 사람이 내 삶의 수면 위로 물기둥이 치솟듯 터져올라왔던 것이다.

　그를 잊고 그를 떠나기 위해 낯선 땅으로 옮겨왔지만 그 낯선 땅에서도 나를 살게 하였던 것은 그 사람이었음을 깨닫는 순간이었다. 아득한 거리를 사이에 두고서 그가 잠든 시간에 내가 깨어 있고 내가 잠든 시간에 그가 깨어 있는 엇갈리는 일상을 살고 있었지만 그는 나 자신도 느끼지 못하는 내 숨결과도 같은 존재로 내 안에 살고 있었음이다. 내 안에 숨결처럼 살아 있던 그를 희령일 통해 확인하는 순간 다시 그와 나 사이의 현실은 멀고도 아득한 불가능의 거리로 벌어졌고 그를 향한 그리움, 욕망, 고통, 슬픔 들이 마치 얼었던 혈관이 뜨거워져 다시 피돌기를 시작하듯 맹렬히 솟구치며 나를 뒤흔들고 있었다.

　희령과 헤어지는 마지막 순간까지 차마 입 밖에 내어 말하지 못하던 그 사람의 안부를 묻는다는 것이 나도 모르게 엉뚱한 말이 되어 나왔다.

"너희 삼촌 아직도 피아노 치니?"

"피아노?"

"……."

"우리 삼촌이 피아노를 친다구?"

희령이 무슨 말이냐 싶은 표정을 지어 보이지 않았다면 난 어떻게 내 마음을 숨겨야 했을까.

"아냐, 내가 착각한 것 같아."

그래, 그것은 우리 생의 꿈같은 한순간이었는지도 몰라. 어쩌면 실재하지 않았던 시간의 착란이었을지도 몰라. 그 밤의 〈월광〉을 누르던 내 손가락의 떨림과 그의 체취는 실은 이 세상에 오지 않았던 시간의 환상 같은 것이었는지도 몰라. 그리고 나는 아직도 그 꿈에 취해 있는 것인지도 몰라.

열아홉의 어느 순간, 상실감의 폐허에 갇혀 있던 내 생을 천상으로 들어올려주던 그 기적과도 같았던 구원의 빛에 기대어 나는 지금껏 살아온 것인지도 모른다.

그리고 그것을 찾아 나, 여기 이곳에 돌아왔다.

죽음은 기나길고 서른아홉 내 생은 한순간의 빛에 지나지 않았다.

죽음을 품고서 나, 생을 밝혀준 빛을 더듬어 돌아온 까닭은 죽음의 길이 그 빛을 향해 있기 때문이었다.

희령의 몸이 투신하듯 마구 피아노를 향해 넘실거리고 흰 손가락
들이 건반 위에서 새처럼 푸덕이는 것을 보고 있는 내 가슴에 동통
의 기미가 느껴지기 시작하고 있었다.

빨라지는 시간.

19

유태성.

그는 내게 그 사람, 선의 변주된 영혼으로 다가왔다. 나는 그 사람이 아닌 전혀 다른 인간으로서의 유태성을 받아들인 것이 아니었다. 오직 유태성을 통해 그를 보고 유태성을 통해 그를 느끼려 했다. 그 사람의 육체와 영혼, 어느 하나도 유태성의 그것과 상통하는 것은 없었으나 나는 어리석게도 유태성에게서 그 사람의 영혼을 찾으려 했다.

스물네 살 처녀에게 내재해 있던, 유일한 대상을 향한 분출되지 못한 갈망들이 그처럼 주인을 교란시키며 터져나올 줄 누가 알았을까.

"널 사랑하고 싶어."

폭풍처럼 나를 덮친 태성이 내게 한 말이었다. 그 앞에서 너무도 쉽사리 허물어져내린 나를 그답지 않은 애처로운 눈빛으로 바라보며 한 말이었다.

그러나 그는 모르고 있었다. 내 안에서 들끓고 있는 정처잃은 저 욕망들을. 여리디여린 처녀성은 그에게 강탈당했지만 그는 그보다 더 깊은 곳의 내 욕구는 꺾지 못했다. 그것이 파괴에의 욕구란 것도 그는 미처 모르고 있었다.

태성은 서울행 마지막 버스에 오르며 다시 또 말했다.

"널 사랑하고 싶어."

그것은 그의 의지였다. 그는 날 사랑하지 않았고 아직 사랑하고 있지는 않으나 이제부터 사랑해보겠다는 스스로의 의지, 약속에 지나지 않았다. 사랑이라는 말을 의지나 약속에 걸어둘 수 있다고 태성은 믿었던 것일까.

태성을 떠나보내고 나는 컴컴한 밤길을 걸어 집으로 향했다. 발밑으로 낮게 차오르고 있는 밤안개가 텅 빈 거리의 무섬증을 몰아내며 혼자 걷는 밤길의 동행이 되어주었다.

안개를 더듬어 집 앞에 다다랐을 때 대문 앞에 우두커니 서 있는 사람의 형상과 마주쳤다. 안개의 베일을 뒤집어쓰고 길목을 지키고 있는 사람의 형상. 누구일까. 세상의 무수한 인간과 다를 것 없는 형상을 하고 안개에 감싸여 있으나 그 형상을 포착하는 순간 그 존재에 깃들인 전부는 이미 세상의 그 누구와도 견주거나 바꿀 수 없는 절대적인 것이 되어 나를 설레게 한다. 누구일까. 그는 사람의 형상을 하고 있으나 사람이 아니다. 그는 영혼의 대상이다. 그는 내게 우주이다.

나는 놀라지 않았다. 마치 그가 그 자리에서 나를 기다리고 있으리라는 예감을 품고 있었던 듯.

"늦었구나."

대문간을 밝혀주는 외등 아래 그의 기다란 모습이 드러났다. 그의 신체에서는 남보다 큰 키만큼 남이 가지지 못한 무언가가 느껴진다. 남다른 그만의 세계가 그 속에 감추어져 있는 것만 같다. 깊이, 혹은 넓이, 아니 맑음이라고 해야겠다. 그래서 때로 성자의 형상을 그에게서 본다.

열아홉의 내게 그는 완전한 모습으로 나타난 처음의 남자였다. 열아홉의 내가 인식한 세계 속에서 그는 완벽한 존재였다. 구원받기 원하고 있던 열아홉의 내게 그의 완전한 형상은 성자의 모습으로 다가왔고 나는 그 앞에 경배하듯 내 몸을 내 정신을 한없이 그리고 기꺼이 낮추었다.

그러나 외등 아래 껑충하게 서 있는 그에게서 성자의 모습은 느껴지지 않았다. 작은 불꽃이 그의 얼굴에 어른거리고 있었다.

"담배 피워요?"

연기를 깊숙이 흡입하는지 빨간 불꽃이 반짝 타올랐고 와락 그가 낯설어졌다.

"그 친구는 갔어?"

"방금 떠났어요."

"막차 탔겠네?"

"네."

"집에 데려오지 그랬어."

"……."

"다들 많이 기다렸어."

"……."

"어떤 친구야?"

그는 무얼 알고 싶은 걸까. 그 강둑의 마른 풀섶에 팽개쳐진 몸으로 내가 태성을 받아들이던 그 순간, 일상의 갈피를 비집고 그에게 날아가 꽂힌 예감이라도 있었던 것일까. 태성과 내가 파괴의 제단에 서로를 바치는 행위로 버둥거리고 있을 때 그의 몸이 감지한 것은 무엇이었을까. 설마 우리의 파괴적 행위가 당신마저 파괴한 것은 아닐 테지요.

"오래된 친구야?"

연막 같은 안개가 촉수 낮은 외등 불빛을 아련한 먼빛으로 물러나게 한 밤이었다.

"친구, 아니에요. 오늘 겨우 두번째 만났을 뿐인걸요. 죽은 내 친구, 미주의 연인이었어요."

"그래? 둘이 죽 어디 있었어?"

"미주의 유골을 뿌렸던 강에 함께 갔었어요."

어린 날, 바닷가 절벽의 보육원 나무 침상에 누워 듣던 파도 소리. 다른 아이들이 모두 잠든 밤에 홀로 잠들지 못하고 공포에 질려 그 소리를 들으며 나는 처음으로 내가 버림받았음을 알았다. 제멋대로 나를 타고넘는 삶의 폭력 앞에서 떨듯이 나는 그 파도 소리를 앞에 두고 어서 나를 타고넘어가주길 기다렸을 뿐이다. 그리고 피할 수 없는 그것이 나를 타고넘어가주기를 기다리듯 나는 태성의 폭력을 받아들였을 뿐이다.

대문으로 들어서려다 내 몸이 그의 몸에 스치듯 닿았다. 자리를 비켜주느라 그가 몸을 움직이자 그의 체취가 공기중에 풀어지며 내 후각으로 스며들었다. 내 후각과 촉각에 감지된 그는 곧바로 내 가슴에 저리도록 사무쳐왔다. 마치 저 먼 데 있는 사람처럼. 가장 가까이 있을 때 언제나 존재의 슬픔을 드러내는 사람이었다, 그는.

"정령아."

그를 지나쳐 대문 안으로 들어가려는 나를 부르는 그의 목소리. 돌아보지는 않았으나 그 목소리에서 그의 전부가 다 느껴졌다.

멈칫 선 내게 그가 한 말.

"졸업 축하한다. 넌 참 귀한 사람이야. 넌 너 자신을 귀하게 여겨야 해, 알았지? 들어가봐."

집으로 들어가는 나를 뒤따르지 않고 그는 집 밖에 남아 있었다. 뒤에 남겨진 그의 침묵에서 느껴지는 아득한 심연. 되돌아서서 밤이 늦었노라고 말해주지 않으면 그는 밤새 그 자리에 그대로 있을 것만 같았다. 그러나 나는 뒤돌아보지 않은 채 집으로 들어갔다.

다음날 아침, 집 안에서 그의 모습은 다시 볼 수 없었다.

"애가 새벽에 말도 없이 가버렸네요. 급한 일이 있었던 모양이네."

그의 누이가 식탁에서 한 말이었다. 어젯밤 그 자리에서 발길을 돌려 언덕길을 내려가지는 않았을까.

그가 말없이 떠나버린 그날 아침,

내가 그를 떠나보냈으나 나는 버려진 자의 한없이 막막하고 쓸쓸한 시간들을 앞에 두고 있었다. 마치 어린 날 나를 타넘던 어둠 속의 파도처럼 상처입은 시간들은 나를 향해 울부짖으며 달려올 것이었다.

간밤의 안개 속에서 어쩌면 나는 그에게 나를 표현하고 싶은 간절함으로 그토록 머뭇거렸는지도 모른다. 그러나 표현이 금기된 그와 나 사이에서는 그 어떤 표현도 우리를 둘러싸고 있던 안개 속의 대상처럼 모호할 수밖에 없었으며 실은 그 머뭇거림만이 내가 그에게 바치는 유일하고도 저린 사랑의 고백이었다는 걸 그는 알기나 했을까.

20

스물네 살에 맞이한 봄날, 나는 산수유꽃을 처음 보았다.

산수유꽃은 해마다 봄이면 이 땅의 산천 어디에서나 피어났으련만 스물네 살에 이르러서야 내 눈길이 그 꽃을 향했던 것이다. 불면 날아갈 듯 자잘한 꽃잎들을 솜털처럼 방울방울 매단 마알간 나무들이 도열해 있는 언덕길을 따라 올라가며 처음 본 그 노란빛의 꽃에 내 마음이 가 멎었다.

그 언덕길이 끝나는 곳에 내가 신참 양호 교사로 발령받은 중학교가 낮은 산을 등지고 일자형으로 마을을 향해 자리해 있었다. 내가 다니던 대학의 캠퍼스와 흡사한 지형에 위치한 교사였으나 그보다 훨씬 아담하고 소박한 하얀 건물이었다. 서울에서 두어 시간 남짓한 거리의 읍소재지에서 다시 버스를 갈아타고 더 들어가야 하는 외진 곳이었다. 나를 안내한 서무과의 고용인에게 내가 처음으로 물었던 것은 그 꽃의 이름이었다.

"산수유라요."

산수유? 노오란 빛깔은 봄이면 폭발할 듯 지천으로 피어나는 개
나리의 노란색과는 달라 보였다. 그에 비하면 병색을 머금은 듯 파
리해 보이는 노란빛이었다.

스물넷의 봄에 처음 만난 그 꽃은 스물다섯의 봄에도 스물여섯의
봄에도 병색 짙은 파리한 노오란빛으로 피어나 내 청춘을 향해 눈
으로 말했다.

정령아, 봄이 왔어.

스물넷에서 스물여섯에 이르도록 소읍의 사립 중학교 양호 교사
로 채용되어 있는 동안 나를 지배했던 건 내 생에 너무도 익숙해서
내 정신의 배경이 되어버린, 또하나의 기다림이었으리라.

소화제와 소독약 등, 가정상비약 정도의 구급약품들과 간이 철제
침대 두 개가 전부인 양호실이 내 일터였다. 교사들이 근무하는 교
무실엔 따로이 내 자리가 마련되어 있지 않았다. 학교의 뒤꼍에 위
치한 양호실에 종일 앉아서 배탈난 아이들이 찾아오면 소화제를 혓
바닥에 얹어주거나 찰과상을 입은 아이들의 상처를 소독해 거즈를
대주고 수업이 빈 시간에 짬짬이 찾아와서 눈을 붙이고 가는 교사
들에게 잡담 수준을 벗어나지 않는 건강상담을 해주는 게 내 일과
의 전부였다. 그렇게 하루를 보내고 나면 양호일지를 써서 교감에
게 제출하는 것으로 권태로운 일과는 끝났다.

그리고 일 주일에 한 번꼴로 교실에 들어가 수업을 했다. 슬라이
드를 틀어 보여주는 성교육 시간은 모처럼 수업에서 해방된 아이들
의 장난으로 난장판이 되기 일쑤였다. 아이들은 처음부터 나를 엄
격한 교사로 대해주지 않았다. 나는 교사와 아이들 사이에서 엉거주

춤 나른한 양호실을 지키고 앉아 있어야 했다. 실습기간을 보냈던, 생사를 넘나드는 긴박한 대학병원의 근무환경에 비한다면 양호 교사직은 무료하기조차 했다.

나는 종일 양호실을 지키고 앉아 기다려야 했다. 병약한 학생을. 그리고 또 내가 기다린 한 남자, 태성.

그가 내 졸업식에 꽃다발도 없이 찾아왔을 때 그는 이미 입대영장을 받아놓은 상태였다. 곧 떠날 그는 그렇게 내 앞에 마지막으로 나타나 나를 데리고 죽은 미주를 만나러 겨울 강가로 갔었던 것이다. 그 겨울 강가에서 우리는 무슨 말을 나눴던가. 기억나지 않는다. 어쩌면 아무 말도 나누지 않았던 것 같다. 그의 다급하고도 격정적이었던 몸짓에 우리가 나눴던 대화마저 휩쓸려버렸는지도 모른다.
그러나 그날 그와 내가 나누었던 짧았던 행위가 언어를 초월한 힘을 내 인생에 행사하기 시작하였음을 부인할 수는 없으리라. 태성은 감정의 섬세하고도 미묘한 변화를 제압하고 그렇게 내 인생에 불쑥 뛰어들었다. 그것을 운명이라고밖에 달리 무어라 설명할 수있을까.
"나, 곧 떠나."
혼란에 빠져버리고 만 내게 그의 말은 차라리 안도감을 선물로 주었다. 그것이 운명이었다 해도 그는 내게 처음부터 감당키 벅찬 남자였다.

태성의 눈빛과 말과 몸짓은 그 자체로 저마다 완성된 생명력을 발휘하고 있었다. 그 생명력은 세상의 누구와도 그 무엇과도 결합되

거나 조화를 이루지 못하고 저 혼자의 넘치는 힘으로 분출할 따름
이었다. 저돌적인 파괴력을 가둔 채 웅크리고 있는 야생의 짐승과
도 같은 그의 눈빛은 운명마저도 거부하고서 자신의 존재 자체를
운명으로 삼으려는 자의 타오르는 빛을 내쏘고 있었다.

"기다릴게."

그의 파괴력에 나를 내맡길 준비가 되어 있었던가. 아니, 내게는
기다림이 절실했을 뿐이다. 기다림은 그를 위한 것이 아니라 나를
위한 것이었다. 기다릴게. 이제부터는 그를 향한 기다림만이 막막
한 내 삶의 일관된 정신으로 받아들여질 것이었다.

"기다리지 마라."

그는 말했다. 그러나 세상을 집어삼킬 듯한 그의 눈빛 속에서 오
랜 흔적처럼 남아 있는 여리디여린 슬픔, 전율할 듯한 외로움의 빛
을 보지 못했어도 기다림을 품을 수 있었을까. 그가 나를 향해 폭풍
처럼 돌진하기 직전 이미 나는 그것들을 보아버렸던 것도 같다. 그
것들을 알아볼 수 있는 눈이 내게 있었다. 그것들은 내게 도사리고
있는 너무도 낯익은 것들이었으므로. 내게 그리도 익숙한 또하나의
나를 태성에게서 보았던 것이다. 그러므로 그가 무어라 해도 나는
기다릴 것이었다. 나를 기다리듯이.

기다림이 내 삶과 함께 그의 삶도 지탱해주리라고 나는 믿고 싶었
다. 나는 양호실에 앉아 늙은 우체부가 끌고 올라오는 자전거 바퀴
구르는 소리를 기다리며 내 청춘을 떠나보내고 있었다. 저물 녘이면
읍의 외곽을 따라 길게 흐르는 강으로 나가 하염없이 걷고 또 걸었
다. 서울을 관통하는 한강의 지류였다. 강은 호수인 듯 흐름을 멈추
었다가 잔잔하게 일렁이는가 하면 때로 격렬하게 흘러넘치기도 했
다. 그처럼 다양한 강의 표정에서 내가 찾으려 했던 건 무엇이었을

까. 매일처럼 달라 보이는 그 표정 뒤에서 강은 쉼없이 흐르고 있었고 그처럼 어디론가 흘러가고만 싶었던 내 청춘.

다른 곳, 다른 세상으로 흘러갈 수 있기를 꿈꾸었다. 그러나 그것은 공간적인 개념은 아니었다. 지금의 내가 아닌 전혀 다른 나를 만날 수 있는 그런 세상에 가 닿을 수 있기를 꿈꾸었다. 마치 긴 흐름에 떠밀려온 강이 왈칵 거대한 바다에 합류하듯이 그렇게.

어쩌면 그 적막한 마을의 호수 같은 강가에서 내가 할 수 있는 일이란 그뿐이었는지도 모른다. 그 사람, 선을 향한 거역할 수 없는 이 끌림을 막아두고서 내가 할 수 있었던 일이란 기다림의 집을 짓는 것뿐 무엇이 있었을까. 그러므로 태성을 향한 기다림이란 그 사람을 향한 끝없는 그리움을 덮어쓴 행위에 다름아니었는지도 모른다.

그 사람에게 스스로 버림받고 냉담해지려는 내 안간힘이 태성을 향한 끈질긴 기다림으로 거듭난 것이었다. 아, 나는 어쩌면 태성을 기다린 것이 아니라 그 사람을 그런 식으로 기다린 것이 아니었을까. 태성을 통해 그의 변주된 영혼을 느껴보려 애타도록 기다리고 기다렸던 것이 아니었을까.

공과대학의 건축과를 마치고 설계사무소에 취직이 되어 한창 건축 현장을 누비고 있을 그 사람은 내가 지어놓은 마음의 집을 느낄 수 있을까.

스물다섯 살 여름에 만났던 그 뱀을 기억한다.

학교 뒷산 숲길에서였다. 언제나처럼 마냥 한가로이 걷던 내 발길을 한순간에 얼어붙게 한 그 뱀. 뱀은 풀섶에서 똬리를 튼 채 고개를 빳빳이 처들고 나를 쏘아보고 있었다. 한 발짝 더 나아가지도 뒷걸음질치지도 못하고 얼어붙은 채 몇 초가 흘렀을까. 서로의 존재에 자신을 전부 바쳐버린 뱀과 내 앞에 놓인 극한의 순간. 시간도 생각도 감각도 지워져버린 인적 끊긴 숲길에서 우리는 그렇게 생사의 경계를 밟고 마주 서 있었다.

똬리를 튼 몸에 고개를 수직으로 치켜든 뱀의 붉은 혀, 뱀은 그 혀로 내게 말하고 있었다. 내가 널 어떻게 해줄까? 뱀은 풀섶에서 그렇게 여름내 나를 기다리고 있다가 붉은 혀를 내밀어 비로소 내 영혼을 낚아채 말을 걸어온 것이었다. 저 뱀은 늘 저 자리에서 다가오고 있는 나를 노려보고 있지 않았을까. 삶과 죽음의 경계조차 무디어지도록 지지부진한 생의 모퉁이에서 스물다섯의 청춘을 소진하고 있는 내게 말을 걸기 위해 숨죽여 기다리고 있었던 건 아닐까. 나는 정신이 번쩍 났다. 벼락을 맞은 듯 몸은 증발하고 메마른 혼에 불꽃이 점화되는 순간이었다. 뱀의 혓바닥이 내 혼을 휘젓고 있었다.

그래, 나 여기 있어. 나를 삼켜봐. 네 날카로운 이빨을 내 혈관에 꽂아봐. 그리고 내 몸에 독을 흘려다오. 자, 어서, 어서.

얼마나 흘렀을까.

뱀이 붉은 혓바닥을 거둬들이고 슬금슬금 똬리를 풀더니 납작 땅에 붙어 풀숲으로 스며들어 사라져갔다. 빳빳하게 고개를 치켜세웠을 때와 달리 온몸을 땅바닥에 붙이고 꿈틀꿈틀 기어가는 그것은 흉물스런 벌레에 지나지 않아 보였다. 그때까지 똬리를 튼 뱀처럼 땅에 몸을 꼿꼿이 세우고 얼어붙어 있던 나는 뱀이 시야에서 완전히 물러간 뒤에야 쓰러지듯 풀섶에 주저앉고 말았다. 뱀이 독을 품고 혓바닥을 널름거릴 때 내 몸에도 독이 올라 있었던가, 일시에 그것이 날아간 몸이 종잇장처럼 파르르 떨려왔다. 머리끝에서 발끝까지 걷잡을 수 없이 한기가 들며 온몸이 떨려왔다. 내가 나를 뜨겁게 안아주듯 몸을 감싸안았다. 이와 이가 부딪치도록 덜덜 떨리던 몸이 진정되자 이번에는 주체할 수 없는 눈물이 솟구쳤다. 눈물은 몸속 저 깊은 곳에서 치솟아 신경세포를 샅샅이 건드려 깨우며 온몸을 다 적셨다. 눈물은 눈 밖으로 쏟아질 뿐만 아니라 몸 속에서도 콸콸 흐르고 있었다.

얼마나 그렇게 울었을까. 나는 털고 일어났다. 어둠에 묻혀가고 있는 산을 내려오며 비로소 살 것 같아진 나 자신을 느낄 수 있었다.

수소문을 해서 태성의 부대를 찾아간 것은 그해 여름을 보내고 나서였다. 강원도의 첩첩산중을 버스를 갈아타며 달려가 저녁 무렵에야 그의 부대 앞에 당도했다. 위병초소에 그의 면회를 신청하고서 사방에서 나를 옥죄어오는 듯한 우람한 산봉우리에 둘러싸여 그를 기다렸다.

위병초소에서 부대는 보이지 않았다. 다만 부대까지 이어지는 하얀 신작로 언덕이 펼쳐져 있을 뿐이었다. 한참 기다린 끝에 텅 빈 그 언덕길 너머에서 나타나는 태성을 볼 수 있었다. 그는 언덕 뒤에서 머리부터 솟아오르더니 마침내 온몸을 다 드러내었고 나를 향해 걸어내려오기 시작했다. 진녹색의 군복에 감싸인 그을린 그의 몸에서는 땀과 흙먼지가 뒤섞인 탁한 냄새가 났다. 상대를 빨아들일 듯한 강한 눈빛은 깊이 눌러쓴 모자 아래에서도 그 빛을 여전히 뿜어내고 있었다. 그의 눈빛이 얼마나 강렬한가 아는 사람은 몇이나 될까. 혹 그의 눈빛은 그것을 알아보는 상대 앞에서만 그 빛을 뿜어내는 것이 아닐까.

우리는 일몰의 빛이 낮게 깔린 산 언덕길을 걸어내려갔다.

"견딜 만해?"

깊고 높은 산봉우리에 둘러싸여 유폐된 청춘을 보내고 있는 그에게 내가 물었다.

"별거 아니야."

우리는 언덕을 내려와 버스를 기다렸다. 골 깊은 마을엔 일찍 어둠이 찾아오고 있었다. 컹컹, 여기저기서 개 짖는 소리만이 산발적으로 터져나올 뿐 마을은 고즈넉하게 어둠에 묻혀가고 있었다.

뿌연 먼지바람을 몰고 와 우리 앞에 선 버스에 올라타 버스 터미널까지 가서 내린 다음 대합실 부근의 식당에서 저녁을 먹고 컴컴한 계단을 올라가 2층의 다방에 자리잡고 앉을 때까지 우리는 별로 말을 나누지 않았다.

퀴퀴한 냄새가 배어나오는 스프링이 푹 꺼진 낮은 소파에 앉자마자 꼭 끼는 가죽 스커트로 엉덩이만 겨우 가린 여자가 주문을 받으러 왔다. 태성이 그녀의 터질 듯한 엉덩이에 자연스럽게 손을 갖다대며 말했다.

"커피 두 잔 가져와."

그 모든 풍경이 변두리 극장에서 보는 영화의 낡은 필름처럼 권태롭고도 쓸쓸해 보였다. 시골 터미널 주변의 지저분하고 을씨년스러운 가을날의 풍경은 다방 여자와 태성 사이에도 가득 들어차 있었다.

"둘이 친한 사이인가 봐."

그녀가 가져다준 진한 커피를 마시며 내가 물었다. 그 여자는 태성의 눈빛을 알아봤을까.

"너 오늘 못 돌아가."

그것은 돌아갈 수 없게 된 물리적 상황을 말함이었을까, 혹은 그의 갈망이었을까.

"알고 있어."

나는 담담히 말했다. 탕약처럼 진하고 쓴 커피를 억지로 마시며 우리는 그렇게 냄새나는 다방의 낮은 소파에 몸을 기대고 말없이 앉아 있었다. 다방 한가운데의 불 켜진 어항 속에서는 열대어들이 흐느적거리며 인공수초 사이를 누비고 다니는 중이었다. 흐릿한 조명의 따분한 다방 실내에서 형광등을 밝힌 그 유리수조만이 눈부신 파라다이스 같아 보였다. 그것은 마치 파라다이스란 그렇게 보여지기만 할 뿐 들어갈 수 없음을 가르치려는 듯 어둑한 실내에서 유독 비현실적으로 시린 빛을 뿌리고 있었다. 게다가 형광빛 수조 속에서 유영하고 있는 열대어들의 그 현란한 빛깔이라니. 잉크빛의 짙푸른색과 샛노란색이 배합된 열대어 무리는 쉴새없이 수조 속을 누비고 있었다. 의심할 여지 없는 자연의 빛깔이면서도 그토록 인공적인 빛깔로 보이는 것은 왜일까.

"정령아."

열대어의 현란한 빛깔에 취해 있는 나를 부르는 소리. 그에게서 처음 들어보는 내 이름. 미처 고개를 돌려 그의 얼굴을, 그의 눈을 보기 전에 나는 그 목소리에 담긴 그를 느껴보려 했다. 얼어붙은 강에 꽃을 뿌리던 그 겨울의 그와 지금 내 이름을 부르고 있는 그 사이의 이 년 가까운 시간은 그도 그리고 나도 변화시켰음이 분명했다. 우리를 변화시킬 수 있는 건 시간뿐이었다.

"너 무슨 마음으로 여기 왔니?"

열대어로부터 고개를 돌려 그의 눈을 마주 보았다. 시간이 흘러도 변하지 않은 눈빛이었다. 무슨 마음으로 왔냐고? 나는 살기 위해서 왔어. 네 격정적인 생에 나를 실어줘.

"나는 네가 필요해."

그의 눈빛을 피하지 않고 말했다. 자, 여기 나를 봐.

"나가자."

태성은 나를 앞서 뚜벅뚜벅 걸어 후미진 골목길로 접어들더니 막
다른 길에 작은 간판을 내건 여염집 같은 여관으로 들어갔다. 쪽마
루를 따라 죽 늘어선 방들 중 대문 쪽의 맨 가장자리 방을 태성이
골랐다. 내가 방 앞의 쪽마루에 걸터앉아 있는 동안 태성은 군화를
벗고 마당 가운데 설치된 공동세면장으로 가 발을 씻었다. 군화에
서 방금 빠져나온 그의 발은 놀랍게도 하얗고 앙증맞아 보였다. 발
을 다 씻고 성큼 마루를 뛰어넘어 방으로 들어선 태성은 방 한켠에
진설해놓은 이부자리를 걷어내고 그 자리에 가부좌를 틀고 앉았다.
여관 뜨락으로 방을 찾아드는 손님들의 발소리가 이어지고 수도꼭
지를 틀어 세수하는 소리도 들려왔다. 방에 들어선 후로 그의 활활
타오르던 눈빛은 왠지 바깥이 아닌 자신의 내면을 향하고 있는 듯
보였다. 그가 가부좌를 틀고 앉아 있는 작은 방에서 불편한 자세를
풀지 못하고 있는 채 그만큼의 불편한 시간이 흘렀다. 이윽고 입을
열어 그가 내뱉은 말.

"넌 잘못 찾아왔어."

방금 후미진 골목을 돌아설 때 외등 아래 드러난 그의 등에서 보
아버린 것 같은 말이었다.

겨울 강가에서 불꽃이 당겨진 화약처럼 폭발의 순간을 향해 타오
르고 있던 그가 아니었다.

"나는 세상의 모든 관계를 저주하는 놈이야. 부모도 형제도 다 귀
찮아. 내 인생의 목표는 그런 관계들을 끊어버리는 거지. 이런 놈이
너한테 필요해?"

자신의 내면을 향했던 시선을 밖으로 내쏘며 그가 한 말이었다.

"넌 미주를 아직도 못 잊니?"

우리 사이에 다시 살아난 미주. 그는 내게서 미주의 이름을 듣는 순간 눈을 감아버렸다. 그에게 갇힌 미주, 미주에게 갇힌 그.

"그래, 미주는 내가 유지하고 싶었던 유일한 관계였는지도 모르지. 하지만 갠 너무 허약했어. 우리 관계를 믿지 못했지."

나는 비로소 세상을 집어삼킬 듯한 그 눈빛의 비밀을 알 것 같았다. 그는 자신의 상처를 아물지 못하도록 헤집고 들쑤셔 끊임없이 상처의 독을 눈으로 뿜어내고 있었다. 나는 그에게서 고스란히 나 자신을 되받아내야 했다. 그는 너무도 흡사한 또하나의 나 자신이었다.

그날 밤, 그 작은 방을 박차고 먼저 떠난 사람은 내가 아닌 태성이었다. 작고 아늑한 방에 마주한 우리는 너무도 외로웠지만 서로를 안을 수 없었다. 서로의 몸에 돋아난 성성한 가시가 서로의 몸을 파고들어 피투성이로 만들어버릴 것을 알았던 것일까. 그는 오래 가부좌 틀었던 자세를 풀고 일어나 벽에 걸어두었던 모자를 떼내어 머리에 눌러쓰며 내게 말했다.

"오늘밤 이 방에서 자고 새벽에 첫차 타고 떠나라."

마루 끝에 걸터앉아 군화 끈을 맨 그가 대문을 열고 나가 후미진 골목길을 밟아서 멀어져가는 소리를 나는 꼼짝않고 듣고 있었다. 그 낯선 방의 벽에 기대어 점점 멀어져가는 그의 군화 소리를 들으며 나는 이제 그를 지금까지와는 다르게 기다릴 수 있을 것 같아졌다. 나와 전혀 다른 과격한 생명체로서의 그를 향한 기다림이 아닌, 나를 전복시켜줄 절대적인 힘을 향한 기다림이 아닌, 그와 함께 올 그의 상처와 그의 외로움, 그의 고통까지도 받아줄 기다림이었다. 그런데 내게 너무 익숙한 그것들이 오면 나는 오랜 친구처럼 그것들을 끌어안을 수 있을까.

낯선 방의 벽에 기대어 새벽을 기다리는 그 밤, 스물다섯 내 청춘의 가을은 깊어가고 있었다.

그리고 그해 겨울, 나는 기다리던 태성을 온전히 받아들일 수 있었다. 그는 내 방 앞에서 군화 끈을 지리하게 풀어내고 들어와 예전의 그 겨울 강가에서처럼 거칠 것 없는 격정의 불길로 나를 안았다. 그는 마치 그 먼 산골짜기로부터 오직 그 순간만을 위해 달려온 사람처럼 치열하게 자신을 소진시켰다. 그것은 자신을 내던지는 행위와도 같았다. 그리고 나는 그런 그를 고스란히 받아들였다. 처음 폭풍처럼 몰아치던 그 앞에 속절없이 무너져내리던 때와 달리 나는 거칠고 뜨거운 불덩이 같은 그의 몸을 내 몸으로 받아냈다. 그는 나 자신도 알지 못하던 내 안의 모성본능을 흔들어 깨웠고 나는 그를 품었다. 놀라운 첫경험이었다. 나는 엄마의 품을 파고들어 맹렬히 젖을 빨아대는 신생아와도 같은 그를 내 안에 받아들이며 뜨거운 눈물을 흘렸다.

기갈들린 듯 서로를 탕진하고 나서 우리는 무덤 속의 주검처럼 숨소리마저 죽이고 어둠 속에 나란히 누워 있었다.

"너 울고 있지?"

나는 그제야 내 얼굴을 뒤덮은 눈물을 손바닥으로 닦았다. 그를 받아들이고 그를 채워준 충만감은 그렇게 처음부터 슬픔과 한몸이었다. 그것이 태성이었다.

그는 내가 다가가 내미는 손은 잡으려 하지 않고 느닷없이 나를 덮쳐왔다. 그것이 그의 생존의 방식이며 그를 지탱해주는 본질이었다.

유태성, 그의 존재는 처음부터 나를 앗아가기 시작했다. 그를 받아주고 채워주기 위해 나는 끊임없이 나를 비워내야 할 것이었다.

"정령아."

그가 손을 뻗어 내 손을 더듬어 쥐었다. 우리는 어둠 속에서 손을 잡고 누워 오래도록 말없이 시간을 흘려보냈다. 우리는 세상을 비껴나와 텅 빈 항아리 속에 갇혀버린 듯했다. 그 속에서 우리는 영원히 빠져나가지 못하고 서로를 파먹으며 살아야 할지도 모른다.

"정령아."

그가 손아귀에 힘을 주어 내 손을 움켜잡으며 다시 나를 불렀다.

"……."

"우리 떠나자."

텅 빈 항아리 깨지는 소리가 내 가슴속으로 쩌엉 하고 울렸다.

21

생은 내게 무엇을 가르치려 했을까.

내가 태어나 살아온 땅을 떠나던 때, 나는 스물일곱 살이었다.

태어나 스물일곱 해를 살아온 땅. 날 낳아준 어머니가 묻혀 있고 날 키워준 아버지가 살아 있는 땅, 그리고 내 기억이 쌓여 있는 땅. 내 부모를 두고 떠나듯 기억마저 버리고 갈 수 있길 꿈꾸었던 스물일곱이었다.

스물일곱의 처녀들은 흔히 한 남자와의 결혼을 꿈꾸고 결혼과 함께 찾아올 새로운 인생을 기다리리라. 한 남자를 사랑하고 축복 속에 혼인을 서약하고 새로운 가족을 창조하는 거룩한 생의 수순을 나는 일찍이 저주해왔다. 내 부모가 몸소 내게 가르쳐준 사랑의 허구성이 나를 그렇게 키웠으며 나는 사랑이라는 이름으로 치장되는 생의 허구를 끊임없이 거부했다.

하지만 열아홉에 이르러 나는 내 부모가 내게 가르친 것이 생의 전부가 아니었음을, 또다른 그리고 놀라운 비밀이 생의 어딘가에 숨어 있었음을 알았다. 열아홉에 깨친 생의 비밀은 내 황폐한 기억을 치유하고 나를 다시 태어나게 했다.

황폐한 기억만으로 스물일곱에 이르렀다면 태성을 따라 이 땅을 떠나는 짓 따위는 끝내 하지 않았으리라. 스물일곱의 나는 또다른 생의 비밀을 찾아 떠나려 했던 것인지도 모른다.

절망 가운데서도 생이 이어지는 비밀, 그 사람 선이 내게 깨우쳐 준 바로 그것이었다.

떠나기 하루 전, 집에서의 마지막 저녁식사에 그 사람이 함께했다. 설계도면을 들고 현장으로 뛰어다녀서인지 얼굴은 전보다 그을려 있고 표정은 메마르고 지쳐 보였다.

"일이 힘든가 봐요."

심상한 인사말 속에 담긴 내 아픔을 그는 알기나 할까. 그를 보는 순간의, 고통과 기쁨의 한몸과도 같은 결합. 단 한순간이라도 고통을 떼어내고 터질 듯한 기쁨만 누려볼 수는 없는 것일까. 단 한순간만이라도 그것을 누려볼 수 있다면 내 생명이라도 내어놓으리라.

신은 내게 처음 그의 존재를 인식하였던 순간에 허락한 놀라운 기쁨의 대가로 멈추지 않는 고통을 요구하였다. 이미 그 기쁨은 고통을 품은 기쁨이었으니 이후로 고통은 내 생명이기도 했다.

저녁식사를 끝내고 늦은 밤 되돌아가는 그를 배웅하기 위해 골목길을 뒤따라 내려갈 때 그가 말했다.

"내일 공항에 못 나가."

무슨 말을 할까.

"정령아."

그가 내 이름을 불렀다. 다시 듣게 될 수 있을까. 내 존재가 남김 없이 피어나 반응하는 그 부름을 다시 들을 수 있을까.

"네."

"혼자 가니?"

그가 물었다. 아버지도 묻지 않았던 질문이었다. 유학 절차를 밟아 떠나는 내게 아무도 그런 것은 캐묻지 않았다. 나는 대답하지 않았다. 그는 이미 대답을 알고 있는 듯 더 묻지 않고 서둘러 작별인사를 건넸다.

"잘 가. 가서 아프지 말고."

가로등 희미한 빛이 골목을 비추고 있는 밤길이었다. 처음 그를 만나 함께 우산을 쓰고 뛰어오르던 길이었다. 그의 체취, 그의 목소리, 그의 미소가 내 생에 기적을 일으켰던 길이었다. 그 어둔 길이 끝나고 그가 큰길로 돌아서려 할 때 나도 모르게 내게서 뛰쳐나온, 숨이 넘어갈 듯 절박한 내가 그를 멈춰 세우고 말았다.

"부탁이 있어요."

멈춰 선 그는 내 시선을 피했다.

"한번만 안아줘요."

그는 그 자리에 굳어버린 채 응답하지 않았다.

"우리 엄마 돌아가셨을 때처럼, 그때처럼 한번만 더 안아줘요."

그는 소리없이 돌아섰고 나는 그의 품에 뛰어들어 안겼다. 생명과 바꾸고 싶었던 한순간이 내게 왔다. 그 한순간에 그의 전부가 내 몸으로 옮겨왔다. 그 짧은 순간의 포옹은 관능적인 밀착이 아니었다. 체취마저도 느껴지지 않는 정신의 행위, 그것이었다. 생을 버티어갈 힘, 생의 진정한 비밀이 거기에 숨어 있었다.

스물일곱에 나는 이 땅을 떠났다.

출국을 위한 수속과 준비는 태성과 함께 진행시켰고 떠나기 임박
해서야 나는 나의 출국을 아버지에게 알렸다. 아버지는 놀라움에
앞서 허탈한 표정을 감추지 못했다. 혼자서 은밀히 감행하려는 나
의 이민이 아버지에게 어떤 아픔을 남길지 그것까지 헤아릴 줄 알
았다면 나는 떠나지도 않았을 것이다. 떠나기 위한 모든 준비를 끝
내놓고 최종적으로 아버지에게 나의 출국을 통보했을 때 아버지가
내게 던진 첫번째 질문은 '돌아올 거냐?' 였다.

돌아올 수 있을까. 그것은 내 의지였지만 이미 내 의지가 아니기
도 했다. 이 땅을 떠난다는 것은 태성에게 내 생을 맡기는 것이었으
므로. 낯선 미지의 땅보다 어쩌면 내게는 태성의 존재가 더 두려웠
는지도 모른다. 그 두려움은 이미 태성에게 포획된 내 삶에 대한 두
려움이기도 했다.

그러나 나는 벅차고도 두려운 상대인 태성을 운명처럼 받아들이
고 있었다. 벅차고도 두려운 상대는 바로 내 앞에 놓인 내 삶이기 때
문이었다. 아버지의 질문에 내가 할 수 있는 대답은 하나뿐이었다.

"모르겠어요."

정말 아무것도 모른 채, 알고 싶지 않은 채 나는 태성을 따라 뉴욕
으로 갔다. 그곳이 내가 가보지 못한 모르는 곳, 전혀 새로운 세계
라는 것만이 내게는 힘이었다.

그러나 그곳이 태성에게는 아주 익숙한 곳이라는 사실을 나는 그
곳에 도착해서야 알았다. 그곳은 태성이 태어난 곳이었다.

그곳은 태성의 개인사가 시작된 곳이었으며 내가 모르는 태성이 살아 있는 곳이기도 했다. 나는 그곳에 도착해서야 태성을 구성하고 있는, 내가 미처 알지 못했던 것들과 한꺼번에 맞닥뜨리고 말았다.

태성은 이름난 재력가의 사생아로 그곳에서 태어났다.

부를 주체할 수 없었던 그의 아버지는 여러 여자들에게서 자식들을 양산했다. 한 아버지의 핏줄을 이어받았으나 모계의 혈통이 다른 형제들은 태어나는 순간부터 자신의 어머니가 그 집안에서 획득한 서열에 따라 먼저 태어난 형들에게 자신이 저지르지도 않은 죄의식을 멍에처럼 짊어진 채 분할권의 꼭두각시로 자라나야 했다.

하지만 탐욕의 화신인 아버지의 마지막 자식으로 태어난 태성에게는 그마저도 허락되지 않았다. 너무도 젊고 미천한 신분의 어머니에게 잉태된 태성은 형제들의 끝없는 암투의 세계에서조차 아예 제외되었다.

이복형들과 그의 어머니들은 아직 태어나지도 않은 태성을 그들의 세계에서 은폐시키려 했고 어머니 뱃속의 태성은 고국 땅을 떠나 낯선 곳인 줄도 모른 채 이국 땅에서 태어나야 했다. 그럼에도 알코올에 중독되어가는 젊은 어머니와 그곳에서 보낸 유년 시절은 태성에게 차라리 행복한 기억으로 남아 있었다. 어쩌면 태성이 그곳으로 돌아가고자 했던 것도 한줄기 빛으로 남아 있는 어머니와의 기억으로의 귀향과 같은 행위였는지도 모른다.

그러나 느닷없이 아이의 곁에서 젊은 어머니가 떠나갔을 때 어린 아이는 항공편의 짐짝처럼 꼬리표를 달고서 혼자 비행기에 실려 아버지의 나라로 돌아오지 않을 수 없었다.

아버지의 나라로 돌아온 어린 태성은 커다란 집에서 풍요를 누리며 겹겹의 가족에 파묻혀 살기 시작했지만 그때부터 자신이 세상에 혼자라는 사실은 누가 가르쳐주지 않았어도 아이 스스로 깨쳐갔다.

"그때부터 난 필사적으로 노력했지. 형들을 닮으려고 말이야. 형들처럼 되기 위해서 나 자신은 필요없었어. 형들이 다니는 학교에 들어가기 위해 공부했고 형들이 즐기는 스포츠를 배웠어. 형들처럼 되는 게 내 인생의 목표였던 거지. 왜 그랬냐구? 난 가족이 되고 싶었거든. 내 아버지의 패밀리 말이야."

그것은 어린아이에게 누구도 가르쳐주지 않은 생존의 본능 같은 것이었다.

"물론 치열했지. 무엇을 얻기 위해서? 내 지분? 내 몫? 아니야. 난 가족의 일원이 되고 싶었을 뿐이었다구."

그러나 그들 가족과 동화되기 위해 처절히 자신을 바치는 어린아이에게 되돌아오는 것은 더욱 노골적인 배척, 그것이었다. 그들 속에 뿌리를 내리기 위해 거의 사투에 가까운 태성의 노력에 반사적으로 뒤따르는 것은 그들의 거부의 눈빛이었을 뿐 태성은 결코 그들의 일원이 될 수 없었다. 차라리 소외당하고 고립되어 있다고 느껴질 때가 자연스러웠을 만큼 그의 노력은 하면 할수록 더욱 어리석고 우스꽝스럽게 그들에게서 되비쳐질 뿐이었다.

그들을 통해 거부당한 자신의 비굴한 모습을 외면하기 위해 더욱 눈물겹도록 그들을 흉내내는 부질없는 행위를 거듭하는 동안 그의 내면엔 폐기된 희망과 꿈과 열망의 독성이 쌓여갔고 결국 생존의 몸부림과도 같았던 자신의 부자연스러운 행위를 멈추기로 했을 때 그에게 남은 것은 지독한 냉소, 그것뿐이었다.

"사생아면 사생아답게 살아라. 뭐 이런 메시지를 주더군."

태성의 길들여지지 않는 파괴력의 배경이었다.

갓 스물을 넘겨 처음 태성을 만나 무엇에 들린 듯 내 의지, 내 마음은 버려두고 그토록 쉽게 그에게 허물어져내릴 때 나는 깊고 깊은 우물을 내려다보고 있었던 것 같다. 오래도록 물을 길어올리지 않은 채 버려져 있던 그 컴컴한 우물 속으로 몸을 던져 풍덩 뛰어내릴 때 내가 보았던 것은 그 우물 속에 갇힌 또다른 나의 얼굴이 아니었을까.

태성은 내게 그런 존재였다. 깊고 어두운 심연 속에 갇힌 또다른 나.

내 안에 갇혀 있던 나의 또다른 모습을 타인에게서 기약 없이 보아야 하는 생이란 얼마나 참담한 것인가.

고국 땅을 버리고 태성을 따라 낯선 땅을 향할 때 나는 오랜 나 자신마저 버리고 새로운 나를 꿈꾸었던 것인지도 모른다. 버리고 지우고 싶은 나 자신이었기에. 모태에서부터 비롯된 내 고질적인 우울과 냉소를 떨쳐내고 새로운 곳에서 새로운 나를 꿈꿔보고 싶었던 것인지도 모른다. 설령 함께할 그가 태성이었을지라도.

스무 살의 내가 깊고 깊은 내면에 세속의 집이 아닌 성스러운 집을 짓고 나의 미래를 그곳에 바치기로 했을 때, 그때 태성은 세상에 존재하지 않았다. 어느 가을날 드디어 태성은 내 생에 그 모습을 드러냈고 실현할 수 없었던, 억눌린 감정을 분출할 대상의 출현은 실로 내게 유혹적이었다. 나는 태성에게서 미친 듯이 그를 찾으며 세속의 보상을 구하려 했는지도 모른다. 그러나 그것은 유혹이고 대속이었을 뿐.

그와 일체가 되는 것만으로도 오랜 나 자신을 버리고 한없이 따뜻하고 밝고 너그러운 그의 일부로 살아갈 수 있을 것 같았던 사람이 아닌, 나 자신과 흡사한 태성과 함께 새로운 땅에서 새로운 나를 꿈꿔보려 했었던 것은 또 얼마나 어리석은 교활함이었던가.

나는 변하지 않았다. 태성은 나를 변화시키지 못했다. 내 정신을 변화시킬 힘이 태성에게는 없었다. 그리고 나 역시 태성을 변화시키지 못했다.

뉴욕에 도착한 우리는 맨해튼의 서쪽 그리니치 빌리지에 태성의 작업실을 겸한 집으로 창고를 얻어 함께 살기 시작했다. 그림은 태성의 유일하고도 오랜 꿈이었다.

"거기 가면 그림만 그리면서 살 거야. 다시는 돌아오지 않고."

떠나기 전에 그가 해준 말을 듣고서야 나는 태성이 오래 전부터 그림을 그리고 싶어했음을 처음 알았다. 어려서부터 그림 그리는 것이 좋았던 그는 철이 들면서 누가 가르쳐준 것도 아닌데 스스로 그림에의 재능을 감추었다. 형들이 다닌 대학의 형들이 전공한 과에 들어가기 위해 그림쯤은 얼마든지 포기할 수 있었던 것이다.

이제 오래 접어두었던 꿈을 품고 다시 돌아온 곳에서 태성은 그림을 시작하고 나는 대학의 어학 코스에 등록해 말을 배우기 시작할 것이었다.

그러나 창고를 개조한 집은 어둡고 음습한데다 무엇보다 너무 넓어서 집답지 않았다. 처음엔 휑뎅그렁한 사각의 공간을 채우는 일에 함께 시간을 바쳤다.

농구 코트만큼 넓은 공간을 분할해 여기는 부엌, 여기는 침실, 여기는 작업실, 금을 그으며 우리는 신혼부부처럼 재밌고 설레기까지 했다. 대형 마트에서 조립가구를 사다 톱질과 못질을 하느라 땀을 흘릴 때에는 전에 느껴보지 못했던 일체감마저 만끽할 수 있었다. 듬성듬성 가구를 세워놓고 그곳에 채울 그릇이며 자잘한 살림살이를 사들이느라 분주히 쇼핑을 하는 사이 사막과도 같던 공간은 차츰 집다워져갔다. 마무리로 크림빛의 로맨틱한 커튼까지 만들어 달자 제법 그럴듯해 보였다.

처음 얼마간 우리는 그렇게 우리가 살 집을 꾸미느라 정작 그 안에서 살아갈 우리 자신의 준비는 늦출 수 있었다. 그 공간에서 함께 살아갈 우리의 준비는 그렇게 자꾸만 미루어갔다. 무엇이 그리도 두려웠던 것일까.

태성은 왠지 그토록 꿈꾸던 그림을 쉽게 시작하지 못했다. 작업실 벽에 세워둔 몇 개의 대형 캔버스는 오래도록 점 하나 찍히지 못한 채 버려져 있었다. 급기야 캔버스의 흰 천을 벽 쪽으로 뒤집어 세워놓고 태성은 그림을 그리는 대신 무엇엔가 취해가기 시작했다. 그림이 아니라면 대상이 그 무엇이든 참으로 쉽게 탐닉하는 나날이 이어졌다.

술과 음악, 도박, 그리고 끝내는 코카인까지.

내가 태성을 사랑한 것이 아니었듯 태성 역시 나를 사랑하지는 않았다. 내가 그를 필요로 했듯 그 역시 나를 필요로 했을 뿐이다. 우리는 함께 살기 시작한 직후부터 이미 파국을 향해 치닫고 있는 우리의 생을 예감해야 했다. 하지만 그토록 빠른 속도로 진행될 줄은 몰랐었다. 아니, 태성이 그렇게 쉽게 생을 포기할 인간인 줄 몰랐다는 말이 더 정확한 표현이리라.

그는 자신이 가진 모든 걸 탕진해갔다. 시간도, 돈도, 몸도, 꿈도, 열정도 그에 의해 남김없이 짓이겨지고 있었다.

"말해줄래. 나는 도대체 뭐니?"

우리가 서로를 도피처로 삼아 함께 살기 시작하였을 때 우리에겐 미래에의 꿈도 희망도 영 없었던 것이었을까. 그랬을까. 다만 서로를 도구로 삼아 자신의 고달픈 생을 상대의 것에 희석시켜 취한 듯 혼몽히 나날을 이어가고자 했을 뿐이었던가.

한 인간과 또다른 인간이 만나 서로의 생을 공동의 것으로 삼기 시작했을 때 그 생은 이질적인 둘 사이의 갈등과 고통을 품게 될 터이지만 그보다 먼저 혼자서는 꿈꿔볼 수 없었던 온기로 채워지는 것이 자연스러운 순리이리라. 하지만 태성과 나의 집, 우리의 삶은 그렇지 못했다. 서로의 존재는 상대에게 더 큰 아픔과 외로움을 겪게 할 뿐 온기를 피워올릴 줄 몰랐다.

"네가 뭐냐구? 너는 너야. 나는 나고. 몰랐어?"

뉴욕으로 옮겨와 얼마 지나지 않아서부터 늘 무엇인가에 취해 반쯤은 환각상태에 빠져 있는 태성과는 거의 대화가 불가능할 지경이었다. 하지만 무엇에도 취해 있지 않은 오롯한 정신의 태성일 때는 접근조차 불허되는 초긴장의 울타리를 두르고 있었다. 그때의 태성은 마치 자신을 무장하기 위해 자신을 가해하지 않으면 안 되는 자처럼 온몸에 바늘을 꽂고서 그 바늘의 집에 갇혀 누구도 받아들이려 하지 않았을 뿐만 아니라 그 자신 역시 거기서 빠져나오지 못하고 있었다. 어쩌다 한순간 그는 이처럼 흩어진 정신을 모아 극단으로 치달았고 그럴 때의 그는 너무도 위태로워 보여서 차라리 무엇엔가 취해주었으면 싶을 정도였다.

"나한테는 친구가 필요했어. 나하고 똑같이 망가져줄 친구 말이지. 넌 제법 그럴듯했는데 영 아니더군. 돌아가. 너 같은 족속은 돌아가는 게 나아."

"나쁜 자식."

우리가 서로에게 진저리를 치며 돌아서는 데에는 이 년이 걸렸다. 함께 살았던 이 년 남짓의 시간 동안 우리는 지독하게 싸우고 서로를 상처내면서도 그것이 우리의 운명이겠거니, 우리는 싸우기 위해 만난 인연이겠거니 하면서 살았는지도 모른다. 어쩌면 우리 서로는 혼자 된다는 것에 두려움을 느끼면서도 그것은 감추고, 짐짓 함께 살 수밖에 없는 운명에 대한 저항의 몸짓으로 그렇게 치열하게 싸운 것은 아니었을까. 서로가 서로에게 자행하는 상처내기는 점점 대담해지고 그렇게 서서히 그것에 면역이 되어가는 자신을 느끼면서 또 그렇게 황폐해져가면서도 우리는 서로에게서 쉽게 자유롭지 못했다. 애초부터 우리는 서로를 구속할 어떤 법적 도덕적 장치도 거부하고 시작했으니 서로에게서 자유롭지 못할 이유가 없었다. 그런데도 왜 우리는 그렇게 자유롭지 못했을까. 무엇이 그토록 두려웠음일까. 낯선 땅에서 홀로 된다는 것? 우리는 서로가 서로에게 경쟁적으로 상처를 내며 실은 서로에게 길들여지기를 바랐던 것은 아니었을까.

우리에게 자유는 남김없이 모든 걸 잃고 났을 때서야 최후의 은전처럼 찾아왔다.

"넌 고칠 수도 없는 병을 가졌어."

일상이 되다시피 한 싸움의 와중에 태성으로부터 불쑥 내게 던져진 이 말을 듣는 순간 나는 이제 세상의 누구와도 함께할 수 없으리란 절망과 동시에 차라리 자유를 찾은 홀가분함을 느꼈다. 그것이 단지 내 성격의 결함, 내 삶의 방식, 내 가치관에 대한 그의 적의에 찬 주관적인 평가에 지나지 않았을지라도 그 한마디는 내 마음의 폐허에 기습적으로 날아들어 녹슨 종을 때린 뒤 날카로운 돌조각이 되어 박혀버렸다.

마치 나 자신을 들여다보듯 나와 닮았다고 느꼈던 태성으로부터 그 말을 듣는 순간 팽팽하게 나를 동여매고 있던 끈이 타앙 터져나가면서 세차게 나를 후려쳤다. 그 마지막 순간의 격심한 아픔과 함께 찾아온 자유.

나는 비로소 본래의 나 자신으로 돌아온 듯한 편안함마저 느꼈다. 아주 오랜 그리고 익숙한 나 자신.

내가 고칠 수 없는 마음의 병을 소유한 존재라는 걸 입 밖으로 뱉어내기 전부터 태성은 내게 자주 돌아갈 것을 권유했다.

"넌 역시 돌아가는 게 낫겠어."

그 역시 내게 절망하고 있었음이다. 서로가 너무 닮아 동화될 것이 없다는 게 우리 동거의 결정적인 비극이었다. 우리는 함께 사는 동안 서로에게서 자신의 혐오스러운 치부를 극대화시킨 모습만을 끊임없이 확인해야 했을 뿐이다.

우리는 자유로워지기 위해 서로에게 이 년을 바쳤다.

하지만 나는 내가 떠나온 곳으로 돌아가지 않았다. 나는 태성의 집에서 나와 흑인들이 득실대는 빈민 아파트로 짐을 옮기고 학교도 그만두었다. 이런 내게 태성이 마지막으로 건넨 말은 진심이었으리라.

"넌 돌아가야 해. 여기서 이러다 정말 망가져버려. 난 이미 망가진 놈이지만 넌 달라. 제발 돌아가라."

돌아가지 않았다. 그때부터 싸울 상대마저 없이 온전히 혼자가 되어 살기 시작했다.

태성과 나는 서로에게서 벗어나고서야 서로에게 너그러워질 수 있었다. 무연한 관계의 홀가분함에서 외려 상대를 꿰뚫어볼 수도 있게 된 것이었다. 한때 우리가 함께 살았었다고 믿어지지 않을 만큼 우리는 담담한 관계를 새롭게 이어갔다.

태성으로부터 자유로워지고 난 연후에 나는 태성이 날 놓아준 것을 알았다. 나를 자신의 망가져가는 삶에서 떼어내기 위해 더욱더 고약을 떨었음을 알았다. 그것은 뒤늦게 그가 내게 베푼 우정이었을까. 그리고 나서 그야말로 그는 마음껏 망가져갔다. 지극히 위태롭고 과장되고 자극적인 생을 좇아 자신을 내던졌다. 왜 그는 몸을 던져 피 흘릴 절벽을 향해 그토록 돌진해야 했을까.

알코올과 약물에 중독되어 흐느적거리던 어머니에의 기억이 돌아온 그를 다시 덮친 것일까. 젊고 아름답던 어머니는 아이가 놀고 있는 집 안에서 자신의 손목 동맥을 그었고 아이는 아무것도 모른 채 들것에 실려나가는 어머니의 하얀 발만 보고 있었다.

아, 미주처럼 아름다움을 타고났던 여자.

아이는 정말 아무것도 몰랐을까.

그는 급기야 마약중독자를 위한 치료시설에 격리 수용되기에 이르렀다.

"나한테 좀 와줘."

전화를 받고 달려갔을 때 태성은 이미 눈동자의 빛을 잃고 있었다. 태성을 태성이게 하는 그 강렬한 눈빛, 온몸을 통한 표현마저 압도하는 단 한순간의 그 눈빛이 사라져버린 태성은 처음 대하는 낯선 사람이었다. 자살보다도 더 지독한 방법으로 자신을 죽여가고 있는 태성에게 내가 물었다.

"대체 왜 이러는 거야?"

차라리 죽는 게 나을 것 같았다.

"정령아, 바륨 좀 구해줘."

내가 그에게 저지른 잘못은 무엇이었을까. 마주 보고 있는 것이 너무도 괴롭고 치욕스러웠다. 치워버리고 싶은 나의 허물 같은 태성이 내게 매달렸다.

"제발 바륨 몇 알만 갖다줘. 죽을 것 같아. 빨리 가서 가져와. 니가 일하는 너싱홈에 얼마든지 있는 것 다 알아. 제발 빨리 갔다 와, 정령아 제발."

내가 그에게 준 상처는 또 얼마나 깊었을까. 상대를 빨아들일 듯하던 예전의 눈빛이 빠져나간 눈에서는 퀭한 동공이 쉴새없이 주위를 두리번거리며 무언가를 찾고 있었다. 자신을 다른 세상으로 이끌어줄 묘약, 고통스러운 시간을 부서뜨리고 자신을 감미롭고 아늑한 세상으로 건져올려줄 신비한 약을 찾고 있는 걸까.

그 길로 도망치듯 치료소에 갇힌 태성을 떨치고 나와 그를 잊으려 애썼다. 나는 태성을 잊는 것으로 내 안의 불안마저도 잊어보려 한 것이 아니었을까. 끊임없이 나를 덮쳐오는 불안증세, 그리고 분열증.

코카인에 찌든 태성의 눈빛이 혼탁해지고 태성의 몸이 흐느적거리고 있을 때 나의 영혼이야말로 어떤 치료소에서도 치유가 불가능하도록 피폐해져가고 있었는지 모른다.

고되긴 하지만 안정적인 직장도 얻었고 풍요롭고 자유로운 도시에서 내 의식주를 내 힘으로 해결하며 내 인생을 넘보는 그 누구와의 관계도 거부하고서 철저히 독립된 나를 찾았으나 나는 무언지 모를 불안에 늘 쫓기고 있었다.

낯선 풍토와 낯선 언어 속에서 온전히 혼자가 된다는 것, 그것은 새로움도 변화도 그 무엇도 아니었다. 그것은 유폐된 생이었을 뿐이다. 종일 모국어를 한마디도 쓸 수 없는 날들이 이어졌고 나는 폐허가 되어갔다.

그러나 나는 끝내 돌아가지 않았다.

귀향, 그 꿈은 실현을 위한 꿈이 아니었다. 성소의 불빛처럼 꺼지지 않고 나를 밝히는 구원의 의미를 담고 있는, 그러나 잠긴 세계였을 뿐이다. 그리고 나는 그곳으로 들어가는 열쇠를 스스로 던져버린 후였다.

불안과 외로움으로 시리던 내 가슴이야말로 암세포가 서식하기에 더없이 좋은 곳이 아니었을까. 죽음은 내가 불러들인 것이었다.

돌아가지 않고 홀로 버티어내는 몇 년의 시간 동안 내 몸 속의 사막에서 싹을 틔워 피어난 그것은 이제 내 몸을 뚫고 활짝 고개를 내밀고 있었다.

서른다섯이었다.
아, 시간은 얼마나 남은 걸까.

22

이국 땅에서 홀로 맞이한 서른다섯의 가을에 나는 그렇게 내 몸에 오래 잠입해 있던 죽음의 기척을 비로소 느꼈다.

아, 그러나 나는 죽고 싶지 않았다. 오직 살아남고만 싶어서 그토록 처절히 누추한 생의 자락을 잡고 매달릴 줄 서른다섯이 되기 전의 내가 알았을까. 나는 살고 싶었다. 살고 싶은 데에는 그 어떤 이유도 없었다. 그저 살아서 생을 이어갈 수만 있다면 좋을 만큼 간절하고도 비굴했다.

내게 남은 시간은 얼마나 될까.

나 역시 어머니처럼 놓쳐버린 시간들의 망령에 쫓기다 가야 하는 것일까. 무서웠다. 죽음에 대한 나의 또다른 반응이었다. 무서움이란 죽음과 함께해야 할 앞으로의 시간들 때문이리라. 내가 겪어야 할 알 수 없는 시간의 모습들, 음험하게 나를 향해 꿈틀거리며 입

벌리고 있는 저 미지의 시간들. 지나간 시간의 망령이 아니라 다가올 시간의 공포에 짓눌려버린 나.

나는 급기야 태성에게 연락을 하고야 말았다.
조직검사를 마친 내게 의사는 하루라도 빨리 수술을 하는 것만이 시간을 버는 것이라고 냉담하게 말했다.
얼마 만인가. 내 쪽에서 태성에게 전화하기는 처음이었다.
"어디 아프니?"
뜻밖의 전화를 받고서 당황스러운 나머지 엉겁결에 튀어나온 조크였을까. 태성의 첫인사였다. 나 정말 너무 아파, 매달리고 싶었다.
"얼굴 좀 볼까?"
하지만 이 말밖에 하지 못했다.
나는 조명이 어두운 바에서 태성을 기다렸다. 암세포는 내 몸 속에 있었지만 나는 왠지 환한 곳에서는 그 흉측한 것이 들여다보일 것만 같았다. 지난 크리스마스 이후 처음 만나는 태성이었다. 이제 우리는 일 년에 한 번 정도, 크리스마스에나 서로의 안부를 확인하며 지내고 있었다.
"앤, 잘 지내?"
앤은 지난 크리스마스 이브에 태성과 함께 나온 흑인 여자였다. 동양인 체구처럼 자그마했지만 피부는 흑인 가운데서도 유난히 검게 빛나는 여자였다.
"내 흑진주야."
처음 내게 소개할 때 태성이 그녀의 허리를 끌어당기며 한 말이었다. 태성의 주변에 끊이지 않던 다양한 인종의 여자들을 보아왔지만 앤은 예전의 그들과는 달라 보였었다.

"요즈음 우리 같이 살아."

태성이 그답지 않게 쑥스러운 웃음을 지어 보이며 말했다.

"그래? 난 몰랐어. 앤도 부르지 그랬니."

"지금 일 나갔어. 이런 데서 일하거든."

나는 태성의 입가에 오래 머물러 있는 따뜻한 미소를 보았다. 앤을 만난 이후 태성은 눈에 띄게 변하고 있었다.

"행복해 보인다."

"행복?"

그가 입가에 남아 있는 미소를 일그러뜨리며 되물었다. 너, 농담하니? 하는 표정이었다. 그는 아직도 행복이란 말이 거북한 걸까.

"행복이 뭐 별거니? 좋아 보인다구."

거북해하는 그에게 내가 정정해서 말해주었다.

"편해졌어."

"그래, 맞아. 그거야. 편해 보여."

태성은 정말 편안해 보였다. 그의 내면에서 끊임없이 들끓고 있던 증오와 분노, 고통과 절망은 더 깊숙이 가라앉은 것일까, 아니면 그에게서 충분히 머물렀으므로 이제는 그를 놔주고 날아가버린 것일까. 정말 약은 완전히 끊은 것인지 묻지 않아도 될 것 같아 보였다. 맑고 평온한 눈빛으로 그가 말했다.

"나 그림 다시 시작했어."

그를 가득 메우고 있던 것들이 어디로 사라졌는지 그제야 알 것 같았다. 그가 저질렀던 용서받을 수 없는 행위들은 어쩌면 그림으로 다가가기 위한 의식, 자해의 의식이 아니었을까.

"이제 퍼포먼스는 끝났구나."

실제로 그와 함께 고국을 떠나온 이후 그가 내게 보여줬던 이해 못할 행위들은 차라리 한 편의 퍼포먼스처럼 내 기억에 남아 있었다.

"앤이 말해주었지. 네가 가진 것을 사랑해라. 그 말이 나한텐 복음이었어."

태성은 정말 변화되었다. 기적적으로.

"넌 정말 변했구나."

"아니, 제정신을 찾은 거지."

그의 눈썹 밑에서 불타오르던 눈빛, 세상을 집어삼킬 듯하던 눈빛은 여리디여린 자신을 방어하기 위한 것이었단 말일까. 그는 이제야 자신을 되찾았다고 말하고 있었다. 자신을 품어주지 않은 땅을 버리고 떠나와 그토록 헤매더니 저 먼 아프리카 대륙 원시의 피가 흐르는 검은빛의 여자를 만나 복음을 받았다고 말하는 태성. 출생 이후 한 번도 제대로 누려보지 못한 모성의 품을 이제야 찾은 것일까. 그를 낳아준, 잊지 못하던 어머니가 여기서 앤의 모습을 하고서 그를 기다리고 있었던 것일까.

불현듯 그를 품어주지 못했던 나 자신이 부끄러워졌다. 그와 미친 듯이 싸우며 살 때 우리는 서로가 변화하리라는 기대를 하지 않았었다. 절대 변하지 않을 것이란 절망감에서 헤어나오지 못하고 있었다. 자신이 바뀌지 못하리라는 절망감에서 비롯된 그것은 그렇게 상대에게로 전이되어갔다. 상대가 그때와 다른 사람으로 변할 것이란 희망이 있었어도 그토록 광적인 싸움은 계속되었을까. 우리에겐 그 어떤 희망도 꿈도 없었고 생존을 표현할 수 있는 유일한 길은 싸움뿐이었다. 왜 그때 나는 그에게서 새어나오는 어렴풋한 희망의 빛을 보지 못했던 것일까. 이렇게 변할 수 있는 그를 왜 그토록 컴컴한 어둠 속에 가둬두고서 손 잡아주지 못했던 것일까.

"미안하다, 정령아."

부끄러움에 시달리고 있는 내게 외려 태성이 한 말이었다.

"내가 나쁜 놈이야. 쓰레기 같은 놈이지. 너한테 못할 짓을 많이 했어. 평생 용서하지 마라."

태성이 왜 이런 말을 하는 걸까. 나는 왜 이런 말을 들어야 하는 걸까. 죽음이란 이런 것인가.

"왜? 돌아가란 말을 또 하고 싶은 거니?"

나는 처음 대하는 그의 진지함을 받아내기가 힘들었다.

"그런 말이 아니야. 니가 행복해지도록 돕고 싶어."

이제는 그의 입에서 행복이란 말까지 흘러나왔다.

"행복?"

이번엔 내가 반문했다. 이 얼마나 생경스럽고 낯간지러운 말인지.

"행복?"

내 생에는 담겨 있지 않아 너무도 어색한 말, 가질 수 없기에 아예 함부로 무시하고 눈길조차 주지 않으려 했던 말.

"넌 행복해질 수 있어. 네 가슴속에는 따뜻한 무언가가 있어. 난 그걸 알아. 네가 가진 걸 사랑해봐."

"복음을 전파하는 전도사라도 된 것 같구나."

"나는 앞으로 네가 행복해질 수 있다면 뭐든 돕겠어."

나는 위로받지 못했다. 더더욱 무참해졌을 뿐이다. 그에게 하고 싶었던 말은 한마디도 하지 못하고 그와 헤어졌다. 내 병을 말하고 그의 도움을 청하려던 나는 나를 돕겠다는 그에게 정작 아무것도 말하지 못했다.

그러나 태성과 만나고 돌아온 그 밤에 나는 무서움에 덜덜 떨며 다시 태성을 부르고 말았다.

"나 좀 살려줘."

나는 수화기를 들고 엉엉 울었다.

"정령아."

"……."

"정령아, 정령아."

애타게 내 이름을 부르는 태성의 목소리를 들으며 나는 그저 울고
또 울었을 뿐이다.

"나 무서워. 너무 무서워."

흐느낌 사이로 흘러나와 태성에게로 건너간 말은 이 한마디뿐이
었다.

태성이 내게로 차를 몰아 달려왔을 때 나는 수화기를 든 채로 거
의 히스테리 상태에 빠져 있었다. 태성이 수화기부터 빼앗고 나서
나를 안았다. 공포에 질려 우는 동안 공포도 나도 이제는 지쳐 있었
다. 태성은 오래도록 나를 안아주었다. 내가 아닌 누군가에게 그토
록 위안을 받게 되리라곤 상상도 못 했던 일이었다. 누구라도 좋았
다. 무서움에 떠는 나를 안아서 진정시켜주는 그는 내게 놀라운 힘
이 되었다. 아주 오래 태성은 아무 말도 없이 나를 안고만 있었다.

"이젠 됐어."

내가 그에게서 몸을 빼내자 그는 말없이 일어나 커피를 끓였다.
나는 그가 내민 뜨거운 커피잔을 두 손으로 감싸쥐고 천천히 마셨
다. 맑고 뜨거운 커피가 목젖을 타고 넘어가며 가만가만 광분했던
내 몸을 적셨다. 그 순간 태성은 그 어느 의사보다도 탁월한 치유법
으로 내 몸의 병을 다스리고 있었다.

"미안해."

태성은 말없이 커피만 마시고 있었다. 한밤중의 실내는 커피향으

로 채워졌고 두려움은 진정되기 시작했다. 누군가 곁에 있다는 것의 위력은 놀라웠다. 그는 내게 아무것도 묻지 않고 있었다. 두려운 것일까. 우리가 붙어살며 한창 싸울 때에도 이와 비슷한 일은 흔히 겪었었다. 하지만 태성은 그때처럼 굴지 않았다.

"사실 아까 너 만났을 때 묻고 싶었어. 꿈이 아주 기분 나빴거든."

태성의 꿈에 나는 어떻게 나타났을까. 지금 이것이 꿈이고 꿈이 현실이라면 얼마나 좋을까.

"너 아까 나한테 그랬지, 내 가슴에 따뜻한 무언가가 있다구. 그래, 나 캔서야. 가슴을 다 도려내야 한대."

말할 수 있는 누군가가 있어서 살 것 같았다. 그러나 태성은 말을 잃고 있었다.

"별거 아닐 거야."

한참 후에야 겨우 입을 떼 그가 한 말이었다. 무슨 말을 할까 고심했으리라.

"아니, 말기래. 난 죽을 거야. 그런데도 이걸 도려내야 하겠니? 난 너무 무서워. 수술하는 것도 무섭고 수술해서 아무 소용 없는 것도 무섭고 죽는 것도 너무 무서워. 무서워서 죽겠어. 나 어떡하니. 내가 왜 이래야 하니. 내가 왜 하필이면 그 지독한 암이니. 난 그냥 조용히 죽고 싶어. 나 그냥 죽어버릴래."

나는 나 자신에게 하고 싶었던 말을 그에게 쏟아놓고 있었다. 말을 하고 나니 마치 남의 일처럼 나 자신은 차분해지는 걸 느꼈다. 그 순간 잠깐 내 고통과 무서움이 태성에게로 건너가준 것일까.

"너도 알지? 내가 어떻게 죽고 싶어했는지."

감당키 어려운 시간을 맞은 태성에게 기억을 상기시켰다. 태성은 금방 기억해냈다. 그도 죽음에 사로잡힌 것이리라.

"알아. 넌 감기에 걸려 죽고 싶다고 했었지. 감기에 한번 걸리면 죽을 듯이 앓곤 했잖아."

"난 정말 감기에 걸려 죽고 싶었어. 몸은 열에 펄펄 끓어서 뜨거운데 가슴 한가운데에서는 얼음이 박힌 듯 찬바람이 몰아치는 거야. 체온이 사십 도를 육박하는데도 가슴에 박힌 얼음은 점점 온몸으로 퍼지면서 나를 꽁꽁 얼리기 시작하지. 나는 침대에서 이불을 뒤집어쓰고 누워 땀으로 흠뻑 몸을 적시면서도 덜덜 떨어야 했어. 그러면 나중엔 정신마저 혼미해지고 그 어떤 집착도, 고통도, 슬픔도 느껴지지가 않는 거야. 몽롱한 채로 죽음에 나를 다 내줄 수 있게 되는 거지. 과거도 현재도 미래도 구분되지 않았어. 그렇게 죽음의 문턱까지 갔다가 깨어나곤 했지."

"그래, 넌 꼭 죽을 것처럼 앓고서야 일어나곤 했지. 일 년에 한두 번씩은 어김없이 앓았어. 앓고 일어나면 맨 먼저 하는 말이 그거였어. 감기로 죽게 될 거라고."

"왜 그때 죽음은 날 받아주지 않고 이제 와서 날 갖고 노는 거니. 내가 뭘 그렇게 잘못했는데? 말해봐, 나, 벌받은 거니? 난 정말 이렇게 죽고 싶지 않았어. 내 몸을 난도질당하고 방사선까지 쏘이고 싶지는 않았다구. 나 그냥 이대로 죽어버릴래. 니가 도와줘 제발."

그는 내 고통을 잠재우기 위해 바륨이라도 구해다줄 수 있는 처지에 있지도 못하건만 나는 왜 그에게 도와달라고 매달렸을까.

"왜 죽는 얘기야. 암이라고 다 죽어? 죽지 않으려고 수술받는 거지. 넌 간호원이 그것도 몰라? 내일 내가 의사 만나볼게. 만나서 충분히 얘기해볼게. 그리고 우리 최선의 방법을 찾자. 넌 살 수 있어. 죽지 않아. 암 중에서 제일 간단한 게 유방암이라더라. 도려내고 바로 성형하면 감쪽같아져. 네 가슴은 절벽이니까 이번 기회에 좀 그럴듯하게 만들어달라고 해볼까?"

그는 마치 함께 살고 있는 남편처럼 말했다. 아니, 그때 내겐 남편
이 필요했다.

내게 지옥 같은 날들이 지나갔다.

그 날들은 죽음을 이겨내고 삶으로 가는 날들이 아니었기에, 오직
죽음으로 이르는 시간이었을 뿐이기에 더욱 견디기 힘들었다. 병은
내 육신만 만신창이로 만든 것이 아니었다. 내 정신에 퍼져나가는
악성세포가 더 무서웠다. 나는 내 몸과 마음에서 쫓겨났고 그 자리
를 차지한 것은 걷잡을 수 없는 번식력의 악성종양이었다.

왼쪽 젖가슴을 도려낸 후 다시 이 년이 지나지 않아 남은 젖가슴
마저 도려내기까지 기나긴 투병의 시간이 이어졌다. 우리가 함께
산 날들보다 더 많은 시간을 태성은 내 곁에서 병마와 싸웠으며 또
막대한 치료비까지 감당해야 했다. 거의 죽음을 체험하다시피 한
두 차례의 수술을 꼬박 지켜주었고 끊임없이 이어지는 항암요법과
방사선치료의 고통을 함께 받아냈다. 방사선치료의 후유증으로 머
리칼이 빠져버린 내게 가발과 터번 같은 모자를 구해다준 것도 그
였으며 그것을 씌우고 대륙을 횡단해 밤새 드라이브를 시켜준 것도
그였고 그러는 동안 한마디의 말도 없이 우리 사이에 조지 윈스턴
의 피아노 소리만 흐르게 해준 것도 그였다.

두번째 수술이 끝나 양쪽 가슴을 다 잃고 난 직후였다. 우리는 밤
새 한마디 말도 주고받지 않은 채 차 안에서 새벽을 맞이했다. 광활
한 지평선이 검푸른 새벽빛에 서서히 그 몸체를 드러내기 시작하는
모습은 숨이 멎을 만큼 장엄했다. 태성은 길가에 차를 세웠고 우리
는 말없이 검푸른빛이 보랏빛으로 바뀌어가며 지평선 아래 드넓게

펼쳐진 사막을 신비의 땅으로 물들이는 것을 지켜보았다.

"아, 아."

태성이 마침내 신음과도 같은 소리를 뱉어냈다. 그는 이제 더이상 내게 돌아가라는 소리도, 다 잘될 거라는 소리도 하지 않았다. 언제부턴가 그는 내 앞에서 점점 벙어리가 되어가고 있었다. 그러나 지금 그는 벙어리가 말을 하고 싶어 안간힘 쓰듯 신음을 토해내고 있었다.

투병기간 내내 내 고통의 절반은 그의 몫이었다. 통증이 내 몸을 들었다 놓으면 어김없이 땀에 젖은 태성이 나를 내려다보고 있었다. 짐승처럼 버둥거리는 내 몸을 움켜잡고서.

"꺼져, 제발."

정신이 든 내가 그에게 건네는 첫인사는 늘 그랬다. 단 한 번도 그에게 나를 제대로 표현해본 적이 없었다.

사라져. 꺼져. 닥쳐. 네까짓 게 뭘 알아. 나쁜 자식. 이게 전부였다. 태성은 과연 내게 이런 벌을 받을 만큼 잘못을 저질렀던가. 그는 스스로 이런 벌을 받아도 마땅하다고 여겼던 것일까. 우리 사이에 가해와 피해의 관계는 정당하게 성립되는 것이었을까. 태성과 나는 혼인도 하지 않은 채 겨우 이 년을 함께 살았을 뿐이다. 우리는 서로에게 책임을 요구하고 의무를 다해야 하는 관계가 아니었다. 그러나 나보다 부자인 그는 투병기간 동안 모든 경비를 지불했고 내 고통의 현장을 지켜봤으며 나는 이런 그를 물리치지 않았다. 나는 마치 그를 내 유일한 식구처럼 받아들였다. 남편도 친구도 아닌 식구처럼. 그는 나의 유일한 식구이기 때문에 내 병수발을 해야 했고 나의 히스테리를 받아주어야 했다.

어쩌다 고통 가운데에서 꿈결처럼 평온한 시간이 나를 지날 때 태성의 지친 얼굴을 보며 나는 생각하기도 했다. 그를 내 죽음의 길에 시종으로 부리려 그 옛날 겨울 강가에서 그리도 쉽게 그에게 나를 내주었던 것은 아니었을까. 그가 나를 덮친 것이 아니라 내가 그의 덜미를 잡아 내 생으로 끌어당긴 것은 아니었을까.

때로는 내 모든 걸 다 받아들이고 있는 그가 와락 역겨워져서 어처구니없는 패악을 부리기도 했다.

"나가. 니가 뭔데 여기서 이러고 있는 거야. 꺼져. 제발 사라져줘. 다시는 내 앞에 나타나지 마. 널 보면 죽이고 싶어지니까. 나를 이렇게 만든 건 너야, 너. 알아?"

단지 살아남는다는 이유만으로 죽어가는 자의 광기를 고스란히 받아주어야 했던 것일까. 그러나 그는 벙어리 노예처럼 그 시간을 견디고만 있었다.

"미안해. 정말 미안해."

벙어리처럼 신음을 토해내는 태성에게 처음으로 온전한 표현을 하고 있을 때 태양의 붉은 기운이 대지에 감돌기 시작했다. 흔하디 흔한 그 말을 하기가 그다지 어렵고 오래였을까.

"집어치워."

뜻밖에 태성은 예전의 어투로 내 진심을 일축해버렸다.

우리는 황금빛으로 깨어나고 있는 벌판을 달려 되돌아왔다. 돌아오는 길에 차 안에서 그가 처음으로 입을 열어 말했다.

"니 덕에 그 동안 그림 많이 그렸다."

"정말이니?"

"응."

대체 잠은 언제 자고 그림을 그렸을까.

"보고 싶다."

"보여줄게."

"언제?"

"기다려."

기다릴 수 있을까.

남은 한쪽 유방의 절제 수술까지 마치고 났을 때 의사는 더이상의 의료행위를 중지하고 기다릴 것을 내게 권유했다. 그것은 한편 완전한 투항의 선언이기도 했다.

"당신과 내가 최선을 다했으니 이제 우리는 기다릴 자격을 얻은 거라고 생각하고 기다리자."

의사는 끝내 완곡한 표현을 썼다.

이제 내게는 아무것도 남지 않았다. 이건 무슨 의미일까. 더이상 이루어질 수 없는 꿈 따위는 꾸지 않아도 되었고 나의 미래를 막막해하지 않아도 되었다. 마술과도 같은 생을 바라며 남루하고 권태로운 일상을 뜻없이 이어가지 않아도 될 것이고 무엇보다 죽음을 맞이함으로써 죽음으로부터 해방될 것이었다.

무얼 먹을까 혼자 식당을 쓸쓸히 기웃거릴 필요가 없어졌고, 일자리에서의 내 위치에 불안을 느낄 필요도 없어졌으며, 집세를 얼마나 올려달라고 하려나 눈치볼 필요도 없어졌다. 겨울 코트를 장만하기 위해 가격과 품질을 비교하며 쇼핑몰을 순례하는 수고는 이제 하지 않아도 될 것이었다.

나를 구속하고 억압하고 통제하고 착취하던 일상으로부터 나는 자유로워졌다. 나를 지탱하기 위해 절박하게 필요했던 그 모든 것들이 이제 내게는 소용없는 것들이 되어버린 것이다.

이런 거였나. 죽음이란.

지금까지 나의 생을 유지하기 위해 내가 해왔던 모든 행위를 멈추고, 나를 살아 있는 존재이게 한 것들을 하나씩 내게서 떠나보내고서, 마지막 순간이 오면 까무룩 꺼져버리는 빛처럼 소멸해버리는 것. 그런 거였나.

덧없어라. 허무해라.

나는 이제 죽음의 그 마지막 순간까지 무엇을 해야 하나. 일상의 행위를 멈추고 가만히 누워 내 몸에 흙이 덮이기를 기다려야 하나.

그러나 거짓말처럼 다시 내게 일상의 시간이 찾아와주었고 때로 죽음은 내게서 자취를 감추기도 했다. 나는 다시 유료 양로원의 간호사로 돌아와 이국에서의 내 익숙한 일상을 이어갔다. 생과 사가 넘나드는 직장은 내게 치열하고도 헌신적인 직업의식을 요구했지만 내 일상은 전과 다름없이 단조로울 뿐이었다. 너무도 빈번한 노인들의 죽음 속에서 나는 죽음에 둔화되어 나 자신을 더러 잊기도 하는 행운을 누릴 수 있었다.

아니, 어쩌면 그때 나는 삶과 죽음의 완충지대에서 스스로 죽음에 길들여지려 그토록 노인들의 자연사를 관조하고 있었는지도 모른다. 그러면서 나는 죽어가는 그들과, 내일을 기다리듯 죽음을 기다리는 그들과, 친해져가고 있었다. 두 차례의 수술과 입원 치료 후 그곳에 다시 돌아온 내게 노인들은 하나같이 말했다.

"넌 달라졌어."

그들은 내 신상에 일어난 변화에 대해 누구도 알지 못했다. 그러므로 그들의 반응은 내 신체의 외적 변화가 아닌 보이지 않는 것의 변화에 집중되어 있었다. 죽음에 익숙한 그들에겐 암으로 훼손된 육신 따위는 별것 아니었는지도 모른다. 그들은 한결같이 망가진 내 몸을 넘어 그 속의 나를 들여다보고 있었던 것이다. 근무시간과 근무수칙을 전보다 자주 눈에 띄게 위반하는 나를 그곳의 관리자는 달가워하지 않았지만 노인들은 달랐다. 그들은 내게 전처럼 보채려 들지도 않았고 귀찮게 굴지도 않았다. 그들을 향하는 내 손길이 줄어들었음에도 외려 고마움을 과장되게 표현하곤 했다.

죽음의 시간을 기다리는 그들에게 감지된 내 존재는 어떤 것이었을까. 나 역시 전과 달리 그들의 호의를 기꺼이 받아들였다. 그들이 나를 보고 달라졌다고 말한 이유도 그 때문이었으리라.

나는 죽음을 기다리는 그들 속에서 그들을 돌보며 그들과 다른 방식으로 내게 올 시간을 그렇게 기다리고 있었는지도 모른다.

그러나 고통과 두려움 속에서 그것을 기다리면서도 실은 완강히 그것을 밀어내고 있었던 내게 죽음의 기미는 잊지도 않고 제 시간을 어김없이 찾아 일상의 각질을 뚫고 치솟아올랐다.

밋밋한 내 가슴을 정기검진하던 의사는 전에 없던 처방을 내렸다.
"가족이 있는 곳으로 돌아가는 게 좋겠어."
홀로 지내고 있는 내게 전에도 내 나라 내 가족에 대해 묻기를 즐기고 그러면서 슬쩍슬쩍 돌아갈 것을 권유하기도 했지만 이번엔 그와 다른 최후의 처방이란 예감이 들었다. 불운에의 예감은 빗나가는 법이 없었다.
"시간이 많지 않아."

나는 단단한 캡의 브래지어로 내 빈 가슴을 감싸고 외출을 준비했다.

소호의 한 작은 갤러리에서 태성의 뉴욕 데뷔전이 열릴 것이었다. 뉴욕에 온 지 십이 년 만이었다. 하지만 태성이 정작 그림에 몰두한 것은 겨우 이제 사 년 남짓이었다. 내 몸에서 암세포가 발견되고 그것이 서서히 내 몸을 죽여가는 동안 태성은 그림을 그렸다. 그리고 이제 태성의 은밀한 세계는 공개될 시간을 맞이하고 있었다.

전시회 오프닝 시각은 저녁이었다.

바닥에 나무가 깔린 낡고 오래된 화랑의 전시실 흰 벽에 걸린 태성의 그림들. 아이들 낙서처럼 붓질은 거칠고 색채는 무거운 느낌이면서도 화려했다. 무엇을 말하려는지 알 수 없는 이미지들로 가득 찬 화폭 앞에 서서 나는 마치 내가 만난 적 없었던 전혀 새로운 태성을 맨 처음 만나는 그런 기분에 빠져들었다. 생애 처음 누군가를 만나는 순간의 설렘마저 내 빈 가슴에 피어나고 있었다.

전시장 한쪽 구석에 차려진 테이블에서 붉은 벨벳 원피스를 입고 초대받은 관람객들에게 음료를 권하고 있던 앤이 내게로 다가와 가볍게 입맞추었다. 앤의 검은 피부에서는 실크의 표면에서와 같은 광택이 흐르고 있었다. 우리는 나란히 태성의 그림 앞에 섰다.

"넌 참 대단해."

"응?"

"캔서와 싸우고 있으면서도 이렇게 아름답잖아."

앤은 과장된 몸짓과 표정으로 나의 투병에 찬사를 보내고 싶어했다. 그녀 앞에서 나는 마치 죽음과 맞서 싸우는 전사라도 된 듯했다. 이미 싸움은 끝났고 나는 내 생애 처음이자 마지막으로 태성이 토해놓은 혼의 형상 앞에 서 있는 것을.

태성의 그림에서는 무언지 모를 힘이 느껴지고 있었다. 무슨 힘일까. 생명력일까, 파괴력일까. 사람을 빨아들일 듯한 힘이었다. 그 옛날 그 앞에 서면 그 강렬한 눈빛 속으로 빨려들어가듯. 그의 눈으로 내뿜어지던 내면의 힘은 어디로 사라졌던 것이 아니었다. 그것은 이제 캔버스에서 형형하게 되살아나 숨쉬고 있었다. 그것이 내게 말을 건네는 것 같았다. 지금까지 우리가 주고받았던 말, 우리가 주고받았던 상처를 무화시키며 처음인 듯, 이제부터가 진짜라는 듯 새롭고도 풍성한 말들을 내게 쏟아붓고 있는 듯이 보였다. 커다란 화폭을 펼쳐놓고 붓을 든 태성이 오체투지하듯 자신을 바쳐 그림을 그리는 모습이 그 위로 겹쳐졌다. 깨달음이란 늘상 너무 늦게 온다. 그래서 생이란 쓸쓸한 거겠지.

그때 등뒤로 가만히 다가와 내 어깨에 손을 얹는 태성의 기척이 느껴졌다.

"그림 참 좋다."

돌아보지 않고 그에게 말해주었다.

"좋아?"

"응, 뭔지 모르지만 좋아."

"하나 가져라."

내게 자신의 그림을 주겠다는 태성.

"싫어."

나는 이제 무엇을 소유할 자격이 없다. 소유할 시간이 없기 때문이다. 대체 인간에게 절실한 것, 죽는 순간까지 함께해야 할 것들이란 무엇인가. 내가 지금 소유하고 있는 소형 트럭 한 대 분량의 물건들은 어찌할 것인가. 내 심장이 멎는 순간 쓰레기가 되어버릴 것들. 마지막 순간까지 인간에게 남아 있어야 할 것, 혈관의 피가 더이상 흐름을 멈추고 맥박이 정지하고 동공이 닫히고 숨이 멎는 그 순간까지 인간을 인간이게 하는 것은 무엇일까.

나를 나이게 하였던 것, 나를 살아 숨쉬게 하였던 것은 무엇일까. 혹 내 영혼에 실려 불멸할 것이 있다면 그것은 무엇일까. 그것이 없다고 말할 수 있을까. 이 땅에서 내가 인간의 형상으로 존재했었음을 말해주는 그것의 존재를 부인할 수 있을까. 그것은 무엇일까.

내 몸에 수줍게 솟아 있던 봉긋한 젖가슴을 차례로 도려내는 수술과 치료를 거치는 사 년의 시간 동안 나는 내 생을 덮친 죽음의 그림자에 분노하고, 두려워하고, 도망다니고, 또 애원하며 끊임없이 그것을 거부하였다. 기요틴에 목을 내놓아야 하는 수인처럼 마지막 순간까지 거부하고 또 거부할 것이었다.

그러나 그 고통과 비통의 시간의 끝에 이르러 나는 전과는 다른 나를 만날 수 있었다. 고통의 시간이 나를 정련시켜온 것일까. 태성이 절망과 고통의 시간을 통과해 캔버스에 자신을 쏟아부을 수 있게 되었듯이. 죽음은 내 육신과 정신의 주위에 맴돌며 끊임없이 내게 들어올 시간을 기다리고 있었던 게 아닐까. 죽음이 가까이 왔다는 것은 이제 내게도 죽음을 받아들일 준비가 함께 시작되었다는 것이 아닐까. 아니, 시작해야만 할 시간을 맞이한 것이다.

아, 내게 죽음을 위한 준비는 무엇인가. 무엇부터 시작해야 하나.

늦은 밤이었다.

관람객은 모두 돌아갔고 앤마저 일하러 떠난 후 갤러리엔 태성의 그림과, 태성, 그리고 나만 남았다. 관람객이 모두 돌아간 빈 갤러리는 마치 연극의 무대 같았다. 사면의 벽에 걸린 태성의 그림을 비추는 부분조명만 남겨두고 소등한 실내는 아무런 장식도 없이 단순미를 강조해 배우들의 연기력에 의존하려는 무대 세트처럼 우리들에게 절제된 배경을 제공하고 있었다. 그 순간 시간에 대한 나의 집중력은 무대 위의 어느 배우에게도 뒤지지 않을 것이었다. 배우가 되돌이킬 수 없는 공연을 위해 극도의 긴장상태에서 혼신을 다하듯이 다시 오지 않을 시간에 내가 있음을 나는 느끼고 있었다.

우리는 전시실 마룻바닥에 주저앉아 술을 마셨다. 오프닝 축하 리셉션에서 마시고 남은 샴페인이었다. 우리는 투명한 술이 담긴 유리잔을 들어 서로의 잔에 부딪쳤다.

"자, 서정령의 사라진 가슴을 위하여."

태성이 장난을 걸어왔다. 하지만 그의 장난을 받아줄 시간이 내겐 없었다.

"축하해. 넌 좋은 화가가 될 거야. 점점 더 좋아질 네 그림을 볼 수 없는 게 안타까워. 혹시 영혼에 눈이 있다면 네 그림은 빼놓지 않고 다 볼 거야. 대가가 된 늙은 유태성의 그림까지 전부."

태성이 웃었다. 그의 웃음소리가 텅 빈 화랑에 공허하게 울려퍼졌다. 웃음소리는 네 벽과 천장, 그리고 마룻바닥에 부딪쳤다가 튕겨져나와 갈 곳을 몰라 허허롭게 떠돌더니 울음소리보다 더 슬픈 여운을 남기며 사라져갔다.

"나, 돌아가기로 했어."

무대를 채운 그의 웃음소리가 잦아들기를 기다렸다가 내가 말했다.

"언제?"

"곧."

"그렇게 빨리?"

"시간이 없어."

무대는 다시 침묵 속에서 숨죽이며 배우의 다음 동작을 기다리고 있었다.

"괜찮아. 난 이제 준비할 수 있을 것 같아."

태성의 대꾸가 이어지지 않으니 마치 나의 독백으로 무대의 극이 진행되고 있는 것 같았다. 나는 독백을 이어갔다.

"난 준비하기로 했어. 그런데 참 이상하지, 죽음을 준비하려니까 오히려 살아 있는 것, 살아온 날, 뭐 이런 것들에 대해 더 많은 생각을 하게 되는 거야. 따져보니까 논리적으로 당연한 전개인 것 같기도 해. 죽음이란 생명을 전제로 하는 거잖아. 생명이 없는 것에는 죽음이 없는 것처럼. 그래서 깨달은 건데 죽기 위해선 살아야 되겠더라구. 그것도 제대로 말이야. 살아 있는 나, 내 존재감을 찾는 게 죽음의 시작이더라구. 내 존재를 지탱해온 것이 과연 무엇이었을까 그것을 찾고 확인하는 게 죽기 위한 내 준비의 전부야. 그런데 과연 돌아가면 그걸 찾을 수 있을까?"

무대 위에서의 독백의 시간은 놀랍게도 나를 정화시켜주었다.

"철학적인데. 그걸 찾기 위해 돌아간다는 네 말, 넌 벌써 찾은 건지도 모르지."

"아니, 찾고 싶어. 그걸 찾기만 한다면 죽음을 안아줄 것 같아."

"정령아."

"응."

"내가 같이 가줄까?"

"혼자 가고 싶어."

"……."

"미안해."

"……."

"정말 미안해."

"정령아."

그에게 불린 내 이름이 침묵의 무대를 채우기 시작했다.

"정령아."

"……."

"정령아, 정령아, 정령아……."

내 몸이 바닥으로 아주 천천히 조심스레 뉘어지고 있었다. 그 옛날 겨울 강가에서의 그가 아닌 듯.

태성은 뜨거운 입김을 내 귀에 불어넣으며 쉬지 않고 내 이름을 속삭였다. 태성의 입에서 쉴새없이 쏟아지는 내 이름들은 내 귓속으로 채 들어오지 못하고 내 귓가를 떠다니다 자꾸 멀어져가고 있었다. 내게서 멀어져가는 내 이름들은 수많은 정령이로 분열하기 시작했고 내 존재는 남김없이 해체되어갔다. 마침내 나, 정령이는 깃털이 되어 높이 그리고 멀리 날아올라가고 있었다.

그러나 아직 마룻바닥에 뉘어진 내 몸만은 태성의 몸이 들어오는 순간을 느끼기 위해 무섭도록 감각을 몰입하는 중이었다. 우리는 아직 살아 있는 서로의 몸을 확인하기 위해 처절하게 탐닉하며 행위극을 펼치기 시작했다.

둘이면서 하나인 생명의 극치였다.

"정령아, 사랑해."

내 빈 가슴에 얼굴을 묻은 태성이 내게 한 말, 처음이었다.

나는 태성을 오래 힘주어 안았다. 그리고 말했다.

"미안해."

23

희령이 마지막 곡을 연주하기 시작했을 때 나는 이미 현실에서 벗어나 어느 다른 세계로 빠져들고 있었다. 희령이 늘어뜨렸던 두 팔을 들어올려 건반을 누르는 그 순간이었다. 그곳은 이승과 저승 사이에 놓인 강인가. 혹은 꿈?

나는 아득하면서도 안온한 그곳을 한없이 가벼워진 몸으로 유영하기 시작했다. 거대한 사원 같기도 했다. 사원은 텅 빈 채 드넓게 열려 있었으나 아늑하여서 내 몸을 부드럽게 품어주는 듯했다. 내 몸과 마음은 탁 트인 그곳을 거침없이 떠다니고 있었다.

희령의 연주가 계속되는 동안 내 몸과 마음은 피아노 소리를 따라 그렇게 아늑한 공간이면서도 트여 있는, 기이하면서도 낯설지는 않은 그곳을 날아다닐 것이었다.

맑고 따뜻한 물 속에서 태냇짓을 하는 어린아이처럼 마냥 자유로이 흘러다니며 만신창이가 된 내 몸과 마음은 따스하고 부드러운 물에 씻겨졌고 그러는 사이 나는 점점 더 작고 가벼워져가고 있었다.

드디어 내 귀에서 떠나지 않으며 나를 이끌어왔던, 무대 위에 놓인 그것과 다른 피아노 소리의 실체가 보이기 시작했다. 그곳에서도 누군가가 희령과 똑같은 곡을 연주하고 있었던 것이다. 나는 희령의 소리를 따라 그 소리를 찾아온 것이었다.

작고 가벼워진 내 몸이 소리가 들려오는 쪽으로 미끄러져갔다. 멀리서 상아색의 피아노가 그 모습을 드러냈다. 마치 부드러운 모래사막 위에 놓인 듯한 자태.

그곳을 향해 내 몸이 흘러갔다. 소리의 주인이 보이기 시작했다. 아버지였다. 그 옛날 학교 강당에서처럼 아버지는 피아노를 연주하고 있었다. 내가 다가가는 줄도 모르고서. 그리고 커다란 삼각 형태의 피아노 한귀퉁이에 서서 아버지의 연주를 내려다보고 있는 또 한 사람의 형상이 있었다. 누구일까. 한 번도 본 적 없는 모습, 그러나 젊은 내 어머니가 분명했다. 나는 숨죽이며 아버지가 마주 보이는 피아노의 끝으로 다가갔다. 그리고 너무 작아져서 키가 닿지 않는 그곳에 서기 위해 발끝을 돋아올렸다.

아버지와 어머니의 모습이 언뜻언뜻 내 시야에 떠오르다가 사라졌다. 어머니의 목에서 상아색의 구슬목걸이를 본 듯했다.

객석에 불이 켜지고 희령이 흰 드레스 자락을 끌며 다시 무대에 등장했다. 청중들의 우레 같은 박수가 쏟아지고 있었다. 그러나 나는 손을 들어 박수를 보내지 못했다. 극심한 통증이 우레처럼 내 몸을 덮쳐왔기 때문이었다.

통증은 예리하고도 깊게 내 몸 구석구석을 난도질하고 있었다. 나는 불 꺼진 객석에서 죽어가는 짐승처럼 헐떡이기 시작했다. 내 정신의 불은 꺼지고 나는 다시 고통의 집에 갇혀버렸다. 내게 너무도 익숙한 고통.

통증은 나를 빈틈없이 채워 내 몸을 악마의 집으로 만들며 죽음을 불러들이고 있었다. 악마의 집에 갇힌 순간부터 내가 그토록 절절히 원하는 것은 삶이 아닌 죽음이 된다. 내 몸의 숨통을 스스로 끊어버릴 수 있기를, 고통을 죽여 고통에서 빠져나올 수 있기를 무섭도록 간구하면서. 생명이 이어지기를 바라는 기도보다 더욱 비통하고 치열한 기도는 죽음을 구하는 기도였다.

그러나 죽음은 아직도 내 기도를 받아주지 않고 있었다. 무엇을 더 주어야 죽음은 내게 오려는 것일까.

죽음이 고통을 통해 내게 원하는 것은 무엇이었을까.

지난 사 년간 어느 한순간도 고통에서 놓여나본 적이 없었다. 의식을 잃고 꿈속 같은 저승과 이승의 경계에서 헤매다가 다시 의식의 끄트머리에 매달려 눈을 뜰 때마다 대체 이 지독한 고통의 의미는 무엇인가 분노가 치밀었다.

내 몸과 정신은 고통이 머물기 좋은 집이었을까. 세상의 고통은 모두 집을 찾아 내게로 왔다. 이제는 너무 익숙해져 나 자신이 되어버린 고통, 그것이 나가주길 바라기 위해서는 내 숨이 멎길 먼저 원해야 할 것이었다. 그러니까 고통은 내게 생명인가. 생명의 미친 표현인가.

피할 수 없는 죽음을 선고받고 마침내 죽을 자리를 찾듯 고국에 돌아와 호텔 방에 홀로 누워 밤새 격렬하게 몰아치는 통증에 몸을 고꾸라뜨리다가 겨우 한숨 천국 같은 잠에 빠져들면 그것이 바로 내겐 죽음이었다. 그렇게 죽었다 깨어나고 죽었다 깨어나면서 나는 어느 순간 나 자신의 지독한 생명력에 문득 기적을 느끼기 시작했다.

창을 통해 비쳐든 한줄기 햇살이 일순 나를 무통의 천상으로 들어올려주는 시간과 만날 때, 간밤에 그토록 죽음을 불러들이던 나는 어느새 지옥을 빠져나와 이 기적의 힘은 대체 어디에서 왔을까 스스로 묻고 또 묻지 않을 수 없었다. 살아 있어야 할 이유가 어딘가에 있으리라.

그러나 이제 다시는 기적을 만날 수 없을 것이다.
시간이 나를 향해 치달려오고 있었다.

나는 고통에 갇힌 몸으로 텅 빈 무대를 바라보았다. 통증의 격랑에 휩쓸려가고 있는 동안 희령의 연주회는 끝나버린 것이다. 나는 내 집에 갇혀 있느라 객석이 떠나갈 듯한 환호와 갈채 소리를 더 듣지 못했던 것이다. 그리고 그들이 썰물처럼 빠져나가도록 나는 아무것도 보지 못하고 아무것도 듣지 못한 채 의자에 널브러져 있었을 뿐이다.

한껏 차리고 나온 검정색 슈트는 볼품없이 구겨져 있었다. 객석을 정리하던 안내원이 다가올 때까지 나는 텅 빈 객석에 맨 마지막까지 남아 있었다.

"어디 불편하세요?"

안내원은 친절하게 물었으나 귀찮은 기색을 채 감추지는 못했다.

"저를 화장실까지만 좀 데려다주시겠어요?"

나는 구겨진 옷을 추슬러 자리에서 비틀거리며 일어났고 안내원은 나를 부축했다.

저 여자는 누구일까.

전신을 비춰 보이는 화장실의 대형 거울 앞에 서서 나는 한 여자를 보았다.

우유에 커피가루를 풀어놓은 듯 탁하고 가무스름한 피부빛, 골격이 드러날 만큼 마른 몸매, 조금 길어 보이는 갸름한 얼굴은 슬픔을 누르고 고집스럽게 침착을 가장하고 있다. 완만한 선으로 짧게 뻗은 콧날을 중심으로 아랫부분의 앙다문 입술과 턱선은 그녀의 의지대로 아직은 냉정을 유지하고 있지만 콧날 윗부분의 약간 튀어나온 듯한 이마 아래 그녀의 눈빛은 고통을 미처 감추지 못하고 허둥대고 있다.

아, 내가 너무도 잘 아는 저 여자.

부모를 모두 잃은 서른아홉 살의 고아.

비바람이 휘몰아치던 날 어머니의 자궁에서 세상으로 나와 꽃피는 봄날에 그만 세상을 떠나려 하고 있는 여자.

익숙한 고통 속에서도 전과는 사뭇 다른 시간의 급류를 느끼고 있다. 몸을 휘젓고 있는 통증을 타고 흐르는 시간을 느낀다. 살아 있는 것은 오직 고통과 시간뿐이다. 쿨럭쿨럭, 고통을 업은 시간이 폭포수처럼 넘쳐흐른다. 시간 본래의 걸음은 간데없고 흉포한 뜀박질이 마구 몸을 짓밟는다. 예정된 시간이었건만 맞이하기가 두렵다. 간절한 무언가가 아직은 남아 있는 듯하다.

무엇일까. 무엇을 찾아 이곳에 돌아왔나.

죽음을 달래가며 여기까지 오는 동안 저 여자가 찾으려 한 것은 무엇이었을까.

여자는 거울을 보며 성긴 머리칼을 빗어내리고 립스틱을 꺼내 메마른 입술에 덧바른다. 그리고 손에 물을 적셔 검정색 슈트의 구김을 털어서 펴본다. 그런 다음 핸드백을 팔에 걸고 사력을 다해 반듯한 자세로 전신을 거울에 비춰본다.

이젠 병원으로 가리라.

연주회장 로비로 나서자 한 무리의 청중들이 길게 꼬리를 늘이고 줄을 서 있는 것이 보였다. 아마 희령이 사인회를 연 모양이었다.

이대로 병원까지 가 누울 수 있다면, 그리고 나 자신도 어쩔 도리 없는 내 주검을 남겨두고 절명해야 한다면 저 아이에게 연락이 가리라. 혹은 저 아이의 어머니가 그 일을 맡아야 할지도 모른다. 우리는 오래 연락을 끊은 채 살아왔지만 가족의 관계마저 소멸된 것은 아니므로 운명으로 받아들일 것이다. 내 백 속에는 그들의 연락처와 사후처리에 대한 나의 간략한 요구가 적힌 메모가 들어 있다. 극소의 형식이었다.

심상한 모습을 가장해 가까스로 로비를 걷고 있는 동안 내 몸의 내부는 극렬한 통증의 파고에 휩싸여 현실의 시간을 벗어던지고 있었다. 내부의 격랑이 몸 밖으로 터지며 이제는 몸이 떨려오기 시작했다. 발걸음을 빨리했다. 그러나 어찌 된 일인지 발은 질질 끌려오고 있었다. 저 유리문을 나서 차에 올라타리라. 몸 속에서는 미친 듯한 시간이 흐르고 있는데 발걸음은 돌덩이를 매단 듯 점점 움직여지지 않았다. 벗어나야 해. 이 축제의 공간만은 벗어나야 해. 희령의 연주회를 망칠 수는 없어. 아버지 도와주세요.

"정령이."

그때 소리가 들려왔다.

"정령아. 정령이 맞지?"

저 목소리를 알고 있다.

나는 아직 이승에 있었고 나를 부르는 쪽으로 고개를 돌린다. 누군가 내게로 다가오고 있다. 나는 로비 중앙을 떠받들고 있는 둥근 기둥에 떨리는 내 몸을 맡긴다.

누구일까. 그러나 나는 이미 알고 있었다. 다만 인간의 형상을 하고서 내게 다가오고 있었으나 그 누군가는 내 오래고 간절한 질문의 답이었음을.

돌아가지 않으리라, 그러나 끊임없이 돌아오려 한 내 행위의 궁극에 그가 버티고 있었음을 그 사람은 모를 것이다. 한 여자의 생명을 부지해온 힘의 형상이 자신임을 그가 어찌 알까.

시간이 멎어가는 걸 느낀다.

내 안에서 내 생명과 함께 숨쉬고 있던 그의 존재가 나를 빠져나가 내 앞에 서 있는 걸 보았다. 환상과 실체가 겹쳐지는 듯한 시간의 이동에 내가 실려가고 있었다.

나는 여기 이 순간까지 나를 끌고 온 그의 형상을 확인하기 위해 그에게로 다가가려 버둥거려보았다.

허나 그를 남겨두고 내 몸은 순식간에 급류에 휩쓸리기 시작했다. 그는 더이상 내게로 가까이 오지 못하고 걸음을 멈추었고 나는 물살에 떠밀려 벼랑 끝을 향하고 있었다. 절박한 비명이 터져나왔지만 그는 듣지 못하는 것 같았다.

하지만 콸콸 불어나고 있는 물살 너머에서 나를 향해 안타까이 손을 젓고 있는 그의 마지막 모습을 나는 보았다. 나를 구하려 애타게 휘젓고 있는 그의 손짓에 담긴 그의 전부를 나는 보았다.

그토록 오래 내 생은 그를 향한 표현에의 열망으로 억눌려 있었지만 저편에서 나를 향해 간절히 손짓을 보내고 있는 그를 보며 나는 지금 이 순간까지의 내 생 전부가 그를 향한 사랑의 표현이었음을 깨닫는다.

나의 이 죽음마저도.

이제야 죽음은 나를 맞아들인다.

거뭇거뭇한 인파 속에서 그의 얼굴 하나만이 등불을 밝힌 듯 나를 향해 환히 빛나고 있다.

눈이 부시다.

눈이 감긴다.

남루한 삶과 황금빛 구원의 마술

김수이 | 문학평론가

1

인간은 태어나는 것이 아니다. 어느 날 홀연히 자신이 존재하고 있다는 것을 '발견' 하는 것이다. 기억할 수 없는 때에 존재를 급습한 생은 축복일까? 저주일까? 양순석의 첫 장편소설 『나무가 아름다워지는 시간』은 생은 저주나 재앙에 가깝다고 이야기한다. 가혹한 생의 조건과 비극적인 운명은 존재의 내부에 파고들어 '살 속의 살' 이 된다. 불온한 운명의 살점은 암덩어리나 끔찍한 흉터, 지울 수 없는 유린의 흔적 등으로 시시각각 존재의 표면에 모습을 드러낸다. 불행한 운명과 화학반응을 일으킨 육체, 한 번도 생을 열애(熱愛)한 적 없는 정신은 가루처럼 부서지고, 생의 파괴력은 묘하게도 성장과 젊음의 시간에 집중된다. 이 혹독한 생의 폭염(暴炎)을 견딜 수 있는 방법은 무엇일까? 혹서(酷暑)의 시간에 존재는 어떤 의미를 발견해야 할까? 등단 21년 만에 낸 두번째 저작에서 양순석은 상실과 죽음의 시선으로 사랑과 생의 의미를 탐문한다. 생은 극단의 상황에서 그 무거운 베일을 살며시 들어올리며, 무릇 살아 있는 자가 도달해야 할 궁극은 바로 '생'이기 때문이다.

생의 시작에 불행이 있었다. 남은 생은 그 불행을 완성하기 위한 짧은 여정이다. 소설 『나무가 아름다워지는 시간』은 이런 속삭임을 끊임없이 들려준다. 그도 그럴 것이 사랑은 늘 패배하고, 죽음은 불행한 사람을 먼저 찾아낸다. 생과 죽음의 위험한 유착은 작가의 첫 소설집 『지워지지 않을 그 연둣빛』(문학동네, 1994)의 표제작에서 "신경이 살아 있는 생살 근처까지 아슬아슬하게 베어들어가는 칼질의 섬뜩함"으로 표현된 바 있다. 섬뜩한 살기(殺氣)를 내뿜던 야생마와 같던 '그이'는 헤어진 지 10년 만에 '나'의 결혼식에 연둣빛 외투를 입고 나타난다. "그 화학염료가 발휘한 연둣빛이란 마치 죽었던 시체가 관 뚜껑을 열고 걸어나오는 것을 상징하는 빛깔"(83쪽)처럼 느껴진다. 생살에 닿을락 말락 한 '칼질'과 살아난 시체가 뿜는 듯한 '연둣빛'은 죽음과 생의 치열한 접전을 강렬한 이미지로 조형해낸다. 이는 양순석의 첫 소설집의 생의 감각인바, 생은 죽음의 위협과 개입으로 더 생생한 빛을 발산하고 있다. 그 탱탱한 생의 원기는 거침없고 야수적인 생명력의 차원에까지 이르러 있다.

장편 『나무가 아름다워지는 시간』에서 생살을 스치는 죽음과 연둣빛 생명력의 접전은 확연히 죽음의 우세로 기울어져 있다. 이 작품은 생의 비극과 그 비극이 초래한 죽음을 다루면서 과도할 만큼 죽음에 가까이 가 있다. 생과 자아의 본질을 찾아 방황하는 인물들, 그들이 겪는 절망의 시간은 고스란히 죽음의 영향권 아래 있다. 사실 이러한 색채의 이야기는 감수성과 유머, 탐닉과 일탈, 일상과 환상 등이 소설의 전면을 장식하는 최근 풍토에서 고전적인 범주로 물러난 것이다. 텅 빈 세계에서 어두운 운명과 싸우는 인간, 그 고독한 존재가 고통 속에서 찾아낸 삶의 진리는 이제 더이상 우리 소설의 일차적 관심사가 아니다. 소설의 중심축은 깊이에서 재미로, 보편성에서 독특함으로, 현실의 개진(開陳)에서 현실의 대체(代替)로 빠르게 이동하고 있으며, 인식의 전환보다는 감성과 흥미의 조율에 더 몰두하면서 소설 전체의 풍경을 새롭게 단장하고 있는 것이다.

이런 상황을 염두에 둘 때, 양순석의 이번 작업은 두 가지 측면에서 예외적이다. 하나는 명백히 최근 소설의 주류에서 벗어난 작업에 공을 들이고 있다는 점, 다른 하나는 리얼리즘 계열에서 관찰적인 작품을 써온 그녀가 일인칭의 자기 고백적인 서사를 전개하면서 본격적인 자기 탐구를 행한다는 점이 그것이다. 현재 양순석은 문학 현실과 작가 개인의 두 차원에서 어려운 길을 택하고 있는 듯하다. 소설가라면 누구나 당대의 문학 흐름에서 자유로울 수 없으며, 또 한편으로 자신의 내적 실체를 규명하는 결정적인 작품을 써야 한다는 부담을 안고 있을 것이다. 양순석은 현실의 시류에 연연하지 않고 자신과 정직하게 대면하기 위해 노력한다. 그 결과 다분히 고전적인 색채의 작품을 산출하지만, '자기 객관화'와 '자기 밀착'의 상반되는 열정의 충돌을 뜨겁게 보여준다. 내밀한 일인칭 화자가 이끄는 그녀의 첫 장편은 자기 이탈과 파괴의 의지로 들끓으면서 동시에 열렬한 자기애(自己愛)를 우회적으로 드러낸다. 소설 속의 중요 등장인물을 작가의 다중적 자아로 읽어도 무방한 점은 이러한 생각을 반증하고 있다.

2

『나무가 아름다워지는 시간』은 주인공 '정령'의 내면의 영사기에
의해 상영되는 한 뭉치의 오래된 필름이다. 차례차례 더 먼 과거의
시간을 되돌리는 이 필름은 치명적인 생의 감각을 지닌 인물들을
보여준다. 이들에게 타인은 '무의미'와 '절망'의 기호이며, 자아는
곧 '죽음'으로 뒤덮일 버려진 내용물이다. '압도적인' 과거에 생을
점령당한 이들은 과거의 부산물로서의 현재를 의미없이 지속한다.
과거에 고착된 이들의 모습은 처음 뿌리내린 곳에 평생을 붙박여
사는 나무를 닮아 있다. 하지만 그 뿌리의 형상은 나무처럼 아름답
거나 장려(壯麗)하지 않다. 엄마가 가출한 뒤 아홉 살에 보육원에 맡
겨진 정령, 연주창(連珠瘡)의 흉터 때문에 평생 세상을 증오한 정령
의 어머니, 열세 살에 의붓아버지에게 강간당한 미주, 아잇적에 알
코올중독자였던 엄마의 자살을 목격한 태성 등은 한결같이 자신의
내부에 갇혀 있으며, 생의 의지가 결여되어 있다. 과거의 뿌리가 현
재를 친친 얽어매고 있기에 이들은 다른 형태의 삶이나 미래를 꿈
꿀 수 없다. 다만 생을 거부하기 위해 자신을 함부로 방치하고 파괴
할 따름이다. 불행한 생보다 한 발 앞서 자신을 부수는 일은 존재와
생의 근원을 말살하기 위한 '음모'라고 할 수 있다. 파괴의 음모에
열광하는 이들은 '생'이라는 마법을 풀기 위해 스스로를 제물로 바
치는 신들린 주술사처럼 보인다. 현실의 질서를 보기좋게 흩뜨려놓
는 주술의 향연은 절망이 커질수록 절정에 이른다. 이룰 수 없는 사
랑에 빠진 정령은 죽은 친구의 애인에게 몸을 허락하고, 스스로의
광기를 제어할 수 없는 정령의 어머니는 날선 가위를 휘두르며 패

악을 부리고, 직접 만든 보라색 망토를 걸치고 프레베르의 시를 읊으며 밤마다 어두운 복도를 거닐던 미주는 기숙사 굴뚝 안에 추락해 자살하며, 재벌의 사생아인 태성은 마약과 알코올에 자신을 통째로 헌납하는 것이다.

이 소설에서 비루한 생이 촉발한 훼손과 결여를 채우는 방식은 크게 두 가지로 나타난다. 첫째는 광포한 파괴의 열정. 둘째는 불가능한 사랑에 자신을 거는 '내면의 고행'. 미주, 태성, 정령의 엄마 등은 첫번째 길을, 화자이자 주인공인 정령은 두번째 길을 택한다. 정령에게 파괴의 열망이 부재하는 것은 아니다. 오히려 정령은 누구보다 집요하게 이러한 욕망에 시달린다. 이 욕망은 은폐될 수밖에 없었는데, 엄마의 광기에 대한 두려움이 기억의 한계선(정령은 두 살 때의 일을 기억한다)까지 잠입해 있고, 자신의 거울인 미주와 태성에게서 파괴의 욕망을 은밀히 충족할 수 있었기 때문이다. 정령과 고등학교 때 단짝이었던 유정도 파괴적 욕망을 실현해주는 정령의 대리 자아이다. 폐병에 걸려 죽음을 앞둔 유정은 폐쇄적이고 저돌적인 성격과 렘브란트의 어두운 그림에 심취하는 음울한 성향을 갖고 있다. 유정은 죽음을 두려워하지 않으며 오히려 죽음을 욕망하는 모습을 보인다. 모든 파괴의 욕망의 극점에는 죽음의 욕망이 도사리고 있다. 두려움 없이 죽음에 투신하는 어린 유정을 '인간적'이라고 보기는 어렵지만, 유정은 정령의 은폐된 욕망을 충족해주는 분신의 역할을 충실히 행하고 있다.

소설 『나무가 아름다워지는 시간』을 지배하는 강력한 모티프는 '고통'과 '죽음'이다. 십이 년 만에 미국에서 돌아온 서른아홉 살의 정령은 말기 유방암에 걸려 있다. 육체보다는 황폐한 내면에서 비롯되었을 암 덩어리는, 지나온 삶을 회상하는 매개체이자 정령의 삶의 귀착점으로 제시된다. "육신의 통증은 기승을 부리고 정신의 악마성은 끝간데없이 뻗쳐나간" 극한의 상태에서 정령은 지난날을 회상하기 시작한다. 회상의 처음에는 '엄마-아빠-나' 셋이서 "완벽한 삼각구도의 행복"을 누린 유년기가 있다. 한의사의 딸이었던 어머니와 외항선원이었던 아버지, 그들의 어린 딸인 '나' 정령은 가난하지만 행복한 삶을 가꾼다. 하지만 이 행복은 곧 끝이 난다. 목에 있는 끔찍한 흉터 때문에 마음까지 일그러진 엄마의 발작이 갈수록 심해졌기 때문이다. 엄마가 떠난 후 아버지는 딸을 위해 육지에 정착하려 하지만, "바다의 깊이와 바다의 생명력" 없이는 살 수 없었던 아버지는 다시 어린 정령을 보육원에 맡긴 채 오랜 항해를 떠난다. 고아 아닌 고아가 된 정령은 일찍부터 '그리움'과 '분노'를 배우지만, 보육원의 프랑스 신부님을 통해 따스함과 아름다움을 만나게 된다. 신부님은 정령에게 생의 절벽 끝에서 열리는 빛나는 희망을 보여준다. 나환자촌인 아랫마을로 통하는 '절벽 위의 샛길'은 그 희망의 상징이자, 앞으로의 정령의 삶을 암시하는 복선이 된다.

신부님만 아는 길이 거기 있는 모양이었다. 그런데 뒤에 처져 무심히 내려가던 나는 내 앞에 갑자기 펼쳐진 풍경에 그만 발이 얼어붙고 말았다. 거기에 해안을 따라 좁다란 길이 뱀처럼 뻗어 있었던 것이다. 풀숲의 낮은 등성이에서 바다를 향하는 낭떠러지의 허리를 도려낸 듯한 좁고 가파른 길, 왼편으로 푸르디푸른 망망한 바다가 펼쳐져 있는 길. 숨이 턱 막혀왔다.(46~47쪽)

열 살짜리 소녀의 "숨을 턱 막히"게 한 길은 좁고 가파르지만 바다를 통째로 품고 있다. '바다'는 광활하고 눈부신 생명력과 무한한 자유를 뜻하면서 정령이 위기에 처할 때마다 구원의 통로 역할을 해준다. 음악 선생이 된 마흔의 아버지가 갓 열아홉 살을 넘긴 제자와 결혼하던 날, 열세 살의 정령은 이 바다를 다시 찾는다. 정령에게 바다는 현실의 밖에 있는 "또하나의 세상"이며, "거대한 생명체의 뒤척임"으로 설레는 "신비로운" 세계이다. 나중에 정령이 태성과 새로운 삶을 꿈꾸며 바다를 건너 미국으로 가는 것도 이러한 맥락에서 해석할 수 있다. 그지없이 장엄하지만, 바다는 현실에서 잠시 이탈할 때만 갈 수 있는 곳이다. 때문에 영혼은 언제나 바다를 향해 열려 있고, 육체는 늘 초라한 지상에 머문다. 삼 년 만에 귀국한 아버지가 '바다'를 대신해 사온 '피아노'로 새로운 삶을 열었다면, 정령은 '피아노'에 담긴 아버지의 '바다'를 거부함으로써 폐쇄적인 '육지'의 삶을 택한다. 피아노가 아버지에게 재생과 "구원의 성소"였던 데 반해, 정령에게 피아노는 아버지의 명령이 집약된 '도구'일 뿐이다. 아버지와 딸의 관계, 삶을 바라보는 가치관의 차이가 피아노를 통해 드러나는 것이다. 정령이 '바다', 즉 열정과 영혼이 담긴 아버지의 피아노를 이해하게 된 것은 많은 시간이 흐른 뒤의 일이다. 그 정점에 그녀가 '선'을 위해 연주한 〈월광 소나타〉와 이복동생 희령이 독주회에서 연주한 베토벤의 〈열정〉이 있다.

부녀의 갈등은 아버지가 재혼한 후 걷잡을 수 없이 깊어진다. 아버지의 관심은 정령에게서 피아노에 천재적인 소질을 지닌 둘째딸 희령에게로 옮아간다. 정령은 아버지의 혹독한 피아노 교습에서 벗어나지만, "아버지에게서 내 존재를 거둬들이고 스스로를 그 누구에게서도 받아들여질 수 없는 버려진 존재라 여겨 극도의 자폐에 빠"지면서 어린 동생 희령을 미워하게 된다. 어머니가 나타난 것은 바로 그때로, 어머니와 딸은 "절묘한 시기에 다시 만나 서로의 존재를 확인하"게 된다. "춥고도 따뜻했던 열일곱의 겨울이었다."

식어가는 통닭 앞에서 시작된 어머니와의 재회는 서툴고 기묘한 방식으로 이어진다. 대구에서 혼자 사는 어머니는 일곱 시간 동안 차를 타고 와 죄인처럼 딸 앞에 고개를 수그리고, 그런 어머니를 정령은 침묵과 냉대로 '수락'한다. 이들은 세상과 단절된 고독한 존재이기에 매우 닮은 얼굴을 하고 있다. 두 모녀에게는 화해의 필연성이 내재해 있었던 것이며, 화해는 상처의 끊임없는 확인을 통해 이루어진다.

> 내가 처음으로 어머니를 향해 던진 질문은, '왜 날 낳았어?' 였다.
> (······) 어머니의 대답은 한결같았다.
> "미안하다."(92~93쪽)

정령은 어머니를 만날 때마다 왜 자신을 낳았느냐고 묻는다. 어머니에게 딸의 상처를 확인시키고 죄의식을 반추하도록 하기 위함이다. 이런 딸에게 어머니가 해줄 수 있는 것은 정성스럽게 만든 찹쌀 전병이나 애호박 만두 같은 자잘한 먹거리가 전부이다. 하지만 어머니가 직접 만들어준 먹거리야말로 딸에게는 지상에서 가장 풍족한 양식이 된다. 어머니와 함께 산 열일곱의 겨울은 "어머니의 젖을 맹렬히 빨던 신생아기의 아득한 기억을 더듬듯 뒤늦게 어머니에 탐닉한" 가장 충일한 시간으로 정령의 기억 속에 남는다. 정령에게 오래 결핍되어 있던 것은 '생의 포만감'을 위한 맹렬한 흡유(吸乳)의 욕망과 그 유일한 대상인 어머니였던 것이다.

"어머니의 젖"과 "어머니의 젖을 맹렬히 빨던 신생아기의 아득한 기억"은 소설 『나무가 아름다워지는 시간』을 여는 첫번째 비밀 열쇠이다. 정령뿐만 아니라, 정령의 "깊고 어두운 심연 속에 갇힌 또 다른 나"인 태성에게도 최초의 결핍은 '어머니', 즉 모성이다. 이 두 영혼의 쌍생아가 닻을 내리는 곳에 약속이나 한 듯 '어머니'가 있다. 스물다섯 살의 겨울, 태성이 군을 제대한 날, 그 '어머니'는 이렇게 출현한다. 길고 지루한 싸움의 끝에서였다.

> 그는 내 방 앞에서 군화 끈을 지리하게 풀어내고 들어와 예전의 그 겨울 강가에서처럼 거칠 것 없는 격정의 불길로 나를 안았다. (……) 나는 거칠고 뜨거운 불덩이 같은 그의 몸을 내 몸으로 받아냈다. 그는 나 자신도 알지 못하던 내 안의 모성본능을 흔들어 깨웠고 나는 그를 품었다. 놀라운 첫경험이었다. 나는 엄마의 품을 파고들어 맹렬히 젖을 빨아대는 신생아와도 같은 그를 내 안에 받아들이며 뜨거운 눈물을 흘렸다.(251쪽, 윗점 강조―인용자)

세상 사람들 중 오직 한 사람 미주를 사랑한 태성은 대학 2학년 때 자살한 미주를 위해 이 년 후의 졸업식에 참석한다. 태성은 막 졸업식을 마친 정령을 데리고 미주를 뿌린 강에 갔다가, 그 강가 풀섶에서 폭풍처럼 정령을 덮친다. 미주를 잊고 정령을 받아들이기 위한 결연한 행동이었지만, 정령의 노력에도 불구하고 태성은 점점 뒤틀려만 간다. 두 사람의 관계가 회복된 것은 그로부터 삼 년이 흐른 뒤 위에서 보듯 급작스럽고 격렬한 성적 결합을 통해서이다. 흥미로운 점은 이 결합의 본질을 이루는 것이 '모성'이라는 점이다. 애초부터 이성(異性)으로 끌린 것이 아닌 두 사람은 생의 파멸을 향해 치닫는 동반자 관계에 있었다. 두 사람의 동반자적 관계란 각자 자신 속에 갇혀 있는 사람들이 서로에게 상처를 입히는 형국이었다. 이런 소모적인 관계는 성애의 불꽃 속에 깃들인 모자(母子)적 관계를 통해 형체 없이 해소된다. 격정의 불길 속에서 태성은 정령에게서 '어머니'를 보며, 정령 또한 '어머니'가 되는 "뜨거운" 체험을 한다. 서로에게서 하나의 가능성을 본 정령과 태성은 함께 미국으로 떠나 새로운 삶을 설계한다. 그러나 태성은 미주로부터, 정령은 새엄마의 남동생인 사랑하는 선으로부터 탈출하려 했던 것이기에 각자 다른 생각을 품은 이들의 미래는 불발로 끝난다. 어느새 서른을 훌쩍 넘긴 정령은 양로원의 간호사가 되어 홀로 삶을 꾸려가고, 태성은 술과 마약으로 더욱더 미친 듯이 자신을 탕진한다. 그러나 어느 크리스마스 이브에 그녀 앞에 나타난 태성은 전혀 다른 사람이 되어 있었다. 자신을 소중히 여기고 삶을 사랑하는 사람으로 거듭나 있었던 것이다. 그에게 "출생 이후 한 번도 제대로 누려보지 못한 모성의 품"을 선사해준 것은 흑인 여자 '앤'이었다.

그의 눈썹 밑에서 불타오르던 눈빛, 세상을 집어삼킬 듯하던 눈빛은 여리디여린 자신을 방어하기 위한 것이었단 말일까. 그는 이제야 자신을 되찾았다고 말하고 있었다. 자신을 품어주지 않은 땅을 버리고 떠나와 그토록 헤매더니 저 먼 아프리카 대륙 원시의 피가 흐르는 검은빛의 여자를 만나 복음을 받았다고 말하는 태성. 출생 이후 한 번도 제대로 누려보지 못한 모성의 품을 이제야 찾은 것일까. 그를 낳아준, 잊지 못하던 어머니가 여기서 앤의 모습을 하고서 그를 기다리고 있었던 것일까.(271쪽)

앤을 통해 '모성의 품'을 되찾고 생에 정착한 태성과 달리, 정령은 또 한 번의 쓰라린 상실을 겪는다. 여성이기에 그 자신도 따뜻한

'모성'의 주체이기도 한 정령은, 아이를 낳아 젖을 물려보지도 못한 채 유방암으로 양쪽 젖가슴을 도려내게 된다. "젖줄이 끊겨버린", "생명의 액체를 뿜어"내지 못하는 황폐한 육체는 말할 수 없는 공허감을 유발한다. 모성의 상실은 정령에게 생명의 상실보다 두려운 의미로 다가오며, 실존적 인간으로서의 상실감보다 여성(모성)으로서의 상실감에 정령은 더 깊이 절망한다.

> 양쪽 젖가슴을 다 잃고 나서야 비로소 나는 내게 찾아든 병의 의미를 알 것 같았다. 내 육신은 마치 황폐하기 이를 데 없는 내 정신의 형상을 보여주듯 젖줄이 끊겨버린 것이다. 나는 여자로 태어나서 한 번도 아이에게 젖을 물려 생명의 액체를 뿜어주지도 못한 채 사막처럼 메말라버린 것이다. 아이를 낳아 젖을 물리고 어머니가 되리라는 여자로서의 자연스러운 삶을 꿈꿔본 적이 내겐 없었다. 그것은 나를 잉태해 나를 증식시키는 행위에 지나지 않는다고 여겼다. (……) 의사는 내게 유방절제 수술과 함께 유방성형을 권유했지만 나는 거절했다. 폐허의 무덤과도 같은 봉분을 내 몸에 덧붙이고 싶지는 않았다.(108~109쪽)

뽀얀 생명의 액체를 뿜어낼 젖가슴이 "폐허의 무덤과도 같은 봉분"으로 대체될 수 없음은 물론이다. 정령은 딸로서, 연인과 아내로서, 어머니로서, 어느 것 하나 제대로 된 삶을 누려보지 못하고 '거세' 당한다. 이 '거세'가 자궁의 적출이 아닌 유방의 절제로 이루어지는 것은 의미심장하다. 정령은 여성으로서의 성적 기능을 잃어버린 것이라기보다는, 어머니로서의 모성적 토양을 잃어버린 것이다. 젖가슴을 잃은 삼십대 후반의 정령의 의식 속에는 어머니의 죽음

앞에 선 스물세 살의 정령이 있다. 그때 슬픔에 복받친 스물세 살의
정령이 한 행동은 죽은 어머니의 젖가슴을 만지는 일이었다.

"엄마아."
　나는 시신을 덮고 있는 흰 천을 들추고 어머니를 쓰다듬기 시작했
다. 차가운 얼굴을 만져내려가 어머니의 옷섶으로 손을 집어넣어 젖
을 찾아냈다. 어머니의 젖엔 미지근한 온기가 아직 남아 있었다. 갓
태어난 내게 초유를 흘려넣어줬을 어머니의 젖가슴을 움켜쥐고 나는
드디어 엉엉 울기 시작했다.(205~206쪽)

　정령은 이제 막 존재와 삶으로부터 빠져나간 어머니를 붙잡으려
는 듯, "미지근한 온기"만이 남은 시신의 젖가슴을 꽉 움켜쥔다. 어
머니의 죽음은 어머니에 대한 사랑과 그리움을 정령의 내면에서 불
러낸다. 정령은 어머니의 젖가슴을 만지면서 어머니의 존재와 부재
를 동시에 절감한다. 이는 정령이 가슴을 절제한 후 모성 상실의 슬
픔과 모성에 대한 절실한 욕망을 함께 느끼는 것과 같은 선상에 있
다. 정령의 삶에서 모성은 '받음(어머니 갖기)'과 '베풂(어머니 되
기)'의 측면에서 이중으로 결여되어 있는 것이다. 결국 정령의 삶은
(어머니의) 모성의 상실에서 시작해 다시 (자신의) 모성의 상실로
귀결된다. 정령의 불행은 삶 속에 모성적인 감싸안음이 부재하는
데 있는 것이다.
　이와 같이 '모성'의 상실과 회복의 이야기가 전개되는 동안, 소설
의 다른 한켠에는 안타까운 사랑 이야기가 흐른다. 정령은 열아홉
살의 여름에 운명의 연인을 만난다. 그 남자 '선'은 "은은하면서도
날카로운, 생명을 담은 향기"로 다가와, "노랫소리와 같은 울림의

목소리로 나를 두드리다 기어이 암흑과도 같은 폭우 속으로 나를 던져넣"는다. 새어머니의 남동생인 선은 정령에게는 이룰 수 없는 사랑의 대상이지만, "무형의 정신이 아니라 너무도 분명한 대상, 평범하기 이를 데 없는 한 인간의 얼굴을 한" 사랑 앞에서 실체없는 관념의 성채만을 쌓아오던 정령은 속수무책이 된다. "숲속의 요정"이란 뜻의 이름을 가진 정령(精靈)은 평생을 수호(守護)할 완벽한 존재를 갖기에 이른다. 그러나 선의 완벽함은 존재 자체보다는 불가능한 사랑에서 기인하는 것이기에 필연적으로 '환상'의 요소를 지닌다.

정령과 선의 금지된 사랑, 보일 듯 말 듯한 마음의 끈은 침묵과 열정 사이에서 미묘한 기류를 탄다. 우연히 서로를 스칠 때 전해지는 체온은 너무도 아득하고, 표출되지 않는 열정은 폭발 직전의 상태에 다다라 있다. 그중 정령이 사랑을 담아 연주한 〈월광 소나타〉는 "닿을 수 없는 영혼에의 열정이 온몸을 타고 손가락 끝으로 내달"리는 황홀경을 구현한다. 사랑의 빛나는 순간은 이후로도 몇 번 더 재연된다. 정령이 태성에게 몸을 허락하던 날 밤, 문 밖에서 기다리던 선은 "넌 참 귀한 사람이야. 넌 너 자신을 귀하게 여겨야 해"라고 잊을 수 없는 말을 남기며, 어머니가 돌아가신 날은 세상에서 가장 따뜻한 품으로 정령을 극진히 안아준다. 선은 정령의 삶 위로 쏟아지는 '구원의 빛'이며, 그에 대한 기억만으로도 평생을 견딜 수 있는 삶의 원천이다. 그 힘은 단순한 애정이나 관능의 소산이 아니다. 정령이 태성과 미국으로 떠나기 전날, 이 연인 아닌 연인들, 불멸의 연인들의 이별의 장면을 보자.

"한번만 안아줘요."

그는 그 자리에 굳어버린 채 응답하지 않았다.

"우리 엄마 돌아가셨을 때처럼, 그때처럼 한번만 더 안아줘요."

그는 소리없이 돌아섰고 나는 그의 품에 뛰어들어 안겼다. 생명과 바꾸고 싶었던 한순간이 내게 왔다. 그 한순간에 그의 전부가 내 몸으로 옮겨왔다. 그 짧은 순간의 포옹은 관능적인 밀착이 아니었다. 체취마저도 느껴지지 않는 정신의 행위, 그것이었다. 생을 버티어갈 힘, 생의 진정한 비밀이 거기에 숨어 있었다.(255~256쪽)

선에 대한 정령의 사랑은 "체취마저도 느껴지지 않는 정신의 행위", "생을 버티어갈 힘, 생의 진정한 비밀"로 승화된다. 선은 정령의 전 존재를 지배하는 근원적인 실재 the real이자, 그녀를 구원할 신(神)이다. 정령이 선에게서 받은 생의 빛은, 십 년 뒤에 그녀가 양로원에서 목도한 '일몰의 황금빛'을 통해 되살아난다. '선'의 이름이 태양을 뜻하는 선 sun과 발음이 비슷한 것도 그가 정령에게 '빛'의 존재이기 때문일 터이다. 이 소설의 가장 아름다운 부분인 다음 장면은 생과 죽음, 구원과 몰락이 한순간에 불타오르는 눈부신 장관을 연출한다.

팔십 노인이라 믿어지지 않을 만큼 곱게 늙은 마거릿은 돌발적인 순간을 제외하고는 거의 백치에 가깝다. 이번엔 나를 생전 처음 들어보는 '제니'라 부르며 다가오고 있다. 몸을 돌려 계단을 내려오고 있는 그녀를 바라보는 한순간 일몰의 빛이 그녀에게로 스치며 그녀의 몸이 일순 황금빛으로 물든다. 마거릿은 머리에서 발끝까지 마치 황금으로 빚어놓은 여신상처럼 불타오르듯 빛을 내뿜고 서 있다. 눈이 부시다. 한순간이다. 그 순간 내 눈에 비친 마거릿은 구원받은 듯 더

할 수 없이 아름답고 평화롭다.

(……)

"오 제니, 너 정말 예쁘구나. 네 얼굴이 금빛이야."

마거릿을 스쳤던 일몰의 빛이 지금 내 몸을 스치고 있는 것이리라.(62~63쪽)

"한순간 일몰의 빛"은 치매에 걸린 80세의 노인 마가렛을 "머리에서 발끝까지 마치 황금으로 빚어놓은 여신상처럼 불타오르듯 빛을 내뿜"게 한다. 이 순간 마가렛은 "구원받은 듯 더할 수 없이 아름답고 평화롭다". 그리고 그 빛이 다시 '나' 정령을 스친다. "일몰의 빛이 한순간 남루한 인간을 황금빛으로 물들이며 구원하는 마술"은 극히 짧은 시간에 이룩된다. 남루한 인간을 구원하는 태양의 '황금빛 마술'은 소설 전체의 주제를 상징적으로 암시하는 것이다. 소설 『나무가 아름다워지는 시간』은 구원을 갈망하는 존재들의 몸부림과 그 방황의 여정으로 이루어져 있다. 피폐한 소녀 정령은 선에게서 사랑과 영원의 세계를 보며, 첫 결혼에 실패한 정령의 아버지는 피아노와 희령을 통해 세상과 화해하고, 평생 이기적이었던 정령의 엄마는 뒤늦게 딸을 찾아와 용서를 구하고, 의붓아버지에게 유린당한 미주는 번제의 제물이 됨으로써 안식을 얻으며, 폐인이 되었던 태성은 흑인 여자 앤을 만나 삶을 되찾고, 투병중인 정령은 그런 태성에게 다시 위로받는 등 구원의 삽화는 소설의 도처에 깔려 있다. 몰락과 구원, 죽음과 삶의 난투극은 정령이 스물다섯 살에 만난 '뱀'과의 대면에서 미리 구체적인 형상을 얻는다. 뱀과 눈을 마주한 정령은 "서로의 존재에 자신을 전부 바쳐버린 채 극한의 순간을 견디"면서 "벼락을 맞은 듯 몸은 증발하고 메마른 혼에 불꽃이 점화되는 순간"에 도달한다. 뱀이 불러일으킨 생명의 불꽃은 태양이 발산하는 마술적인 황금빛과 본질적으로 다르지 않다. 이 소설이 도달한 구원의 빛은 몰락과 구원, 죽음과 삶이 충돌하면서 빚는 제3의 빛인 것이다. 그 빛은 소멸하면서 더 빛을 발하는 '일몰의 빛'이며, 내면의 반향으로 살아나고 지속되는 정신의 빛이다.

3

소설의 후반부에는 정령이 그 빛을 태성에게서 발견하는 것처럼 보인다. 태성의 전시회가 끝난 뒤 두 사람이 가진 뜨거운 정사와 '사랑한다'는 태성의 고백은, 불치병을 앓는 정령의 마음을 따스하게 적신다. 하지만 태성은 영혼을 모두 물들이는 황금빛 마술을 행하지는 못한다. 생명이 얼마 남지 않은 정령은 태성과 헤어져 한국으로 돌아온다. 그녀의 영혼에 마술을 걸 수 있는 단 한 사람을 만나기 위해서이다. 유명 피아니스트가 된 희령의 독주회에서 정령은 희령의 영혼이 실린 〈열정〉을 만나고, 마침내 '그'를 만난다.

누구일까. 그러나 나는 이미 알고 있었다. 다만 인간의 형상을 하고서 내게 다가오고 있었으나 그 누군가는 내 오래고 간절한 질문의 답이었음을.

돌아가지 않으리라. 그러나 끊임없이 돌아오려 한 내 행위의 궁극에 그가 버티고 있었음을 그 사람은 모를 것이다. 한 여자의 생명을 부지해온 힘의 형상이 자신임을 그가 어찌 알까.

시간이 멎어가는 걸 느낀다.

내 안에서 내 생명과 함께 숨쉬고 있던 그의 존재가 나를 빠져나가 내 앞에 서 있는 걸 보았다. 환상과 실체가 겹쳐지는 듯한 시간의 이동에 내가 실려가고 있었다.(294쪽)

정령에게는 '선'의 존재 자체가 구원의 마술이다. 12년간 마음속의 존재였던 그가 "인간의 형상"으로 눈앞에 있다는 것, 자신의 모든 "행위의 궁극"이자 "한 여자의 생명을 부지해온 힘의 형상"을 만난다는 것은 경이로운 일이다. 황금빛 구원의 마술은 또 한번 극히 짧은 순간에 두 개의 극단을 하나로 화합한다. 정령이 품어온 '환상'과 선의 '실체'는 서로 겹쳐지면서 새로운 시간의 틈을 열어놓는다. 이 시간의 틈에서 정령은 혼절한다. 그 틈은 생명이 얼마 남지 않은 정령을 소멸과 죽음으로 인도하는 것처럼 보인다. 하지만 독자의 의식 속에서 이같은 결말은, 병원에서 깨어난 정령이 "아, 나는 살아 있다. 아직"이라고 중얼거리는 소설의 첫 장면으로 연결되면서 180도로 뒤바뀐다. 마지막과 처음이 이어진 소설의 원환구조는 미래에 대해 닫혀 있으면서 열려 있는 상태에 있다. 정령은 죽어가지만 '아직' 살아 있고, 희망은 사라진 자리에서 다시 시작되고 있는 것이다.

이 소설을 통해 양순석은 고통과 상처가 인간의 영혼을 잠식하는 처절한 과정과 그 끝에서 만나는 구원의 가능성을 보여주려 한다. 저마다의 상흔을 지닌 소설 속의 인물들은 각자 치열한 싸움을 통해 구원을 찾아나간다. 한 가지 지적해야 할 점은 이들에게 구원은 늘 '밖'에 있다는 점이다. 이들은 질병이나 죽음, 타인을 통하지 않고는 자기와의 화해에 이르지 못한다. 외적 요인으로 인해 자기 동일성이 파괴된 존재들이 '구원의 성소'를 외부에 두는 것은 이 소설이 천착하는 고뇌의 본질을 흐릴 우려가 있다. 자신의 영혼을 스스로 다스리지 못하는 존재란, 타인뿐 아니라 자기 자신에 대해서도 수동적인 타자에 불과하다. 거대한 고통을 진정한 삶의 열정으로 불사르는 외로운 고투는 개별 존재에게 가장 필요한 덕목이다. 이렇게 볼 때, 이 소설의 가장 긍정적인 인물은 피아노를 통해 예술과 현실을 함께 획득한 정령의 아버지라고 할 수 있다. 그 외의 대부분의 인물은 비정상이나 일탈로 치닫는 부정적인 면을 드러낸다. 물론 바다에 나가고 싶어 딸을 보육원에 맡기고, 스무 살 연하의 제자와 결혼하는 아버지 역시 상식적인 인간형이라고 할 수는 없다. 하지만 목의 상처로 인한 내적 고통 때문에 자식을 버린 정령의 어머니의 행동은 이해하기 힘들며, 미주의 신비적인 분위기와 파격적인 행동은 극단적인 감상주의로 해석될 소지를 안고 있다. 앤을 통해 구원받는 태성의 변화가 설득력을 지니기 위해서는 좀더 구체적인 맥락이 설정되어야 했을 것이다. 이러한 안타까움은 주인공 정령의 경우도 예외는 아니다. 12년간 한결같은 사랑의 '환상'을 지속한 정령은 일찍 성숙한 복잡한 내면을 지닌 인물로서는 생의 편력이 단순하다는 인상을 지울 수 없다. 서로 어딘가 닮아 있는 이 인물들은 일인칭의 고백적 서술과 함께 이 소설의 장편소설로서의 넓이를 축소시키는 결과를 낳고 있다.

작중인물들의 유사성, 인물과 화자의 좁은 거리는 양순석의 과거에 대한 집요한 애착과 관련이 있다고 볼 수 있다. 과거에 대한 애착은 다양성보다는 동일성의 지향에서 촉발되기 때문이다. 근본적으로 소설의 시제는 과거이지만, 그중에서도 양순석의 소설은 현재의 기원으로서의 과거를 찾아가는 여행의 성격을 띤다. 실제로 양순석의 소설에서 현재는 과거라는 원(原) 텍스트가 없이는 거의 설명되지 않는다. 『지워지지 않을 그 연둣빛』에서 부각된 이 특성은 이번 작품에서도 그대로 나타나며, 『나무가 아름다워지는 시간』은 앞서의 소설집에 비해 과거에 훨씬 큰 힘을 부여하고 있다. 양순석이 집요하게 행하고 있는 과거 탐색은 미래를 향해 초고속으로 질주하는 현대사회에서 가장 필요한 작업이며, 이는 앞으로 문학이 담당해야 할 마지막 몫이 될 터이다. 그녀의 소설은 고독하지만 의미 있는 문학세계를 추구하는 열정의 산물이라는 점에서 소중한 의미를 지닌다. 양순석의 첫 장편 『나무가 아름다워지는 시간』은 우리 소설이 불과 얼마 전에 지나온 '수공업의 시간'을 되돌아보게 만들며, 그녀 자신에게는 가장 정직하고 고통스러운 내면의 기록으로 남게 될 것이다.

작가의 말

글을 쓴다는 행위,
오롯이 일상 속에서 이루어지지만 결코 일상은 아닌 이 짓.
단 한 줄의 글도 만들어내지 못한 채 몇 시간, 몇 날을 흘려보내는 무형의 행위까지 창조라 부를 수 있을까.

한 권의 책을 내기까지 다시 몇 년의 시간을 보냈다. 정작 글을 쓴 시간보다 쓰기를 꿈꾸고, 갈망하고, 괴로워하고, 머뭇거린 시간이 그 몇 갑절은 될 것이다.
그렇듯 아주 느리게 이 소설을 써왔다. 꼭 쓰고 싶은, 써야 할 소설이었으므로 이것말고 다른 계획은 일체 없었다.
허나 느릿느릿 이 소설을 쓰는 동안 마음은 그 어느 때보다 조급했으니 뭐랄까, 마치 지구상에서 인간들을 소통시켰던 언어가 점점 사라져가고 있는 것만 같은 위기감에 휩싸여 허둥대는 기분이었다.

쓰면 쓸수록 언어는 뒷걸음질쳐 내게서 멀어져가는 듯했다.

이 소설을 다 끝낼 때까지 내게 너무도 익숙한 문자언어는 유효할 것인가.

20대에 소설을 쓰기 시작해 40대 후반의 나이에 이른 어느 날,

문득 내게 더이상 변화에의 갈망이 남아 있지 않다는 걸 깨닫고 나는 조용히 놀랐다. 뒤이어 생의 좌표마저 흐릿해진 때의 이 깨침으로 이제 더는 젊지 않은 나를 받아들여야 했다.

그러면서 기이하게도 나는 진정 새로워지고 싶어했다. 일상 속에 있으나 결코 일상은 아닌 소설에서.

이 소설을 느리게 쓰는 동안 새로움에의 집착은 자주 나를 멈칫거리게 했고 그렇게 한 번 손을 놓으면 펜 가득 출렁이던 검푸른 잉크가 흔적도 없이 날아가버리도록 나는 되돌아오지 못하곤 했다.

다시 봄을 맞이했다.

산을 오르노라면 땅 가까이 피어난 작고 가녀린 꽃일수록 더욱 눈에 사무친다. 마치 저와 나 사이에 무슨 인연이라도 있는 듯.

제 소임을 다하지 못하고서 어디론가 흔적 없이 날아가버린 검푸른빛의 액체, 이 봄날에 비로소 불러내본다.

활자와 활자 사이의 어느 여백에선가 가만히 숨죽이고 있을 너, 이제 다 끝났다.

2001년 5월

양순석

문학동네 장편소설
나무가 아름다워지는 시간
ⓒ 양순석 2001

초판인쇄	2001년 5월 24일
초판발행	2001년 5월 31일

지 은 이	양순석
책임편집	김현정 김미영 이수은 장한맘
펴 낸 이	강병선
펴 낸 곳	(주)문학동네
출판등록	1993년 10월 22일 제22-188호

주 소	136-034 서울시 성북구 동소문동 4가 260번지 동소문빌딩 6층
전자우편	editor@munhak.com
	하이텔 : podo1
	천리안 : greenpen
전화번호	927-6790~5, 927-6751~2
팩 스	927-6753

ISBN   89-8281-392-6 03810
* 잘못된 책은 바꿔드립니다.
www.munhak.com